JN412033

조직의 숙적과
결혼했더니 엄청나게 달다
It's so sweet when
I marry my organization's nemesis.
4
우조 토시미치
illust 하야시 케이

Contents

It's so sweet
when I marry my organization's nemesis.

"저, 처음 뵙겠습니다!
저, 평소에 남편이——."
남편의 사원 여행에 동반하게 되어,
잔뜩 긴장된 인사를 건넸는데……
BEFORE

"우리 집 부엌이
마녀 집회장이
되었습니다."
파트너에게 선물할
초콜릿 만들기!

이이이이이
이이음……!!

술자리에서 곤드레만드레?!
"있잖아, 로우 군♡
리츠카, 아앙~ 하고
먹여줘~♡"
AFTER

조직의 숙적과 결혼했더니 엄청나게 달다

It's so sweet when I marry my organization's nemesis.

우조 토시미치 illust 하야시 케이

4

냥키치 (♀)

품종은 봄베이. 사이가와 부부의 반려묘이며 어째서인지 로우시와 대화가 가능하다.

쿠리 요시노 (24세)

리츠카의 친구이자 같은 조직의 이능력자. 현재는 탐정 사무소의 사무원이다.

카야마 레이치 (26세)

로우시의 대학 친구. 여자 공포증이 있다. 현재는 탐정으로 요시노의 부하(노예).

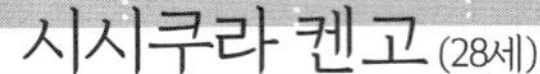

시시쿠라 켄고 (28세)

로우시와 콤비였던 이능력자. 현재는 편의점에서 아르바이트 중이다.

부장

로우시의 옛 상관. 현재는 회사 상사.

이바 요타로 (25세)

아키의 밥벌레. 파친코를 좋아한다.

하구사 아키 (25세)

리츠카가 다니는 회사의 산업 상담사.

CHARACTER

It's so sweet when I marry my organization's nemesis.

사이가와 로우시 (26세)

과거, 시지마 기관이라고 불리던 조직에 소속되어 있던 전투원. 현재는 완구 회사에 재직 중인 샐러리맨. 애처가.

사이가와 리츠카 (24세)

냉기를 조종하는 최강 클래스 이능력자. 로우시와는 적대하는 사이였으나, 지금은 러브러브. 결혼 전 성은 나기라.

이코마 토코 (21세)

로우시와 같은 회사에 다니는 배려 잘하는 후배. 로우시를 매우 좋아한다.

나기라 토라지 (29세)

리츠카의 친오빠. 점토를 변형시켜서 조종하는 능력자. 심한 시스콤.

"——……읏."

막이 오르듯, 의식이 확 떠오른다.

사이가와 로우시가 부드럽게 열린 두 눈으로 가장 먼저 인식한 것은 새하얀 무기질의 천장이었다.

(의무실……의 개인실. 난 여기까지 옮겨진 건가.)

기억이 모래처럼 흩어져 있었다. 그렇게 형용할 수밖에 없을 정도로, 자기 몸에 무슨 일이 일어났는지 뇌에서 되새기려고 하면 서걱서걱하고 불쾌한 이명이 들려서 떠올릴 수 없었다.

일단 로우시는 몸을 일으키려 했으나 이내 이를 제지하는 목소리가 들렸다.

"멈춰……. 절대 안정…… 의료용 튜브 천지야, 당신……."

망령이 있다면 이런 목소리가 아닐까? 상태가 좋으면 불평 하나쯤은 토했겠지만 애석하게도 온몸을 다쳐서 기력이 없다. 로우시는 상대가 누군지 확인하는 의미도 담아서 침대 옆에서 자신을 내려다보는 백의의 여성을 노려봤다.

"의료국의——."

"《히소 슈코》……. 이렇게 보여도 국장……. 전문 과목은 뇌신경, 심장, 혈관, 소화기, 비뇨기, 성형, 그 외 다수……. 뭐, 무면허지만…… 후후후……. 위험한 수술도 문제없어……."

"그렇군."

면허가 있다고 해서 실력이 보장되는 것은 아니다. 로우시는 히소의 헛소리를 흘려보냈다.

《시지마 기관》은 모든 것이 비합법, 비영리, 비공식인 조직이다. 다루는 도검이나 총화기는 모두 진짜이며, 다수의 대규모 스폰서가 기관을 지탱하고 있다. 그리고 무엇보다 조직의 존재가 세간에 은폐되어 있다.

전투 행위가 반복되는 기관 특성상 당연하게도 의료에 종사하는 사람도 많이 있는데, 이를 한데 모은 것이 이 '히소'라고 하는 연령불명의 여성이다. 이는 그녀의 기술과 지식이 남다르다는 것을 의미한다. 적법한 곳이었다면 명의라고 불렸을 만큼.

그러나 원래부터 의료국에 신세 지기 싫어하는 로우시는 그녀의 이름을 알아도 직접 만나는 건 처음이었다.

"전신에 열상과 골절……. 늑골, 상완골, 종아리뼈, 엄지 손가락뼈, 정강이뼈까지 총 열 군데 이상 부위에 박리, 사골절, 분쇄골절 있음…. 장기의 손상도 다소…… 뭐, 보통 사람은 죽었어도 이상하지 않은 중상이었어……. 당신, 용케 살아남았네……. 후후……."

"얼마나 지나야 움직일 수 있지?"

"최소 반년……."

"그럼 한 달 안에 고쳐. 그리고 내 직전 전투 데이터를 분석반에 전달해 주고. **나를 쓰러트린 녀석이 누구인지 기억나지 않아**."

"젊네…… 정말로 젊어……. 후후후훗……. 조금만 더 내가 젊었더라면…… 건방진 네게 철저하게 외과적, 내과적 교육을…… 하반신을 중심으로…… 해줬을 텐데……."

수상쩍게 웃는 히소를 무시하고, 로우시는 사고에 매몰되었다.

자신을 이렇게까지 몰아넣은 건 로우시의 숙적인《백마》——

가 아니다.

이번 전투 상대는 그녀가 아니었다. 그것은 기억하고 있다.

(처음 보는《블루즈》에게 애를 먹은 적은 있어도 이렇게까지 다친 건 처음이야. 젠장……《날개 사냥꾼》은 무슨. 내가 사냥당해서야 그런 별명이 무슨 소용이람.)

그렇기에 즉각 대책과 대응책을 마련해서 다음 전투에 대비해야만 한다. 반년이나 느긋하게 쉴 정도로, 로우시의 인생은 뒤처지지 않았다. 끊임없이 달려야 한다—— 자신의『소원』을 이루기 위해.

"《날개 사냥꾼》…… 당신은『운』을…… 뭐라고 생각하지……?"

그러나 그런 로우시의 속마음 따위는 전혀 모른 채, 히소는 중얼거리듯 말을 꺼냈다.

"딱히 뭐라고도 생각 안 해. 잡담이 하고 싶으면 다른 사람을 알아봐."

"아니…… 잡담이 아니야. 이건 소견……. 모든 인간에게는 체내와 체외에 달라붙어 있는 극소『소립자』가 존재해……. 그『소립자』는 끊임없이 움직이며 미세한 인력과 척력을 항상 무작위로 방출하고…… 인간이 하는 모든 일에 아주 미세한 **영향**을 주지……. 그게 바로『운』의 정체……. 가장 작은 세계에서 일어난 사소한 밀고 당김이 당신의 목숨을 구했어."

"무슨 말인지 모르겠군. 들어본 적도 없고. 어차피 네 독자적인 이론이겠지?"

"맞아…… 어쩌면 철학일지도 모르지……."

자신이 살아남은 것은 운이 좋았기 때문이다. 로우시도 어렴풋이 느낀 일이었지만, 그렇다고 해서 소립자가 어떻고 하는 말은 당혹스러울 뿐이다.

목숨을 건졌으면 잘됐고, 잃었다면 그뿐인 이야기다.

"감사하도록 해……. 너의 숨통을 끊지 못한 **상대의 불운**에……."

"내가 운이 좋았던 게 아니라?"

"후후훗……. 그야 당신…… **타고나길 불행**한 걸……."

"그도 그렇군. 여긴 원래부터 그런 녀석들이 모이는 조직이니까."

당신도 마찬가지 아닌가? 로우시는 히소에게 물었으나 그녀는 여전히 옅게 미소 지을 뿐이었다.

대화는 끝났다. 로우시는 잠시 눈을 붙이기 위해 히소에게 나갈 것을 권했지만——.

"아니…… 아니야, 《날개 사냥꾼》……. **불운**은 항상 따라다니는 거야……."

쭈욱……. 히소는 나이트릴 장갑을 착용했다. 그 손에는 어느샌가 가늘고 긴 관이 들려 있었으며, 그녀의 시선은 오직 한 곳, 로우시의 사타구니를 향하고 있었다.

"——지금부터 요도 카테터(Catheter)를…… 삽입합니다……."

"뭐?"

우선 틀림없이 자신은 불운한 별 아래 태어났다.

그날—— 사이가와 로우시는 오랜만에 수치심에 베개를 적셨다.

《제1화》

새해맞이 섹스!! 제야의 종 섹스!! 해피 뉴 이어 섹스!! 새해 복 많이 받아!!

커튼 사이로 비치는 첫 햇살에 익숙한 천장이 반짝였다. 나는 그쪽으로 한 팔을 뻗어, 전 세계에 승리하듯 브이 표시를 했다. 누가 보는 것도 아니지만 그렇기에 남에게 보여주고 싶은 것도 있는 법이다. '나는 지금까지 경험한 적 없는 행복의 절정에 있다'라고.

물론, 이 방에 있는 건 내 곁에서 잠든 아내인 리츠카뿐이다만.

"……뭐 하는 거야, 로우 군?"

오늘 어째서인지 늦게 일어난 리츠카가 내 이상한 행동을 시큰둥한 눈으로 바라보고 있었다.

뭐, 설날 정도는 늦잠을 잔다고 해도 전혀 문제없지. 올해도 귀여워♡ 사랑해♡

"응? 아니, 뭐, 새해 결심 같은 거라고 해야 하나? 새해 복 많이 받아, 리츠카!"

"응……. 새해 복 많이 받아. 근데 말이지, 갑작스럽긴 한데 부탁이 하나 있어."

"뭐야? 세뱃돈이라면 나중에 줄게."

"올해는…… 야한 짓 전면 금지로 해줘."

"　　　　컥(※목이 막혀서 나는 소리).　　　　"

——난 세계에서 가장 불행한 인간입니다.

*

"날씨 좋다~. 전국에 있는 신사에 비나 쏟아졌으면."
"세상을 저주하지 마……. 떡 몇 개 먹을 거야?"
"목이 꽉 막힐 때까지 무한 리필을 부탁해."
"제대로 대답 안 하면 냥키치 밥그릇에 담아준다?"
『그만둬.』
"세 개~……."
크리스마스이브 밤, 나와 리츠카는 마침내 맺어졌다. 마음이나 호적의 문제가 아니라, 육체적으로.
그렇기에 뭐, 연말연시 휴가 동안 정말 말 그대로 원하는 걸 실컷 했다고 해도 과언이 아니다. 천문학자가 본 별보다 더 많은 별을 땄다고 자신 있게 말할 수 있다.
그러나 이렇게 고장 난 내 자제력을, 리츠카는 일찍이 손봐버렸다. 심지어 1월 1일에.

서로 떡을 먹으면서 새해 첫 부부 회의가 열렸다.

"절제라고 해야 하나, 한계라고 해야 하나……. 로우 군에게도 그런 게 있잖아?"

"있었나……? 나중에 찾으면 다시 연락할게."

"업무 대응하듯 하지 마. 딱히 하기 싫은 건 아니야. 나도…… 조금씩 알게 된 것 같다고나 할까 뭐랄까……."

"그럼——."

"하지만 날에 따라서 아닌 날도 있어! 애초에 지금은 휴일이라서 괜찮지만 만약 오늘이 평일이라서 출근해야 하면 어떡해! 몸을 못 움직일 거 아니야! 생활에 지장이 생기는 건 안 돼!"

'지장'의 발음이 '사장'처럼 들렸다. 우리 회사 사장……. 일상생활에 사장이 등장한다고?

아니, 이렇게 농담처럼 흘려보내는 건 좋지 않다. 리츠카가 옳다. 굳이 필터링 없이 나 자신을 표현하자면, 근래의 나는 발정 난 원숭이 그 자체였다. 리츠카는 원숭이와 결혼하고 싶진 않았을 테니, 이 경고는 받아들여야 한다.

"알겠어. 미안해, 내가 좀 지나쳤지. 앞으로는 내 욕구를 좀 조절할게."

"응, 좋아. 그럼——."

떡을 다 먹었을 무렵, 리츠카는 자신의 방으로 달려갔다.

그리고 얼마 지나지 않아 돌아온 리츠카는 양손으로 태

블릿을 안고 있었다.

"——여기에 로우 군의 목표를 적어!"

"응? 뭐야, 그거……."

"새해 첫 글쓰기!"

자세히 보니, 태블릿에는 그림 툴 같은 프로그램이 열려 있었다. 나는 이런 거는 잘 모르지만 리츠카는 업무용으로 써서 그런지 능숙해 보였다. 나는 펜을 건네받고, 갑작스레 디지털 서예를 하게 되었다.

"다 쓰면 나중에 인쇄해서 벽에 붙일 거야!"

"과연. 오오, 진짜로 붓글씨를 쓰는 것 같아. 대단해——기술의 진보가 느껴져."

"꽤 예전부터 있었는데……."

"그래? 어쨌든 내 목표는……."

무엇을 쓸지는 처음부터 머릿속에 정해져 있었다. 그래서 고민할 필요도 없이 나는 서걱서걱 펜을 움직였다. 필압이나 속도 변화에도 대응하는 듯했다. 나는 디지털 기술의 경이로움을 몸소 체감했다. 우리 회사는 뭐랄까, 아날로그 중심이라 이런 건 신기하단 말이지…….

"응? 로우 군, 이 한자는……."

"아, 내 올해 목표는——『律(법칙 률)』야. 이유는 당연히 자신을 다스리기 위해서고, 무엇보다 리츠카(律花)를 최우선으로 여기겠다는 의미를 담았어."

"……하여간 로우 군은……."

조금은 허세 부리는 것처럼 들렸을지도 모르지만 리츠카는 볼을 붉혔다. 나도 실제로 써보면서 새삼 이 한자에서 느껴지는 의미가 깊게 다가왔다. 『律』…… 좋은 단어다.

"리츠카는 디지털 서예 안 해?"

"사실 이미 썼어. 내 올해 목표는……『技術(기술)』이야!"

"오호라. 그걸 쓴 이유는?"

"업무적으로 이것저것 배우고 싶고, 요리도 더 맛있게 만들고 싶어. 그리고…… 음……."

리츠카는 눈을 살짝 피했다. 말할지 말지 망설이고 있는 걸 보니, 이런 흐름에서는 말하기 어려운 게 있는지도 모른다.

"하, 항상 로우 군에게만 의지하고 있으니까…… 그쪽의…… **기술**도."

"……."

나는 말없이 리츠카에게 다가갔다. 리츠카는 곧 정신을 차리고 태블릿 화면을 내게 보여주며 "리츠! 리츠!" 하고 외쳤다. 위험하다. 리츠카의 말이 옳다. 내 이성은 더럽게 나약하다.

"다음에 이쪽의 프로인 아키에게 이것저것 배울 거야! 천천히!"

"그 표현은 오해의 소지가 있군……."

아키는 리츠카와 나의 새로운 친구다. 대단한 미인에다가 총명하고 성실한 사람이지만, 절대로 그쪽의 전문가는 아니다. 리츠카는 가끔 남다른 표현력을 자랑할 때가 있다.

『대단한 서예군……. 난 태어날 때부터 써 왔다냥……. 집안 사정 때문에 말이지.』

(키르아의 팬이었냐…….)

"응? 냥키치도 쓰고 싶어?"

반려묘인 냥키치는 나와 일부 사람에게만 그 목소리가 들린다. 그리고 동시에 대화를 통해 의사소통도 가능하다. 그러나 안타깝게도 리츠카에게는 그 목소리가 들리지 않았기에, 태블릿을 보며 조르딕스러운 말을 지껄이는 냥키치는 리츠카에게 그저 우는 것처럼 보일 뿐이었다.

그래서 리츠카는 눈치껏 냥키치 앞에 태블릿을 가져다줬다.

"자, 냥키치! 마음껏 써도 돼!"

『좋은 고양이는 인간에게 사랑받게 되어있다냥.』

"네 입으로 말하지 마."

이 녀석은 어디서 그런 말을 배운 걸까……. 딱히 신경 쓸 필요는 없지만…….

『흥! 흥! 흥! 흥! 여기선 드라마판 특명계장 타다노 히토시*의 베드신 느낌으로!!』

(네가 그걸 왜 알고 있는 건데…….)

---

*2003년에 방영한 일본의 드라마. 원작은 동명의 만화.

"오오~. 좋은 글씨체네!"

"그건 그렇고 고양이 발바닥으로도 터치가 되는구나."

냥키치는 찰싹찰싹 화면을 때리며 온 정신을 집중해 뭔가를 만들고 있었다. 물론 의사소통은 가능해도 글자를 쓸 수 있을 리는 없으니 말 그대로 충동적으로 뭔가를 그리는 것일 뿐이겠지만.

그렇게 냥키치가 쓴 글자는──.

"쌀 미(米)랑 다를 이(異)? 아하하, 어쩐지 그렇게 보여. 그럼 냥키치 것도 같이 붙여줄게~."

"똥(糞)이잖아!!"

『곤란하군, 입상하겠어.』

"그럴 리 없잖아!!"

"로우 군. 냥키치의 작품을 똥이라고 하면 안 돼!"

"큭……! 차마 설명할 수가 없어……!!"

그리하여 '律', '技術', 그리고 '米異'까지 세 장의 서예 작품이 한동안 사이가와 집안 벽을 장식하게 되었다.

*

"와, 사람 엄청 많다~……. 평소엔 텅 비어 있는데."

"이 근처에서 제일 큰 신사니까. 1년 중 가장 북적이는 날이기도 하니 어쩔 수 없지."

우리 부부는 정월 동안 특별히 약속을 잡는 편은 아니다. 기본적으로 집에서 정월 특집 방송을 보며 뒹굴뒹굴 보내는 걸 좋아하기 때문이다. 그러나 오늘만큼은 인파로 가득 찬 신사 참배길 앞에서 누군가를 기다리고 있었다. 이른바, 정월 첫 참배다.

"여기야! 미안, 미안. 오래 기다렸지? 할아버지가 화장실에서 도무지 나오질 않아서 말이야~."

"네놈이 텔레비전 앞에서 엉덩이를 떼질 않아서 늦은 거잖냐."

기다리던 사람은 두 명. 리츠카의 절친인 쿠리 요시노 씨와 그녀의 조부인 와니부치 씨다. 요시노 씨 쪽에서 갑작스레 우리 부부를 초대해 첫 참배에 가자고 한 덕분에 이렇게 네 사람이 함께 만나게 되었다.

"요시노! 할아버지! 새해 복 많이 받으세요!"

"새해 복 많이 받으세요. 올해도 잘 부탁드립니다."

"예~이. 둘 다 새해 복 많이 받아~."

"예끼! 똑바로 말 안 해? 그래, 새해 복 많이 받거라. 올해도 좋은 한 해가 되길 바란다."

평소에는 이런 모임에 와니부치 씨가 끼는 일이 없는데, 오늘은 리츠카에게 볼일이 있는 모양이었다. 그래서 이렇게 쿠리 씨와 함께 신사로 걸음을 옮기게 되었다.

"용건은 나중으로 미루도록 하고 우선은 신사를 둘러보

지 않을래? 어차피 별로 급한 일도 아니거든.”

“그래? 그럼 그럴까?”

“괜찮으세요? 혹시 먼저 볼일을 마치고——.”

“상관없어. 나도 오늘만큼은 세속의 공기를 좀 쐬고 싶으니까.”

“맞아. 할아버지는 다리를 더 많이 움직여야 해~.”

“시끄러워.”

그렇게 해서 우리 넷은 인파로 북적이는 신사 경내를 산책하게 되었다.

“평소에는 신앙심이라고는 눈곱만큼도 없는 주제에 이런 날만 되면 우르르 신사에 몰려든다니까. 하여간 현대인들은 구제불능이야.”

그러나 벌써 인파에 질린 듯, 쿠리 씨가 이곳에 있는 모든 사람을 향해 악담을 퍼붓기 시작했다.

“우리도 그 신앙심 없는 현대인이잖아.”

“할아버지는 신 같은 거 믿으시나요?”

“뭐, 그렇지. 이 신사에는 안 계시지만.”

“할아버지는 대장장이니까. 검의 신을 좋아하지?”

“검의 신……. 혹시 아메노마히토츠노카미(天目一箇神) 말인가요?”

““그게 뭐야.””

리츠카와 쿠리 씨의 목소리가 겹쳤다.

나도 신에 대해 잘 아는 건 아니지만, 대장장이 신의 이름은 들어본 적이 있다.

“잘 아는군, 《날개 사냥꾼》. 물론 아메노마히토츠노카미도 존경하지. 하지만 결국 대장장이가 믿는 신은 자기 손끝에 깃든 힘이야. 눈으로 볼 수도 없고, 손으로 만질 수도 없긴 해도 분명 거기에 있어. 그렇기에 우리 같은 장인들은 온 마음을 다해 쇠를 두드릴 수 있는 거다.”

“릿카, 무슨 말인지 이해돼? 할아버지는 예전부터 이렇다니까.”

“이럴 때는 그냥 가만히 웃자!”

“너희……. 기술이나 신념에 관한 얘기 아닌가요? 저도 꽤 아는 체를 해버렸지만…….”

“뭐, 그런 것까지 다 합친 얘기일지도 모르지. 내가 믿는 신이라는 건 결국 셀 수 없을 만큼 많은 법이야. 나에겐 내 신이 있고, 너희 젊은 세대에겐 너희 나름의 신이 있어. 그렇기에 이 섬나라가 신들의 나라라고 불리는 거다. 게다가 요즘 젊은 애들은 뭐만 하면 신 타령을 한다지? 그것참 좋은 일 아니냐.”

“음, 그건 뭐랄까…… 그건 표현의 일부라고 할까…….”

예전에 식칼을 사러 갔을 때도 느낀 건데, 와니부치 씨는 독특한 철학을 가지고 있다. 그리고 종종 우리에게 그 이야기를 들려주신다. 나는 그런 이야기를 듣는 게 은근히 좋았다. 나에게는 없는 사물을 보는 관점이나 사고방식은 나이를 먹을수록 소중한 정보가 된다는 걸 알게 되었기 때문이다.

"할아버지~. 이제 그런 얘기는 됐으니까 사격하자, 사격! 나 돈 좀~♡"

물론 이 자리에서 이런 생각을 하는 건 나 혼자겠지만.

쿠리 씨는 벌써 노점의 사격 게임에 빠져 할아버지에게서 돈을 뜯어내고 있었다.

"휴우……. 요시노, 네가 올해 몇 살이냐. 에휴, 알았다. 대신 꼭 상품을 따 오거라. 《날개 사냥꾼》 자네랑 아가씨도 가서 해! 시원하게 날려버려!"

"앗, 그래도 될까요? 죄송합니다……."

"고마워요, 할아버지! 로우 군. 나, 저 인형 갖고 싶어!"

와니부치 씨는 어째서인지 손녀뿐만 아니라 나와 리츠카의 게임값까지 내주셨다. 쿠리 씨는 이런 축제 같은 곳에 꼭 와니부치 씨와 함께 오고 싶었던 게 아닐까, 하는 생각이 들었다.

그건 그렇고, 리츠카가 노리는 건…… 어디선가 본 적 있는 인형이었다. 하얗고 동글동글하면서 뿔과 날개가 달린 묘하게 못생긴 녀석. 리츠카가 빠져 있는 캐릭터였다.

"역시 한 발도 안 맞아! 난 역시 이쪽 재능이 없나 봐."

"나도 사격은 영……. 겨우 한 발밖에 못 맞췄어."

순식간에 게임을 끝낸 두 사람은 경품을 거의 맞추지 못했고, 결국 참가상인 사탕을 받았다.

참고로 나는 아직 건네받은 총과 코르크탄의 상태를 확인하는 중이다.

"두 사람, 너무 빨리 끝난 거 아니야? 좀 더 신중하게 쏴야지."

"계속 총 상태를 확인하는 로우 군이 이상하거든!"

"기다리는 손님들 생각 좀 해~."

"어디 《날개 사냥꾼》의 솜씨나 한 번 구경할까? 설마 실력이 녹슨 건 아니겠지?"

"하하하……. 이런저런 말을 듣긴 합니다만 게임은 게임이니 적당히 할게요……."

어차피 저 못생긴 봉제 인형을 빗맞히는 쪽이 더 어렵다. 문제는 조금 전 리츠카가 한 발을 맞췄을 때, 인형이 테이프 같은 걸로 받침대에 고정된 게 보였다는 점이다. 리츠카와 다른 사람들은 눈치채지 못한 모양이었으나, 아마 정확히 맞춘다고 해도 그 인형은 받침대에서 떨어지지 않을 것이다.

(이건 사기잖아. 하긴, 이런 팔리지도 않을 못생긴 인형을 취급하고 있는 시점에서 말 다 했지.)

차라리 경품이 『도토리』였으면 좋았겠지만 그건 아직 정식 굿즈도 나오지 않았다.

따라서 현시점에서 이 세상에 나와 있는 도토리 굿즈는 전부 비공식 짝퉁이다……는 생각을 해봤으나, 지금은 아무래도 좋다. 상대가 사기를 치면 우리도 그에 걸맞은 수단을 쓰면 될 뿐이다.

탄환을 꼼꼼히 점검하고 일부 부품을 손본 뒤, 총에 탄환을 집어넣은 나는——.

"이얍!"

——쏘고, 장전하고, 쏘고, 다시 장전하는 사이클을 극한으로 빠르게 행한 끝에 그 인형의 급소를 노려, 테이프째로 떨어뜨리듯 인형을 받침대에서 격추했다.

"와, 대단해!"

"역시 로우 군! 사격의 천재야!"

"후후훗……. 더 칭찬하도록 해, 리츠카."

멍하니 서 있는 노점 주인을 뒤로한 채, 나는 리츠카에게 인형을 건넸다. 이 못생긴 녀석이 리츠카를 웃게 한다면, 이 인형도 그리 나쁜 물건은 아닐 것이다.

단 한 명, 와니부치 씨만이 키득키득 웃음을 참지 못하고 있었다.

"자네도 의외로 애 같은 구석이 있구먼. **손톱으로 코르크를 깎았지**?"

"아, 들켰나요? 하지만 이걸로 비긴 겁니다. 저쪽도 테이프로 인형을 고정해 놓았으니까요."

코르크탄은 깨진 부분이 있거나 모양이 나쁘면 똑바로 날아가지 않거나 위력이 줄어들기 마련이다. 하지만 나는 일부러 깨진 코르크탄을 골라서 슬쩍 손톱으로 깎아 모양을 다듬고, 공기 저항을 줄여 위력을 늘렸다. 아마 지금쯤 그 사실을 눈치챈 노점 주인은 이를 갈고 있겠지.

“그런 짓을 하는…… 아니, 그런 짓을 할 수 있는 손님은 네놈 정도밖에 없을 거다. 잘했어.”

“덕분에 손톱이 좀 아프지만요. 게다가 그 정도 거리는 두 눈을 감고 쏴도 맞힐 자신이 있어요.”

“역시 사이가와 씨는 사격에 진심이야. 올림픽에도 나갈 수 있겠어.”

“그거 좋네! 로우 군이 은메달을 따는 모습을 보고 싶어!”

“왜 벌써 누구한테 진 건데.”

이왕이면 금메달이라고 해줬으면 좋았겠지만, 경기에는 초보인 내가 덜컥 금메달을 따는 건 아무래도 너무 꿈같은 얘기라고 생각한 모양이다. 이상한 부분에서 리츠카는 엄격하다.

“난 참배할 때 돈을 얼마나 넣어야 할지 늘 고민되더라.”

“5엔이 무난하지 않아? 5백 엔이면 멘탈이 흔들리잖아.”

리츠카와 쿠리 씨가 그런 얘기를 나누며 헌금함에 동전을 던져 넣고 있었다.

나도 지갑을 열어보니, 5엔짜리와 5백 엔짜리가 눈에 들어왔다. 당연히 5엔을 선택했다. 만약 신이 정말 존재한다면 이런 쩨쩨한 마음도 전부 꿰뚫어 보겠지만, 알 바 아니다.

"예법도 잘 모르겠어. 두 번 절하고 박수 한 번인가?"

"두 번 절하고 두 번 손뼉 치고 마지막에 절 한 번이야."

"어라? 한 번 절, 두 번 손뼉, 한 번 절 아니었어?"

"바보 같은 녀석. 《날개 사냥꾼》이 정확하다. 예전에도 가르쳐줬잖냐."

"현대인은 그런 거 일일이 기억 못 해~."

그건 좀 아닌 것 같다는 생각이 들었으나, 확실히 이런 예법은 학교에서 가르쳐주는 것도 아니다.

나도 대충 아는 수준이니 잘난 척할 수는 없다.

"이 '딸랑딸랑방울'을 흔드는 게 재밌단 말이지!"

"아아, 나도 그래. 어릴 때 마구 흔들다가 할아버지한테 꿀밤 먹은 적도 있을 정도야."

"'딸랑딸랑방울'이라니……. 믝, 나도 이 방울의 이름은 모르지만."

"'혼츠보스즈(本坪鈴)'라고 한다. 그래봤자 너희는 아마 내일 정도면 잊어버리겠지……."

'연륜'이라는 말을 꺼냈다가는 나도 얻어맞을 것 같았으나, 역시 와니부치 씨는 잘 알고 있었다.

우리는 저마다 딸랑딸랑방울……이 아니라 혼츠보스즈를 흔들고는 조용히 눈을 감았다.

"쉽게 부자가 되게 해주세요!"

"로우 군이랑 언제까지나 행복하게 지낼 수 있게 해주세요!"

"신사 참배할 때는 소리 내서 말하는 게 아니야……."

"이제는 혼낼 기력도 없군……."

뭐, 나의 소원도 리츠카와 크게 다르지 않았다. 살다 보면 바라는 건 그때그때 달라지는 법이긴 하나, 내 소원은 앞으로도 변치 않을 것이다. 소원이 더 늘어날 수는 있더라도 리츠카와의 행복보다 더 원하는 건 지금의 나에겐 떠오르지 않았다.

"그러면 일 년의 마무리를 해볼까? 하자── 운세 뽑기!"

"새해 첫날에 무슨 마무리를 한다는 거야."

"재밌겠다! 대길(大吉) 다음에 중길(中吉)이었나?"

"아니, 길(吉)……."

예의라고는 찾아볼 수 없는 참배가 끝난 뒤, 우리는 운세 뽑기를 했다.

나와 리츠카는 원래 새해 첫 참배 자체를 잘 안 가기에, 뽑기는 꽤 오랜만이었다.

새해 첫날 운세 뽑기는 참배객들이 가능한 한 기분 좋게 집으로 돌아가도록 대길의 비율을 높인다는 이야기를 들은 적이 있다. 그러니 결과는 이긴 나온 셈이다.

“대흉이라니————————————!!”

나는 비명을 질렀다. 대흉이었다. 최악이다. 이게 뭐야?
“아하하하! 로우 군, 새해부터 운이 안 좋네!”
“사이가와 씨는 올해도 재난으로 가득 찬 한 해가 되겠는데~.”
“신경 쓰지 마라. 불행과 행복은 뒤엉킨 밧줄과도 같다고 하더군. 내년에 대길을 뽑으면 돼.”
“다들 위로의 말 고마워……. 자, 빨리 다른 사람들도 뽑아봐.”
나는 그렇게 재촉했다. 내가 대흉을 뽑았으니, 다른 사람들은 더 나은 운세를 뽑을 것이다. 그래, 저 운세 상자 안의 대흉을 내가 이 몸 하나로 막았다고 생각하면——.
“대, 대흉……. 말도 안 돼…….”
“나도 흉이야! 여기 신사 직원들, 장난치는 거 아니야?!”
“말길. 뭐, 늙은이에게 딱 어울리는 결과구먼.”
“우리, 작년에 그렇게 나쁜 짓을 저질렀던가……?”
신기할 정도로 흉에 치우친 결과였다. 이 신사는 새해에 참배객의 기분을 좋게 만들어 줄 생각이 없는 걸까? 그게 아니면 우리 운이 그렇게나 안 좋은 걸까?

"으윽……. 로우 군, 운세 바꿀래……?"

"그래. 딱히 의미는 없지만……."

"으음, 금전운 '생각대로 되지 않는다', 승부사 '자제하는 게 좋다', 사업 '지금 하는 일이 좋다', 소원 '방심은 금물', 기다리는 사람 '기다려도 안 옴'! 자, 내 일 년은 이걸로 끝!"

쿠리 씨는 종이에 적힌 문구를 읽으며 한탄했다. 흉이라서 제대로 된 내용이 하나도 없었다. 그럼 대흉인 나와 리츠카는……. 슬쩍 봤지만 읽을 의욕조차 사라졌다.

"하핫. 나는 대길인데 사업은 '지금 하는 일이 좋다'라고 적혀 있었어. 그럴 리가 없는데 말이야."

"시끄러워!! 누가 마음대로 대길을 뽑으…… 꺄아아아아아아아아아아악?!"

"카, 카야마 선배?! 어느 틈에?!"

"은근슬쩍 끼어들지 마……."

키가 크고 잘생긴 남자가 어느새 우리 사이에 끼어 있었다. 그 사람의 이름은 카야마 레이치.

카야마는 내 대학 시절 친구로, 지금은 쿠리 씨와 같은 탐정 사무소에서 일하는, 이른바 현역 탐정이다. 왜 지금 이 자리에 있는지는 전혀 알 수 없다.

"미리 말해두는데, 우리 사무소는 블랙 중의 블랙이야. 사무원인 쿠리 씨는 그렇다 쳐도, 탐정인 나는 새해부터

곧장 일에 투입됐거든. 뭐, 이제 거의 끝나긴 했지만."

"아아, 그 불륜 조사 말이지? 확실히 오늘은 목표물이 돌아다닐 법한 날이긴 해."

"힘들어 보이네요……. 일하시느라 고생이 많겠어요, 카야마 선배. 그리고 새해 복 많이 받으세요!"

"아참. 새해 복 많이 받아, 카야마. 올해도 잘 부탁해."

"너희들이야말로 새해 복 많이 받아. 대흉 부부에게 행복이 깃들길 바랄게."

꼭 한마디를 더 한다니까……. 하지만 이 녀석은 불쌍하게도 새해부터 일하고 있는 꼴이니, 지금은 뭐라고 해도 용서할 수 있다.

"……새해 받아."

"하하! 뭔 인사야 그게. 복은 어디 갔어?"

"새해 첫날부터 너랑 마주친 건 전혀 축하할 일이 아니야! 너는 복은 빼고 새해 맞이한 사실만 받아들여!!"

"축하도 없다니…… 올해도 역시 엄격하네, 선배는. 그래서 흉이 나온 거 아니야?"

"시끄러워!! 네 대길 내놔!! 찢어버리겠어!!"

카야마와 쿠리 씨는 동료이자 선후배 (근무 경력으로는 카야마가 후배) 관계다. 그러나 그렇다고 해서 친하냐고 하면 꼭 그런 것도 아니다. 보다시피 둘의 사이는 그저 그렇다.

와니부치 씨는 그런 두 사람의 모습을, 팔짱을 끼고 아무 말 없이 지켜보고 있었다.

"……이봐, 《날개 사냥꾼》. 그리고 아가씨. 저 잘생긴 남자는 누구지?"

"제 대학 시절 친구예요. 이름은 카야마라고 하고요."

"지금은 요시노랑 같은 직장에서…… 어라? 할아버지는 모르시나요?"

"가끔 일 얘기를 하긴 했어도 저렇게 잘생긴 남자가 있다는 얘기는 못 들었어. 괴짜인 소장과 후배 사무원이 있다는 건 알고 있었지만. 난 당연히 세 명만 근무하는 탐정 사무소인 줄 알았는데."

"요시노, 얘기 안 했구나. 부끄러웠던 걸까?"

쿠리 씨가 부끄럼을 타는 타입인지는 알 수 없으나, 어쨌든 그녀는 와니부치 씨에게 카야마에 대해 이야기하지 않았던 모양이었다.

와니부치 씨는 뒤통수를 긁적이며 두 사람 쪽으로 다가갔다.

"이봐, 거기 젊은이——."

"처음 뵙겠습니다. 와니부치 트사부로 씨 되시죠? 손주분과 같은 직장에서 근무하는 카야마 케이치라고 합니다. 항상 손주분께 신세를 지고 있습니다. 잘 부탁드립니다."

"이 자식, 왜 우리 할아버지 이름을 알고 있는 거야?!"

"글쎄? 탐정이라 그런 거 아닐까?"

"설명이 안 되거든!!"

"……잘 부탁하네. 서서 얘기하는 것도 좀 그렇군. 운세를 묶어두는 기둥도 저쪽에 있으니 너희의 액운을 정화하고 앉아서 편하게 얘기하는 게 어떻겠나. 안 그런가? 젊은이."

"잠깐…… 할아버지! 이런 녀석은 그냥 내버려 둬도 돼!!"

와니부치 씨는 쿠리 씨의 말을 무시하고 재빠르게 걸어가 버렸다. 나와 리츠카는 서로 얼굴을 마주 봤다.

"할아버지…… 뭔가 있어 보여."

"원래 강인한 인상인데 더 심해진 느낌이었지……."

"어라? 나도 너희를 따라가는 거야? 난 대길인데?"

"……나는 확실히 흉이 맞나 봐."

문득 하늘을 올려다보니 어느새 두꺼운 구름이 드리워져 있었다. 오늘 아침에 내가 한 저주가 통한 건지, 아니면 대흉과 흉이 나온 바보들이 모여 있어서 그런 건지는 모르겠으나, 어쨌든 비가 내릴지도 모른다.

*

와니부치 씨 댁은 철물점을 운영하고 있어서, 우리도 전에 한 번 찾아간 적이 있다. 물론 새해 첫날이라 가게는 열지 않았고, 이번에는 평범한 방문객 신분으로 대문을 들어

설 수 있었다.

"요시노. 차 좀 우려 와라. 다고-도."

"벌써 사람을 막 부려 먹네……. 네, 다섯 명 맞죠? 잠시만요."

나, 리츠카, 카야마, 와니부치 씨는 코타츠를 둘러싸고 앉았다. 쿠리 씨는 잠시 자리를 비웠다.

어쩐지 분위기가 어색했다. 이 모든 게 카야마가 나타났기 때문이다.

와니부치 씨는 카야마를 노려보더니 깊게 숨을 들이마시고 물었다.

"그래서 젊은이."

"네?"

"우리 손녀랑 어떤 사이지?"

"질문의 의도를 잘 모르겠습니다만, 굳이 말하자면 손녀분의 노예 정도 아닐까요?"

언제나처럼 여유롭고 가벼운 말투로 카야마가 대답했다. 녀석의 등짝을 걷어차 버리고 싶은 충동이 끓어올랐다.

"노, 노예……?"

"너 이 자식, 진지하게 대답 안 해……?!"

"진지하게 대답한 거야. 나는 쿠리 씨에게 절대복종이니까."

"……예전부터 요시노는 남자에게 관심이 전혀 없었지.

우연인지, 그게 아니면 일부러 피해 온 건지는 모르겠다만 어쨌든 이 녀석이 연애한다는 얘기는 전혀 들어본 적이 없다. 물론 젊을 때는 그래도 되지만 이제는 나이를 먹었어. 지금 당장 결혼하라고는 안 해도, 적어도 마음 편히 지낼 수 있는 상대가 가까이 있으면 해. 아무리 발버둥 친들…… 결국엔 내가 먼저 가게 될 테니까."

항상 강인하고, 날카로운 칼날 같았던 와니부치 씨가 지금만큼은 지친 노인처럼 보였다. 손녀의 앞날을 걱정하는 외롭고 다정한 할아버지처럼.

"확실히…… 지금까지 요시노의 주변에는 남자가 전혀 없었어요. 제가 모르는 사이에 누군가를 좋아한 적도 없고요. 왜 그랬을까요? 장래의 꿈이 신부가 되는 거였는데."

"의외네……. 단순히 만날 기회가 없었던 게 아닐까? 두 사람 다 중학생 때부터 대학생 때까지 여학교만 다녔잖아."

"내가 보기엔 딱히 남자가 싫은 건 아닌 것 같아. 나는 원래부터 소장님한테도 직설적으로 말하는 타입이니까. 사이가와의 말대로 그저 기회가 없었던 걸 거야."

"아니, 꼭 그렇지만도 않아."

와니부치 씨는 접시에 담긴 귤을 우리에게 건네며 그렇게 말했다.

나와 리츠카는 사양하지 않고 귤을 하나씩 집었다. 카야마는 손대지 않았다.

"나에게는 불효자식이 하나 있거든. 녀석의 아버지이자 다른 여자랑 놀아난 뒤에 자취를 감춘 쓰레기지. 그때 요시노는 아직 어렸지만, 놈 때문에 남자를 불신하게 되었어. 딸이 처음으로 믿는 이성은 보통 아버지일 텐데, 그 아버지가 말도 안 되는 바보였으니 당연한 일이었지."

"……전혀 몰랐어요. 요시노는 단 한 번도 그런 얘기를 한 적이 없었는데……."

귤을 까던 손을 멈춘 리츠카는 조금 충격을 받은 듯했다. 물론 각자의 가정사라는 게 쉽게 입 밖으로 낼 수 있는 이야기는 아니지만, 여태 몰랐다는 사실에 죄책감을 느낀 걸지도 모른다.

"사실 요시노는 나를 만나러 오지 않아도 된다. 보통 사람이라면 자기를 버린 남자의 아버지를 원망하는 법이니까. 그럼에도 다른 사람들이 뭐라고 하든, 녀석은 내 집으로 와서 언제까지고 아이처럼 장난을 치고 놀았지. 나는 할아버지라고 불릴 자격도 없는데 말이야."

"그렇지 않아요!"

"아가씨, 고맙지만 위로는 필요 없어. 난 그저 그 아이가 착하게 자라난 걸 기뻐하기만 하면 그걸로 충분해."

불륜을 저지르고 가족들 앞에서 자취를 감춘 아빠. 그 아빠의 아버지…… 즉, 쿠리 씨의 할아버지. 쿠리 씨의 어머니로서는 만나러 가는 것조차 싫었을 것이다. 그러나 쿠리 씨는 전혀 신경 쓰지 않고 지금도 와니부치 씨를 만나러 온다. 정말 착한 사람이다—— 리츠카가 옛날부터 마음을 열었던 것도 당연하다.

와니부치 씨는 귤을 한입에 집어넣은 뒤, 갑자기 눈빛을 날카롭게 번뜩였다.

"그러니까 내 말은…… 그런 손녀가 분명히 평소와는 다른 반응을 보이는 게 바로 이 잘생긴 남자라는 거야. 내 추측이긴 하다만 녀석은 꽤 너에게 마음을 열고 있어. 젊은이…… 자네는 도대체 정체가 뭐지?"

"아까도 말씀드렸지만 저는 그저——."

"——자네는 우반자군."

웅얼거리듯, 와니부치 씨가 단정 지었다. 우반자—— 즉, 《블레스》라는 이능력을 지닌 자들을 통칭하는 말이다. 소속된 조직에 따라 부르는 명칭은 다르지만, 나는 우반자를 《블루즈》라고 불렀고, 리츠카와 쿠리 씨는 《액터》라고 불렀다. 그리고 와니부치 씨의 추측대로 리츠카와 쿠리 씨, 그리고 카야마 역시 《블레스》를 지닌 우반자였다. 그 말은 평범한 일반인이 아니라는 뜻이다.

"잘 아시네요. 혹시 토사부로 씨도 《블레스》를 지니고 계시나요?"

"난 없다네. 하지만 우반자를 보면 어쩐지 팔이 저려. **베어**버리라면서."

와니부치 씨는 오른팔을 카야마 쪽으로 내밀었다. 손에는 호신용 칼이 쥐어져 있었다.

리츠카도 그렇지만, 알아차릴 만한 사람들은 상대가 능력자인지 아닌지를 금방 눈치채는 모양이었다. 나는 그런 데는 영 둔해서, 상대에게서 위화감을 느껴도 그게 《블루즈》라서 그런 건지 판단하지 못했다. 역시 와니부치 씨는 평범한 사람이 아니었다.

"만약—— 네놈이 《블레스》를 이용해서 무슨 짓을 한 거라면 지금 이 자리에서 베겠다."

"못 할 것도 없지만, 그런 짓은 하지 않았어요. 뭐, 증명할 방법은 없지만요."

와니부치 씨가 위협적인 태도를 보였는데도 카야마는 꼼짝도 하지 않았다. 순식간에 방 안 공기가 얼어붙었다.

"자, 잠깐! 진정하세요!"

"할아버지! 카야마 선배도요! 오늘은 새해 첫날이라고요?! 자, 귤이나 먹어요!"

리츠카가 껍질을 벗긴 귤 한 알을 카야마에게 건넸다. 그러자 카야마는 손끝으로 보기 좋게 귤을 으깨더니, 내 얼굴로 과즙을 날렸다. 이게 뭐 하는 거지? 내가 대신 이 녀석을 베면 되는 건가……?

"——이 바보들아!!"

부엌에서 돌아온 쿠리 씨가 양손에 든 찻잔을 카야마와

와니부치 씨의 볼에 찰싹 가져다 댔다.

““앗 뜨거!!””

찻잔 속에는 갓 끓인 뜨거운 차가 담겨 있었다. 두 사람 다 똑같은 반응을 보였다.

“미리 말해 두는데, 나랑 이 녀석은 아무 사이도 아니야!”

“요, 요시노! 너, 할아버지한테 무슨 짓을 하는 거냐?!”

“시끄러워!! 뭔가 분위기가 이상하다 싶었더니 쓸데없는 소리나 해 대고! 나만의 페이스가 있단 말이야!! 좋은 사람이 나타나면 붙잡을 거고, 없어도 혼자 살면 돼!!”

“하, 하지만 이 잘생긴 남자랑은 어떻게 봐도…… 뭐가 있어 보이는데?!”

“없어! 이 녀석과 사귈 바에는 금붕어나 키우는 게 나아!”

“하하. 이게 진짜 거절이라는 건 너희도 알겠지?”

“그거에 딱히 상처 안 받는 너도 대단하다…….”

만약 내가 리츠카에게 “사이가와랑 사귈 바에는 고양이나 키울래”라는 말을 들었다면 아마 일주일은 앓아누웠을 것이다. 그렇다면 카야마도 쿠리 씨를 그저 동료라고 생각하는 게 아닐까?

“하지만 요시노가 카야마 선배를 좀 ‘다르게’ 대하는 건 확실해.”

“릿카는 꼭 그런 식으로 생각하더라……. 아, 몰라. 할아버지, 잘 봐!”

쿠리 씨는 한숨을 내뱉으며 카야마 옆에 앉았다.

그리고 망설임 없이 그의 볼에 손을 가져다 댔다── 그 순간.

"여자──────────!!"

"아닛?! 이건 또 뭐야?! 발작이냐?!"

굳이 노력하지 않더라도 연애 관련으로는 평생 고생 안 할 것처럼 보이는 카야마의 최대 약점.

그것이 바로 중증 여자 공포증이었다. 여성에게 닿는 순간, 강렬한 거부 반응을 보이며 사회적 체면 같은 건 무시하고 이런 반응을 보이는 것이다. 와니부치 씨는 한 걸음 뒤로 물러나 이 광경을 바라보고 있었다.

"보다시피 이 녀석은 여자를 극도로 무서워해. 어린애나 노인은 괜찮지만, 연애 대상이 될 만한 여자는 전부 안 된다고 보면 돼. 그러니까 세상에서 제일 안전한 남자인 셈이지. 솔직히 난 이 녀석이 싫지만, 그 점만은 믿을 수 있어. 다른 사람을 대할 때랑 다른 게 있다면 바로 그거야."

"연기는 아니군……. 두드러기가 올라왔어……."

"하핫……. 그래서 전 절대로 손주분께 손을 대지 않는답니다. 믿어달라고는 하지 않겠지만 어디까지나 직장 동료로서 좋은 관계를 쌓고 싶다고는 늘 생각하고 있습니다."

카야마의 여자 공포증은 확실히, 카야마 쪽에서 먼저 접근하는 일은 절대 있을 수 없다는 것을 보여주고 있었다.

거꾸로 말하면, 쿠리 씨 같은 여성에게 카야마는 어떤 사고도 일으키지 않을 안전한 존재다. 그 점 하나만으로 카야마를 신뢰할 수 있다는 쿠리 씨의 논리는 확실히 일리가 있었다.

"뭐야~ 조금 아쉽네……. 두 사람 모두 내 '최애'인데~."

"사람 가지고 멋대로 덕질하지 마. 만약 누구랑 사귀게 되면 가장 먼저 릿카에게 말할 테니까."

"응……. 기다릴게……."

매우 아쉬운지 리츠카의 눈썹이 처져있었다.

평소 두 사람의 관계에 소녀 감성 안테나를 세워두고 있었던 탓이리라.

"그보다 할아버지. 얼른 릿카에게 건네줘! 그게 오늘 우리가 모인 이유잖아!"

"아참, 그랬지. 잠시 기다리거라."

쿠리 씨가 재촉하자, 와니부치 씨는 자리에서 일어섰다. 그러고 보니 오늘 우리가 모인 건 와니부치 씨가 리츠카에게 용건이 있다고 했기 때문이었다. 카야마 때문에 완전히 잊고 있었다.

잠시 뒤, 와니부치 씨가 양손으로 안고 온 것은── 한 자루의 검이었다.

"이거, 설마 《종달새(雲雀)》인가요?! 자, 작아졌네요! 귀여워라!"

"어? 그러게. 길이가 줄긴 했지만, 칼날의 무늬가 똑같아."

리츠카가 칼집에서 빼내어 상태를 확인하고 있는 그 검은 그녀가 아끼던 《종달새》였다. 작년에 나는 옛 친구인 켄고와 전투를 벌였고, 그때 리츠카에게 빌린 《종달새》를 써서 승리를 거뒀다. 그러나 그 대가로 검이 부러지고 말았다. 그 일은 정말로 미안하게 생각하고 있다.

그 후, 부러진 칼날을 회수한 우리는 일단 와니부치 씨에게 맡겨두었다.

"이걸 귀엽다……고 할 수 있을지는 모르겠다만, 《종달새》가 완전히 부러진 탓에 남은 칼날을 갈아서 복원할 수밖에 없었다. 결과적으로 단검이 되고 말았지. 미안하구나."

——원래 길이와 비교했을 때 반 이상 줄어든 크기였다.

"천만에요! 수리를 부탁한 건 저희인걸요. 《종달새》와 이렇게 다시 만날 수 있어서 정말 기뻐요! 감사합니다!"

"릿카가 그 검을 얼마나 아꼈는지 몰라."

"아직 한창 젊은 여성이 검을 들고 기뻐하다니……. 나로서는 이해가 안 되는 광경이야."

"뭐, 넌 당연히 그렇겠지……."

와니부치 씨가 예전에 한 말을 빌리자면, 도구는 그 역할을 다하면 못 쓰게 된다—— 즉, 도구가 죽음을 선택하는 것이지, 거기에 인간이 개입할 자리는 없다고 한다.

"그래서 말인데요, 할아버지. 값은 어떻게 드려야……?"

"필요 없어. 부러졌어도 형태를 바꿔 소유자의 품으로 돌아오지 않았느냐. 도구에도 윤회가 있고 환생이 있는 거야. 나는 단지 그걸 도와줬을 뿐이다. 오히려 이 검을 만든 장인으로서, 이렇게 아껴준 아가씨에게 감사를 표해야 마땅해. 그러니 본래 주었던 이름을 바꿀 필요는 없다만——."

갈고 닦인 흰 칼날은 마치 새하얀 눈처럼 반짝반짝 빛나고 있었다.

그 빛은 마치 아름다운 은발을 지닌 리츠카와 처음부터 함께였던 듯한 느낌을 주었다.

"——《육화운작(六華雲雀)》이라고 이름을 붙였다."

그렇게 다시 태어난 검을, 리츠카는 무엇보다 소중히 가슴에 꼭 끌어안았다.

"공교롭게도 나기라가 붙인 이름이랑 비슷하네요. 하하, 센스가 훌륭하신데요?"

"네가 정리하는 거냐……!!"

"뭐, 할아버지가 주는 세뱃돈 같은 거라고 생각하고 잘 간직해. 사이가와 씨보다 더."

"응! 그럴게!"

"아니, 그 대답은 좀 이상하잖아. 적어도 똑같이 대해줘야지."

"세뱃돈 하니까 생각났군. 너희들, 세뱃돈이다. 받아둬."

이번에는 나와 카야마에게 와니부치 씨가 무언가를 건넸다. 심플한 흰 칼집에 들어 있는 전통 단도는 나에게, 마찬가지로 전통 단도지만 칼집에 흰 꽃장식이 더해져 있는 건 카야마에게 돌아갔다.

"이건── 호신용 칼인가요? 이걸 왜 저희에게……?"

"너한테 건넨 건 내가 처음으로 벼려낸 무명(無銘)의 호신용 칼이다. 《육화운작》이 내 인생 마지막 검이라면, 인생 처음의 무명은 남편인 네놈이 갖도록 해. 부적처럼 지니고 다녀."

"……! 정말 감사합니다. 소중히 간직하겠습니다."

"커플이네, 로우 군!"

"아니, 커플은 아닌 것 같은데……."

그래도 정말 기뻤다. 원래부터 총기나 도검류를 좋아하기도 했지만, 무엇보다 와니부치 씨의 신뢰를 물건으로 증명받은 것 같았기 때문이다.

한편, 카야마가 받은 단도를 본 쿠리 씨는 얼굴을 찌푸렸다.

"이 마거리트 무늬 검…… 할아버지가 할머니한테 줬던 거 아니야?!"

"그러고 보니 마거리트의 꽃말은…… 진실한 사랑이었지! 멋지다!"

확실히 귀여운 디자인의 단도였다. 새하얀 마거리트를 남자의 검에 새길 리는 없을 테니, 리츠카가 말한 꽃말처럼 그것은── 사랑의 증표였을 것이다.

"저에게 구혼이라도 하시는 건가요, 토사부로 씨? 부끄럽네요."

"헛소리 마. 그 반대다. 뭐, 요시노의 말대로 이건 내가 아내에게 청혼할 때 건넨 물건이긴 하다만."

"그걸 왜 이 녀석한테 주는 거야?! 차라리 전당포에 맡기지!!"

"요시노, 그건 좀 아니지 않아……?"

"네가 요시노랑 가장 가까운 남자라면, 만약 요시노에게 무슨 일이 생겼을 때 이걸로 지켜줘라. 그리고 네놈보다 이 단도를 쓸 자격이 있는 사내가 요시노 앞에 나타난다면 순순히 넘겨주도록 해. 무엇보다 네놈이 만약 요시노를 상처 입히면── 그 검으로 배를 가르고 죽어라. 이건 나의 저주다, 레이치."

와니부치 씨는 사람을 죽일 듯한 시선으로 카야마를 노려보고 있었다. 이미 오해는 풀렸을 텐데, 아직 카야마를 의심하고 있는 걸까. 어쩌면…… 믿고 있는 걸까. 쿠리 씨처럼.

실시간으로 어르신의 저주를 받은 카야마는 평소처럼 건조한 웃음으로 받아쳤다.

"하핫. 탐정이 이런 걸 들고 일하면 문제가 생길걸요? 뭐, 그래도 잘 받겠습니다."

"그럼 내가 죽으라고 하면 바로 죽을 각오가 되어 있다는 거네?"

"그런 일이 없도록 빨리 좋은 사람을 찾아. 바로 넘겨줄 테니까."

"나 완전 상처받았어!! 오늘 저녁은 게 전골이었는데 이 자식의 곱창전골로 메뉴 변경이야!!"

"어차피 밥 준비하는 건 이 할아버지잖냐. 멋대로 말하지 마. 아무튼 오늘 저녁은 게 전골이니 너희도 먹고 가. 다 먹어 치울 수 없을 만큼 많이 있으니까."

"앗, 그래도 되나요?! 잘됐다, 로우 군. 게야, 게!"

"게!! 앗싸!!"

"뭐지, 이 게에 환장하는 부부는……."

"나는 사무실로 돌아가서 마저 일을――."

"방금 뭐라고 했나?"

"아뇨, 아무 말도 안 했습니다."

그렇게 해서 우리는 와니부치 씨가 끓여준 게 전골을 맛있게 먹으며 만족스러운 새해 첫날 밤을 보냈다.

밖에는 비가 내렸던 것 같지만 금세 그쳤다.

오늘 우리 모두 나란히 대흉을 뽑았다는 사실도, 즐거운 시간 앞에서는 이미 기억 저편으로 사라졌다.

*

“으음~ 맛있었어! 종달새……가 아니라 《육화운작》이랑 도 다시 만났고! 최근 몇 년 중 최고의 새해 첫날이야~.”

“다음에 와니부치 씨에게 뭔가 답례를 해야겠는걸. 쿠리 씨에게 뭘 좋아하시는지 물어봐야겠다.”

“좋아! 집 도착하면 바로 요시노에게 물어볼게!”

“…….”

나와 리츠카, 그리고 카야마는 밤길을 천천히 걸었다. 우리 둘은 집으로 돌아가는 길이었으나, 카야마는 사무소로 복귀해 다시 일을 한다고 했다. 정말 블랙 기업이다.

한편, 카야마는 우리를 힐끗힐끗 관찰하고 있었다. 어두운 밤길에서 도대체 뭘 하는 걸까.

“저기, 사이가와랑 나기라.”

“왜?”

“일 이야기인가요? 들어줄게요!”

“드디어 했구나. 축하해.”

“““?!”””

부부가 나란히 넘어질 뻔했다. 뜬금없이 갑자기 무슨 얘길 꺼내는 거야, 이 녀석은.

"가, 갑자기 이상한 소리 하지 마!!"

"그, 그래!! 방과 후의 고등학생도 아니고……!!"

"하핫. 부정하지 않는 걸 보니 역시 했구나. 경사 났네, 경사 났어. 새해맞이 분위기가 제대로 나고 있어. 오늘 저녁은 축하의 의미로 팥밥을 먹어야 하지 않았을까?"

"이 자식, 적당히 해!!"

"어, 어떻게 안 거야……?"

나와 리츠카는 딱히 이상한 분위기는 풍기지 않았을 텐데. 평소와 똑같은 거리감에, 평소와 똑같이 다정한 모습을 보여줬을 뿐이다. 그런데 '했다'느니 '축하'한다느니 같은 말을 한다니…….

"분위기라고 해야 하나? 직업상 그런 것에 민감하거든. 쿠리는 눈치 못 챈 것 같지만, 그래도 제대로 보고하는 게 좋을 거야. 걔는 항상 너희 둘을 걱정하고 있으니까. 자기에 대한 일보다 더 말이야."

"그건 정초 안에 언젠가……."

"하여간 음흉한 녀석이라니까. 뭐, 탐정으로서 훌륭해졌다고 해야 하나?"

예전부터 생각했는데, 카야마는 점점 더 탐정으로서 추잡한 스킬을 익히고 있다. 이러다가는 친구를 잃을 거라고 충고해 주고 싶다. 구체적으로는 사이가와 부부 같은 친구를.

"아, 맞다! 요시노! 카야마 선배는 요시노를 어떻게 생각하고 있나요?!"

'쿠리'라는 단어가 나오자마자 리츠카는 반격의 실마리를 찾은 듯, 카야마를 향해 말의 화살을 날렸다.

아픈 곳을 찔렸다면 화살을 다른 곳으로 돌리는 게 상책이다. 나도 "그래, 맞아!"라며 거들었다.

"응? 좋아해. 이성으로서."

"""……."""

순식간에 정적이 흘렀다. '간격'이나 '숨 고르기' 같은 건 전혀 없이, 카야마는 대놓고 직구를 날린 것이다.

"어…… 농담 아니고?"

"어, 어떡하지……. 오히려 어떻게 반응해야 할지 모르겠어……."

동료나 친구로서의 '좋아한다'라면 그럭저럭 납득할 수 있다. 하지만 카야마는 분명히 '이성으로서'라는 말을 덧붙였다. 그 말을 더함으로써 다른 해석의 여지를 스스로 없앤 것이다.

우리를 놀리고 싶은 마음에 일부러 그렇게 말한 건 아닐까. 나와 리츠카는 그쪽 가능성을 먼저 떠올렸으나, 카야마는 평소처럼 태연한 목소리로 말을 이었다.

"뭐, '좋아한다'는 말에는 다소 어폐가 있을지도 몰라. 자세히 말하진 않을 거지만. 난 그저 여자가 무서울 뿐이지 싫어하는 건 아니거든. 토사부로 씨가 그걸 간파한 게 아닐까? 아아, 역시 오래 살아온 사람은 다르구나. 원래라면 누구도 눈치 못 챘을 텐데, 그걸 알아차리다니 정말 감탄이 나올 지경이야. 게다가 이걸 건네는 게 바로 **그런** 의미겠지."

카야마는 건네받은 단도를 코트 안에서 꺼내 보였다. 그걸 받았다는 의미는 무엇일까.

너무나도 갑작스러운 전개에 나도 리츠카도 따라가지 못했다. 다만 친구로서 확실히 말할 수 있는 건── 지금 카야마는 진심을 말하고 있다.

"그, 그게 무슨 의미인데요……?"

"'배를 가르고 죽어'라는 대목밖에 기억이 안 나는데……."

"간단해. '진심이라면 쿠리에게 이 단도를 건네라'라는 뜻이야."

이 단도는 원래 와니부치 씨가 아내에게 청혼할 때 줬던 물건이다. 말하자면, 나와 리츠카에게는 반지와도 같은 의미다. 와니부치 씨가 그걸 굳이 카야마에게 맡겼다는 것은…….

"온갖 감정이 다 담겨 있는 거겠지. 저주도 깃들어 있고, 언젠가 축복하고 싶은 마음도 있고. 뭐, 쿠리가 자기 일에는 유난히 둔감한 게 다행이라면 다행인 건가? 보통은 눈치채잖아? 할아버지가 이 단도를 건네는 의미를."

"나는 전혀……."

"배를 가르라는 구절 때문에 그다음 말을 전부 까먹었어……."

"하핫. 좋네. 그럼 내가 잘못 해석한 걸지도 몰라. 정말로 자결용일 수도 있고."

"아니, 아니, 아니! 카, 카야마 선배! 그럼 바로 요시노에게……."

그제야 대충 상황을 이해한 리츠카가 카야마에게 바짝 다가섰다. 생각해 보니, '최애'였지.

한편, 여자 공포증이 있는 카야마는 다가오는 리츠카를 보고, 칼집째였지만 건네받은 단도를 그녀에게 들이밀고 있었다. 빨리 칼 안 내려?

"아무 말도 안 할 거야. 태도로도 안 드러낼 거고. 앞으로 평생. 딱히 사귀고 싶은 것도 아니니까."

"네……?"

"이해가 안 되네. 그럼 넌 뭘 하고 싶은 건데?"

"최소한── 금붕어보다는 위로 올라가고 싶어. 아, 난 이 방향이라서."

카야마는 갈림길에서 담담하게 몸을 돌리더니 곧 사라져 버렸다. 나와 리츠카는 멍하니 서 있을 수밖에 없었다.

사실은 카야마가 쿠리 씨를 좋아하지만, 어딘가 식어 있는 부분도 있으며, 정작 쿠리 씨 본인은 카야마에게 전혀 마음이 없는데도 절대적으로 신뢰하는 구석은 있고…….

"로우 군……."

"응?"

"올해도── 굉장히 즐거운 일 년이 될 것 같아!"

"그러게. 눈빛이 반짝반짝해, 리츠카……."

작년과 완전히 똑같은 일상을 보낼 수 있는 사람은 사실 아무도 없다. 어딘가에서 변화가 생기고, 무언가 움직임이 있고, 그렇게 우리를 둘러싼 것들은 조금씩 모습을 바꿔 간다.

그렇다면 절대로 변하지 않는 건── 사랑 같은 게 아닐까.

변치 않는 사랑과 소소하게 변해가는 일상. 이 겨울은 그런 이야기로 채워질 것이다.

"말로 받아들이는 것보다―― 몸으로 받아들이는 쪽이 더 빠르다."

잿빛 하늘 위로 여기저기 검은 연기가 치솟고 있었다. 땅이 울리는 듯한 소리가 들리고, 근처에 있는 철근 아파트가 무너져 내리는 소리가 이어졌다. 이름조차 알 수 없는 누군가의 비명이 끊임없이 반복됐다. **어떤 천재지변**이 일상을 파괴해, 당연했던 모든 일상을 빼앗아 갔다. 부러진 전신주에 등을 기대고 앉아서 흐린 눈동자로 현실을 바라보고 있는 어린 소년에게, 무장한 남자가 차분히 말했다.

"다친 팔을 내밀어."

"……."

살아 있는 사람이―― 할머니나 여동생, 혹은 이웃 중 누구라도 곁에 있었더라면 아마 소년은 그 말에 따르지 않았을 것이다.

그러나 그는 말없이 팔을 내밀었다. 손등에서 어깨까지, 길고 깊게 갈라진 상처가 자리 잡은 그 팔은 당장 치료가 필요했다. 그럼에도 남자는 투명한 샘플 케이스에서 검은 무언가…… 깃털처럼 보이는 것을 꺼냈다.

남자가 그 검은 깃털을 소년의 상처 위에 드리우자―― 흐르던 피가 부글부글 끓고, 드러난 살점이 꿈틀거리며 피부가 요동쳤다. 그리고.

"……나았잖아……?"

들러붙어 있던 피나 먼지가 흔적도 없이 사라지고, 원래의 팔이 모습을 드러냈다.

"깃털 하나로 상처가 순식간에 낫는 건 상식적으로 있을 수 없는 일이다. 아이라도 그 정도 분별은 할 수 있겠지. 그렇다면 네가 방금 체험한 이 현상은── 꿈인가, 현실인가."

요술, 마법, 기적. 만약 남자가 그런 단어들로 포장했더라면 아직은 아이로 남아 있을 수 있었을지도 모른다.

소년의 공허한 눈동자에 빛이 깃들었다. 어둡고, 덧없고, 이 하늘빛을 닮은 빛이.

"어떻게 해석하든 상관없다. 넌 여기 있도록 해. 곧 구조대가 올 거다."

"그 깃털은──."

"그럼 이만."

남자는 등을 보이며 그곳을 떠나려 했다. 그는 자위대나 구조대 소속이 아니었다. 해야 할 일을 다쳤으니 그곳에 머무를 이유는 없었다. 그 등에 대고, 소년이 중얼거렸다.

"──**42개 이상 있어**."

"……뭐라고?"

"그건…… 까마귀의 날개깃 같았어. 까마귀의 한쪽 날개에서 자라는 날개깃은 21개 이상이라는 글을 도감에서 읽었어. 하지만 분명 까마귀는 아니야. 더 크고 검은 새라면…… 훨씬 더 많은 날개깃이 있을지도 몰라. 그게 단순한 깃털이 아니라면, 셀 수 없이 많을 거야."

깜짝 놀란 남자는 눈을 크게 떴다. 아직 열 살도 채 안 된 소년이 자기 지식을 바탕으로 확고한 의지와 근거를 가지고, 상식 밖의 무언가에 다가가려 하고 있었기 때문이다. 남자는 발을 돌려 소년 앞에 섰다.

"겨우 한 개로 상처가 낫는다면——."

(믿을 수가 없군. 그저 아이에 불과한데. 이번 재앙을 계기로 무언가가 꽃피운 건가.)

"——그걸 많이 모으면 **누군가를 되살릴 수도 있어**."

남자는 소년에게 아무것도 가르쳐 주지 않았다. 그러나 소년의 추측은 분명 그가 속한 조직의 목적과 맞닿아 있었다. 실제로는 되살리는 정도가 아니라, 더 큰 기적을 발현시키는 무언가를 나타나게 하는 것도 가능하지만—— 대부분 인간은 죽은 자의 부활을 바란다. 이 남자 역시 그렇듯이.

"가르쳐줘, 아저씨. 그 깃털에 대해 좀 더."

"……가령 네 추측이 옳다고 한다면, 넌 누구를 되살릴 거지?"

"여동생. 히이나…… '히나'를 되살릴 거야. 그다음에는 할머니를. 그다음은——."

"그걸 위해 네 인생을 버릴 각오가 되어 있나? 누군가를 해칠 각오는? 피를 흘리고, 또 흘리게 할 각오는? 평범한 삶에서 벗어난 자의 고난을 받아들일 각오가 되어 있냐 말이다."

"있어."

순간, 남자는 소년의 뺨을 세차게 내리쳤다. 벼락을 맞은 것처럼 날카로운 소리와 통증이 뺨을 스치더니, 이내 지끈지끈하고 뜨거운 느낌이 얼굴 전체로 퍼져나갔다.

"건방진 소리 하지 마라, 꼬맹아. 내 말뜻조차 이해 못 할 정도로 어린 주제에 다 아는 듯이 떠들지 마. 얌전히 보호받으며 그대로 건강히 살다가 죽어라. 너에겐 그게 어울리니까."

"그럼…… 왜 내 상처를 고쳤는데?"

"뭐?"

"그런 걸 나에게 보여준 다음에 빼앗아 가는 건…… 이 재앙과 다를 게 없어. 아저씨는 재앙이 아니야. 책임을 져——."

소년은 매달리거나 의지하지 않고, 정면으로 남자에게 맞섰다.

그리고 탁하고 끈적이는 그 눈동자로 남자를 올려다보며—— 저주하듯이.

"——어른이잖아……!"

"……."

가능성이 있다. 슬플 정도로. 남자는 내심 그렇게 결론지었다.

그리고 무엇보다—— 더 이상 내버려 둘 수 없었다. 소년을 바꾼 건 바로 자신이니까.

"단 하나의 목적만을 위해 살아가는 건 괴롭고 험난하다. 인간은 어딘가에서 스스로 길을 바꿀 수 있기 때문에 자유를 느끼며 살아간다. 너는——."

"'너'가 아니라 사이가와 로우시야. 나는…… 히나가 살아난다면 그걸로 충분해. 다른 건 아무것도 필요 없어. 그것만을 위해 살아가겠어. 이게 내 답이야."

"……알겠다. 그럼 로우시, 내 이름은——."

그것을 위해서—— 단 하나의 길만을 살아간다.

소년 사이가와 로우시의 인생은 이 순간을 기점으로 한 번 끝나고, 또다시 시작됐다.

《제2화》

"이직이라……."

신년 휴가가 3분의 2쯤 지나갔을 무렵, 나는 소파에 앉아 스마트폰을 보며 그 말을 입 밖으로 내뱉었다.

"응? 로우 군, 이직하려고?"

냥키치에게 밥을 주고 돌아온 리츠카가 내 중얼거림에 반응했다.

이직. 현대 사회인이라면 최소한 한 번쯤은 머릿속을 스치는 단어. 예전에는 한 회사에서 정년까지 묵묵히 일하는 것이 미덕으로 여겨졌으나, 지금은 그 가치관도 변해, 자신에게 맞는 회사에서 일하는 것이 최고로 여겨진다. 과연 무엇이 자신에게 맞는지는 개인마다 평가 기준이 다르기 때문에 딱히 이거다 하는 기준은 없다. 직무, 급여, 휴일, 복리후생, 보람, 인간관계…… 뭐, 생각해 보면 끝이 없다. 동시에 그 모든 조건을 충족하는 회사도 많지 않다.

"안 해. 지금은. 그냥 이직 사이트 광고가 우연히 눈에 들어왔을 뿐이야."

"할 거면 꼭 얘기해줘야 해. 알았지? 마음대로 이직해도…… 화는 안 낼 거지만."

"물론이지. 역시 쉬는 날이 길어지면 이런저런 생각이

떠오르기 마련이잖아?"

평소에는 쉬고 싶어서 안달이 나 있으면서 막상 긴 휴가가 주어지면 현재와 미래 양쪽에 막연한 불안을 품고, 일종의 도피 행동처럼 다른 가능성을 모색하게 된다. 이 역시 사회인이라면 누구나 그럴 거라고, 나는 생각한다. 덧붙여서 말하자면 단순히 모색할 뿐이지 실제로 실행할 가능성은 적다.

"리츠카는 지금 다니는 회사 어때?"

"완전 좋아~."

"내 입에서는 평생 나올 수 없는 대사군……."

리츠카의 회사 《허밍버드》는 아마 화이트 기업이라서 그럴 것이다. 반대로 내가 다니는 《반다 제조 주식회사》는 블랙에 가까운 회색 기업이다. 이 둘의 차이가 어디에서 생기는가 하면, 신년 휴가가 리츠카 쪽이 더 길다. 연말 업무 마감은 나보다 빠르고, 업무 시작은 나보다 늦다. 이건 부당해…….

"근본적으로 나는 그 회사가 별로 마음에 안 드는 걸지도 몰라……. 이상한 사람이 많거든."

"**그 애**처럼?"

"그 애라는 건 아마 이코마 씨겠지? 이코마 씨는 정상인 편이야."

내 후배인 이코마 씨는 리츠카와 잘 안 맞는다. 아니, 맞지 않는다고 판단하는 건 나뿐이고, 겉으로 보기에 두 사람은 잘 맞는 것처럼 행동한다. 난 오히려 그게 더 무섭다.

“부장님은 여전히 엄하고, 후배인 오오타카는 자주 땡땡이치고, 이상하게 내가 지도 부족이라면서 혼나고…… 그리고 최근에는 다른 부서 사람 중에 멍청한 발명을 하는 사람도 생겼어…….”

“듣기엔 다들 개성 넘쳐서 즐거울 것 같은데~.”

“그래? 뭐, 확실히 인간관계 때문에 고민이 되진 않아.”

즉, 내게는 ‘이거다’ 싶은 불만이 없는 것이다. 물론, 작은 불만이 여기저기 흩어져 있긴 해도 그것은 사회인으로 살아가다 보면 꽤 견딜 수 있는 정도다.

난 그 작은 불만을, 지금 이렇게 리츠카에게 불평하고 있을 뿐이다.

『휴우~, 배부르다냥. 저런 쓰레기 같은 걸 먹여서 배만 불리다니……. 더는 못 참아……!! 참지 말아야 할 때도 있다냥!!』

나는 이미 익숙해졌으므로 해설을 덧붙이자면, 지금 냥키치는 꽤 기분이 좋다. 그저 시끄럽기만 할 뿐이다.

“너는 좋겠다. 매일이 신년 휴가라니.”

“우와……. 냥키치한테도 그런 말을 하는 거야?”

“장기 휴가가 끝나갈 즈음에는 이런 생각도 들기 마련이야.”

『질투하냐? 덤벼. 죽여버릴 테니까.』

너무 호전적이잖아. 하지만 나는 이미 익숙해졌으므로 해설을 덧붙이자면, 이건 소화를 시키기 위해 나와 놀고자 하는 것이다. 나는 고양이 장난감을 손에 들고 냥키치 앞에서 흔들었다.

“자, 자~. 언제든지 덤벼.”

『크윽……!! 죽인다……!! 죽여버리…… 앗, 똥 나온다냥.』

“야!! 화장실 모래에서 싸!!”

『더는 못 참겠어……!! 참지 말아야 할 때도 있다냥!!』

몸을 숙여 달려들 준비를 하고 있던 냥키치가 갑자기 버티는 자세로 바꿨다. 이 녀석은 고양이이므로 모든 본능에 지기 마련이다. 그게 배변 욕구라면 더욱더.

나는 서둘러서 냥키치를 안아 들고 화장실 모래 위로 던졌다.

『미안하군. 이 힘은 나도 제어가 잘 안돼서 말이야——.』

“화장실 볼일을 잠재 능력처럼 말하지 마……!!”

“하여간 사이좋다니까. 아, 로우 군. 잠깐 거기 가만히 있어.”

“응?”

찰칵, 하고 리츠카가 스마트폰 카메라로 나와 냥키치를 찍었다. 실시간으로 냥키치가 볼일을 보는 중이었기에 어떤 의미에서는 굉장한 장면이라고 할 수 있을 것이다. 그건 그렇고——.

“왜 갑자기 사진을 찍는 거야? 우와, 나 오늘 까치집 장난 아닌데.”

“올해는 스마트폰 앨범을 좀 더 풍성하게 늘려보고 싶어서. 그리고 자료용이기도 해~.”

“자료? 똥이……?”

“아니거든? 일상 풍경 자료거든?”

리츠카가 엄청나게 째려봤다. 확실히, 우리 둘은 사진을 자주 찍는 편이 아니다. 리츠카는 가끔 외식하면 음식 사진을 찍기도 하지만, 딱 그 정도다. 소위 말하는 셀카 같은 것도 거의 안 찍어서 둘이 같이 찍은 사진은 그다지 많지 않다. 아예 없는 것도 아니지만.

그렇기에 사진을 늘리고 싶다는 건 이해가 간다. 근데 자료라니, 그건 또 뭔가.

“남는 시간에 연습 겸 그림을 그리려고. 이른바 모사 자료라는 거야!”

“연습이구나. 근데 리츠카는 그림을 잘 그리잖아. 물론 형님도 잘 그리시지만 비슷한 수준 아니야?”

“으음, 나는 아직 많이 부족해. 그리고 조금만 더 실력이 늘면 시작하고 싶은 게 있어.”

“시작하다니, 뭘?”

"부업!"

"응……? 부업? 리츠카가?"

——부업. 최근 몇 년 사이, 이직만큼이나 사회인들이 자주 언급하는 단어다.

즉, '더블 워크'로, 본업과는 전혀 다른 수입원을 갖는 것을 뜻한다.

평일에는 회사에서 일하고, 주말에는 어디 가게 일을 도와주는 식이다.

"뭔가 원하는 그림을 그려주면 돈을 받을 수 있다나……? 그런 게 있대!"

"개인에게 의뢰받은 그림을 납품하고, 그 보수를 받는 식으로 이해하면 될까?"

"맞아, 맞아! 로우 군은 역시 이해가 빠르네! 부업으로 통역 같은 걸 해도 잘 어울릴 것 같아!"

"나는 리츠카 통역만으로도 벅차서……. 아무튼 원리는 알겠는데 갑자기 왜 그런 생각을 한 거야?"

우리는 맞벌이라서 생활이 극도로 어렵진 않다. 물론 풍족한 편도 아니긴 하지만, 평균적인 경제력을 지닌 부부로 보기엔 무리는 없다.

그렇기에 지금 당장 부업을 시작해야만 한다…… 뭐, 그런 상황은 아니다.

"뭔가 새로운 걸 시작해 보고 싶기도 하고, 돈이 많아서 나쁠 건 없잖아. 게다가 실제로 돈이 오가면 동기 부여도 될 거고. 아, 물론 그렇게 많이 벌지는 못해. 취미의 연장선 정도라고 해야 하나? 결국 나는 아마추어니까…….”

“그렇구나. 좋은데? 나는 이런 쪽은 전혀 모르지만, 리츠카가 하고 싶다면 꼭 해보는 게 좋다고 생각해. 생활에 지장이 생기면 그때 그만두면 되고.”

나는 취미나 타고난 재능으로 돈을 버는 경험을 해본 적이 없다. 현재 내 일은 장난감 기획이긴 하나, 그쪽에 재능이 있다고는 조금도 생각하지 않는다. 그래서 리츠카가 타고난 재능으로 부업을 하는 것을 응원하고 싶기도 하고, 조금 부럽기도 하다.

내 응원을 받자, 리츠카는 활짝 웃으며 다시 스마트폰을 나에게 돌렸다.

“고마워! 그럼 추가 자료를 찍을게! 자료 이름은…… 멋있는 사람♡”

“으, 으응. 그렇게 말하니까 뭔가 긴장되네. 포즈를 취하는 게 좋으려나?”

“그러면 손으로 하트 모양을 만들어 줄래? 다리도 살짝 안으로 모으고.”

“이 자세의 어디가 멋있다는 거야.”

“마음~.”

“사진으로는 전혀 전달이 안 되잖아…….”

그러나 나는 일단 리츠카의 말대로, 다리로 하트 모양을 만들어 봤다. 그리고 비웃음을 당했다.

『빨리 내 똥이나 처리해라냥. 이 똥 처리기야.』

(강압적인 똥 제조기군…….)

넌 똑똑하니까 이런 건 좀 알아서 처리해.

*

"오늘 점심은 뭘 먹지? 떡국 남은 것밖에 없는데…… 물론 떡은 없지만."

"주인공 없는 떡국은 질렸어……. 그렇다고 외식하러 나가는 것도 귀찮고. 어떻게 하지?"

"아, 그럼 이걸 써보는 게 어때?"

리츠카가 한 장의 전단을 꺼냈다. 우편함에 들어 있던 걸까?

나는 리츠카가 건넨 전단을 곧바로 스캔했다. 꽤 심플하고, 직접 만든 느낌이 나는 전단이었다.

"으음…… 온라인 음식 배달 서비스 《호우관(琥友館)》? 아아, 요즘 자주 보이는 '배달 서비스'라는 건가? 난 이런 거 써본 적이 없는데."

TV 광고를 통해 습득한 지식이 전부이긴 하나, 대형 체인점 등과 제휴해서 앱으로 주문하면 집 앞까지 배달해 주는 서비스라는 정도는 이해할 수 있었다. 편리해 보이긴 한단 말이지.

"지금은 앱 사전 출시 기간이라서 할인 쿠폰을 나눠준대!"

"나온 지 아직 얼마 안 됐구나. 비슷한 입은 이미 꽤 있지만. 뭐, 쿠폰이 있다면 한 번 써보는 것도 나쁘지 않을지도?"

"그럼 바로 이 QR코드로 앱을 설치해 볼게!"

결국 인간은 본능적으로 게으른 존재다. 직접 장을 보러 가는 것도 귀찮고, 요리하는 건 더욱 귀찮으며, 애초에 밖에 나가는 게 귀찮다. 그렇기에 스마트폰 하나로 음식 주문과 결제가 끝나고, 집까지 배달해 주는 이런 서비스가 유행하는 것도 어찌 보면 당연한 일이다.

물론, 그만큼 가격이 비싸긴 하나, 쿠폰이 있다면 손을 대는 것도 어쩔 수 없다.

"……앗! 여기 우리 동네 가게야! 여기도! 오오, 이런 느낌이구나!"

"어, 어떤 느낌인데?"

리츠카가 혼자 스마트폰을 보며 감탄하고 있었다. 앱을 설치한 것도 리츠카, 주문하는 것도 리츠카라서 나는 아직 잘 감이 오지 않는다.

"으음…… 지역 접착이랑 록커 푸드 소비?"

"지역 밀착이랑 로컬 푸드 소비?"

"맞아, 맞아! 그런 느낌! 다른 앱에는 없는 우리 동네 가게들이 많이 있어! 항상 줄 선다고 소문난 숨은 맛집 같은 곳도 있대!"

"과연—— 그런 식으로 차별화하는 건가. 그러면 이 앱의 이용자는……."

"이 근처 사는 사람 한정인가 봐. 이게 바로 로컬이라는 건가?"

"그래서 전단도 직접 제작한 느낌이 났구나……."

전국 단위로 운영되는 체인점에 맞춰, 배달 서비스도 전국으로 확장해 시장 점유율을 넓히는 게 보통 방식이다. 그러나 이 《호우관》은 정반대였다. 이 동네 일대의 점유율에만 집중하고 있으며, '근처에 있긴 한데 소문만 들어봤고 한 번도 가본 적 없는 가게'의 음식이 많이 등록돼 있었다.

사업에는 '독자성'이 중요하다. 거기에 수요가 맞물리는 순간, 폭발적으로 성장할 때가 있다. 회사 연수에서 그런 이야기를 들은 적이 있는데, 아마 지금이 그 비슷한 상황일 것이다.

"이 앱, 의외로 잘 될지도 몰라."

"지역 사랑이라고 해야 하나? 그런 게 샘솟는 느낌이라 좋을 것 같아!"

나와 리츠카는 동네에서 꽤 유명하다고 소문 난 반찬 가게의 도시락을 두 개 주문했다.

"신용카드 등록 완료! 주소를 입력하고, 주문……!"
"이런 건 보통 도착하는 데 몇 분 정도 걸리려나?"
"으음, 한 30분? 주문을 받고, 준비하고, 배달까지 해야 하니까. 그래도 쿠폰 덕분에 엄청 싸게 시켜서 그 정도 기다리는 건 전혀 문제없어!"
가게에서 여기까지의 거리를 생각해도, 확실히 30분 전후가 적당할 것이다. 지금은 아직 신년 연휴 기간이고, 주문이 몰리기 쉬운 시기라서 조금 더 걸릴지도 모르지만. 어쨌든 느긋하게 기다리면 된다. 확실히 편리한 서비스임은 틀림없다.
"리츠카, 그럼 지금 미리 따뜻한 차라도──."
딩동. 초인종이 울렸다. '응?' 하고 우리 둘은 동시에 의문의 목소리를 냈다.
"빠, 빠르지 않아? 주문한 지 아직 5분 정도밖에 안 지났는데……?"
"아니, 아무리 그래도 배달이랑은 관계없는 방문이 아닐까……? 일단 내가 나가볼게."
만약 정말 상관없는 방문이라면 새해부터 영업 사원이 찾아왔을지도 모른다. 그건 그것대로 내쫓는 게 귀찮을 것 같다고 생각하며, 나는 초인종 응답 버튼을 눌렀다.
"네──."
『안녕하심까────!! 《호우관》임다아아아!! 주문해 주셔서 감사함다아아!!!』

"시끄러워……."

화면에 비친 이 체격과 굵직한 목소리는 설마…….

나는 거의 확신에 가까운 예감을 안은 채 현관문을 열었다.

"굳이——."

"안녕하심까————!! 《호우관》임다아아아!! 주문하신 음식을 가져왔습니다아아아!!!!"

"똑같은 말 반복하지 마……. **켄고**."

그곳에 서 있던 건 《호우관》의 모자를 쓰고 유니폼을 입은 건장한 사내였다. 그의 이름은 시시쿠라 켄고—— 내 옛 친구이자, 편의점 아르바이트생이다. 이게 도대체 무슨 상황이지?

"넌 또 뭐야……? 설마 거기서 잘렸냐?"

"앗! 덩치 큰 사람! 설마 이 앱…… 함정이었던 거야?!"

"됐으니까 빨리 음식이나 받아~!!!!"

"미, 미안. 근데 목소리가 너무 크잖아. 야구부도 아니고."

내가 도시락 두 개를 켄고에게 건네받자, 켄고는 스마트폰을 꺼내 뭔가를 조작했다. 아마도 배달을 완료했다고 시스템에 보고했을 것이다. 그래서 아까부터 빨리 받으라고 한 거구나.

"이걸로 오케이……. 혹시 나한테 물어보고 싶은 게 있나,

로우시? 그리고 백마도.”

“전부 다 궁금한데……. 괜찮으면 잠깐 들어올래? 차라도 대접해 줄게.”

“뭐~? 돌려보내자~.”

“돌려보낸다는 말이 무슨 뜻인지는 모르겠지만 사양하마. 언제 또 주문이 들어올지 모르니까!”

“성실하네……. 그럼 서서 얘기하지, 뭐. 근데 너 요즘 뭐 하고 지내냐?”

“아아, 이 일을 말하는 건가? 시프트 안 들어간 날은 한가해서 부업을 하고 있다!”

“아하, 부업이구나……. 리츠카랑 비슷하네.”

“똑같이 취급하지 마!”

아니, 똑같잖아……. 그러나 굳이 그 말을 입 밖으로 꺼내진 않았다. 얼마 전에 여러 사건이 벌어졌던 탓에, 리츠카는 켄고를 경계하고 있다. 조금은 용서한 듯했으나, 태도는 여전히 싸늘했다.

켄고 역시 그걸 아는지, 리츠카를 조금 어려워하는 것 같았다.

“숨길 것도 없지! 《호우관》은 점장── 아니, 사장님이 직접 차린 회사다! 난 체력과 달리기 실력을 인정받아서 한가할 때 도와달라는 부탁을 받았다! 사장님의 부탁은 거절할 수 없어!”

"점장……? 아, 그 사람이구나? 이상할 정도로 진상 손님 대응을 잘하던 그 편의점 점장님."

"맞아! 아직 젊은데도 창업까지 한다니, 존경할 만한 인물이다!"

"덩치 큰 사람도 존경하는 사람이 있구나?"

"얕보지 마, 백마. 너도 존경받을 만한 인간이 된 다음에 나를 깔보는 게 좋을 거야."

"……뭐?"

리츠카가 무시무시한 표정을 지었다. 지금 당장이라도 싸움이 벌어질 기세다…….

"자자. 진정해, 리츠카. 켄고 너도 도발하지 말고. 점장님한테 말한다?"

"그것만은 봐줘!! 그분께 폐를 끼칠 순 없어!!"

"뭐, 이 덩치 큰 사람이 어디서 뭘 하든 상관없지만~. 적대적소라고는 생각해."

"적대적소가 아니라 적재적소……. 맞아, 켄고는 적이 아니니까."

왜 음식이 말도 안 되게 일찍 도착했는지 알겠다. 켄고의 상식 밖 신체 능력이라면 압도적인 속도로 배달할 수 있다. 체력도 넘치니 이런 배달 일에 딱 맞을 거라고 간파한 점장이 일부러 켄고를 스카우트했겠지. 이 앱의 방향성만 봐도 꽤 수완이 좋은 사람 같다.

(그러고 보니 켄고는 원래부터 누군가 자기가 필요로 하는 걸 좋아했지.)

점장은 켄고에게 그 힘을 제대로 발휘할 수 있는 자리를 마련해줬다. 켄고가 점장을 존경하는 이유를 조금은 알 것 같았다. 그 사람은 확실히 '켄고'라는 인간을 봐주고 있었다.

"아참, 로우시. 그리고 백마. 현재 우리 회사는 서비스 향상을 위해 설문을 받고 있다! 괜찮다면 앱에서든 여기서 직접 작성하든, 설문에 협조해 주면 도움이 될 것 같다!"

"흐음~. 설문에 참여하면 뭐 주는 거라도 있어?"

"……다음에 쓸 수 있는 쿠폰을 준다. 적자를 감수하더라도 말이지! 마음껏 쓰도록 해!"

"그거 괜찮은데? 그럼 할게."

켄고에게서 설문지를 받아 든 나는 차례대로 기입해 나갔다. 리츠카는 나중에 앱에서 하겠다고 했다. 일단 첫 주문이니…… '만족' 쪽에 체크해 둘까?

"자, 다 썼어. 배달 고마워. 또 부탁할게."

"고맙다. 그럼, 다음 주문도 기다리고 있겠습다———!!"

설문지를 회수한 켄고는 인사를 한 뒤, 비명에 가까운 외침을 남기고 떠나갔다. 이건 거의 포효 공격이 아닌가?

"……리츠카. 기타 의견란에 '배달원이 시끄럽다'라고 적어줘."

"알겠어♡"

다음에 켄고가 또 배달을 오면, 적어도 목소리 톤은 정상 범위일 것이다.

그건 그렇고, 주문한 반찬 가게 도시락은――.

““맛있어……!!””

――우리 둘은 동시에 고개를 끄덕이며, 다음에도 이 앱을 쓰자고 자연스레 합의했다.

*

“휴우……. 집에 돌아와도 리츠카가 없으니 허전하네.”

회사에서 돌아온 나는 길게 한숨을 내쉬었다. 오늘 리츠카는 회사 신년회가 있어서 저녁부터 집을 비웠다. 게다가 내 퇴근이 훨씬 빠르므로, 혼자 저녁밥을 준비해서 먹어야 한다.

“집에 돌아왔을 때 아내가 밥을 차려놓고 기다리는 것보다 행복한 일은 없구나…….”

『나는 배가―――!! 고프……지 않다냥!!』

“그럼 소리 지르지 마.”

뭐, 누가 나를 맞이하지 않은 건 아니었다. 냥키치가 텐션 높게 등장했기 때문이다. 아마 리츠카가 외출하기 전에 미리 밥을 줬을 것이다. 행복에 겨운 녀석이다.

『하지만 허기가 졌다――!! 배가…… 고프다냥!! ‘식’을 줘라냥!!』

"'식'? 그게 뭔데. 똑바로 말해."

『'식'은 '식'이다냥!! 수컷 인간 따위에게 제대로 말할 이유는 없다냥!! 그러니까 얼른 '식'을 줘라냥!!』

"……'간식'을 말하는 거냐!!"

『그래.』

무슨 말인가 했네. '식'이라고 줄여서 말하면 어떻게 알아들어.

이런 건방진 말투로 간식을 요구하는 반려묘도 없을 것이다……라고는 못 하겠다. 어쩌면 고양이 대다수는 사실 이런 식으로 요구하고 있을지도 모른다.

"나 먼저 먹고 나서 줄게. 주인님 우선이야."

『아앙? 그럼 내가 먼저다냥.』

"……하인 우선이다."

『ㅋㅋㅋㅋ.』

흡족한 표정이었다. 날 조롱한 대신, 냥키치는 곧 조용해졌다. 등가교환이었다.

"이럴 때를 위해 그 앱이 있는 거지."

나는 며칠 전에 설치해 둔 《호우관》 앱을 켰다.

켄고의 설문에 답하고 받은 쿠폰 번호를 앱에 등록하면 꽤 저렴하게 주문할 수 있기에, 리츠카뿐만 아니라 나도 깔았다.

“개인이 하는 가게가 많아서 그런가, 시간상 지금 배달 불가인 곳이 많네. 뭐, 그래도 괜찮아.”

일부러 음식을 사러 나갈 필요도 없고, 기다리기만 하면 바로 오니까 이 정도 불편한 건 신경 쓰이지 않았다. 나는 적당히 야키니쿠 도시락을 주문했다.

“근력 운동이라도 하면서 기다릴── 응?”

──똑똑. 누군가 노크하는 소리가 들렸다. 문이 아니라 베란다의 유리창을.

약간의 오싹함을 느끼며, 나는 커튼을 확 걷었다.

(안녕하심까────!! 《호우관》임다아아아!! 주문하신 음식을 가져 왔습니다아아아!!!) ※입 모양을 보고 유추

1월의 추운 날씨에도 전혀 굴하지 않고, 주문한 음식을 든 켄고가 유리창 너머에서 소리치고 있었다.

나는 아무 말 없이 잠금장치를 푼 뒤, 유리문을 밀어젖혔다.

“매번──.”

“너무 빠르잖아!! 무섭다고!!”

“《호우관》에서──.”

“이제 됐어!!”

“감사함다아아!!!!”

소리를 지르지 않으면 급여가 발생하지 않는 시스템인가? 설문조사를 한 의미가 없잖아?

동시에, 음식을 받지 않으면 사담도 허락되지 않는 시스템이라고 생각한 나는 얼른 켄고에게서 야키니쿠 도시락을 받았다.

“모든 게 기준 밖이야, 너희 회사!! 베란다로 오지 말란 말이야!!”

“야간에는 하늘을 이용할 수 있어서 더 빠르게 배달할 수 있다!”

“나 말고 다른 사람이었으면 지금쯤 넌 순찰차 안에 있었을 걸……?!”

주문한 지 겨우 1분이 지났을 뿐인데, 갓 구운 따끈따끈한 야키니쿠 도시락이 벌써 내 손에 있었다. 냉정하게 생각하면, 가장 무서운 건 이걸 만든 가게의 조리 속도일지도 모른다…….

그리고 켄고는 ‘하늘’이라고 했는데, 사실 하늘을 난 건 아니다. 뛰었다. 밤하늘의 어둠에 섞여, 지붕에서 지붕으로 이동하며 우리 집 베란다까지 왔다. 네가 무슨 닌자냐?

“하지만 이성적으로 생각해 봐, 로우시. 엄청나게 빠른 속도로 주문한 음식이 도착하는 것과 도시락을 하루 종일 기다리는 것 중 어떤 게 더 이득 같지?”

“이성적으로 생각하면 널 경찰에게 넘겨야 하겠지……!!”

“하지만 금방 와서 좋지 않아?!”

“금방 와서 좋은 건 경찰관, 소방관, 그리고 반려견밖에 없어!!"

게다가 기다리는 시간도 나름대로 의미가 있다고 해야 하나, 틈새 시간을 활용해서 뭔가를 해보자는 생각도 들기 때문에 기다리는 게 꼭 나쁘다고는 할 수 없다. 내가 그렇게 말하자, 켄고는 일단 '고객님의 목소리'라며 메모해 두었다.

『잠깐!! 금방 와서 좋은 거에 고양이가 빠졌다냥.』

"불러도 안 오잖아, 넌……."

나와 켄고 사이를 비집고 들어오듯, 냥키치가 느릿느릿 걸어왔다.

냥키치를 뚫어지게 바라보며, 켄고는 자기 입가에 손을 가져다 댔다. 새삼스럽긴 하지만, 켄고는 냥키치의 목소리를 들을 수 있는 사람이었다. 전에 한 번 목소리를 들어봐서 그런지 특별히 놀라지도 않는다.

"그때 그 말하는 고양이인가. 기묘한 걸 기르고 있다고 생각하긴 했는데, 도대체 저 녀석은 뭐지?"

"보호 고양이를――."

『고양이입니다.』

"처음부터 말하는――."

『고양이입니다.』

"우리에게도 이유――."

『고양이입니다.』

"시끄러워!!"

끈질기게 '저 녀석은 뭐지?'라는 질문에 대답하지 말란 말이야. 너는 그냥 고양이일 뿐이니까.

"로우시. 저 고양이, 혹시── 《블루즈》냐?"

"아, 역시 너도 그렇게 생각했구나. 확실히 이 녀석은 검은 단색 계열 고양이이긴 한데, 흰 날개처럼 생긴 무늬가 있거든. 하지만 고양이…… 아니, 동물이 《블레스》를 쓸 수 있다는 얘기는 들어본 적이 없어. 너는 어때?"

"나도 마찬가지다. 하지만 예외는 언제나 있는 법이지. 적어도 우리는 생각보다 《블레스》라는 것에 무지하니까!"

냥키치 자신도 자기 능력(?)에는 별 관심이 없고, 나도 깊이 파고들 생각은 없기에 그냥 내버려 두었으나── 켄고는 신경 쓰이는 모양이었다.

"만약 그 고양이가 마음에 걸린다면 내가 대신 조사해 주지."

"아니, 괜찮아. 고양이는 고양이고, 이 녀석은 우리 가족이니까. 그런데 뭔가 아는 거라도 있어?"

"어느 정도는 있다!"

"그럼, 켄고. 혹시 《오르간》이라는 이름을 들어본 적 있어? 악기가 아니라 코드네임인데."

지난달, 나와 리츠카는 일상생활 범위 내에서 《오르간》이라고 하는 누군가를 찾는 걸 도와주기로 약속했다. 현재까지는 진전이 없었으나, 혹시나 해서 켄고에게 물어봤다.

"악기 말고는 떠오르는 게 없군. 귀찮은 일에 휘말린 건가?"

"뭐, 그렇다고 하면 그렇다고 할 수 있지. 당사자는 나와 리츠카가 아니지만. 만약 그걸 아는 사람을 발견하면 나에게 알려주지 않을래? 어디까지나 일상생활을 방해하지 않는 선에서만 조사해 주면 돼."

굳이 켄고를 끌어들일 필요는 없다. 이 녀석은 새로운 생활을 시작했고, 원래 《오르간》에 대해 메인으로 조사하는 사람은 당사자인 '이바'라고 하는 남자와 탐정인 카야마다.

내 배려를 눈치챈 건지, 켄고는 작게 고개를 끄덕였다.

"알겠다. 하지만 내 힘이 필요하면 언제든 날 불러!"

"그래. 지금은── **이쪽 일**로 필요할 때 오면 돼."

나는 켄고에게 스마트폰을 보여주었다. 배달원으로서 켄고는 지나친 점도 있긴 하나, 배달 속도가 지나칠 정도로 빠른 건 오히려 고맙다. 매번 현관까지 제대로 배달해 주기만 해도 충분하다.

『거기 덩치 큰 인간! 과거 일은 그냥 넘어가 주겠다냥. 하지만 내 하우스에 침입한 벌로, 먹을 걸 두고 가라냥! 그렇지 않으면── 죽인다.』

"작은 체구에 비해 꽤 위압적인 고양이군. 미안하지만 너에게 줄 수 있는 건 이 정도뿐이다."

냥키치에게 상납을 강요당한 켄고는 주머니에서 뭔가를 꺼냈다.

"도토리다! 두 개 있으니 하나 받아라, 검은 녀석!"

"왜 그런 걸 갖고 다니는 거야……."

『호오………… 기쁘다냥♡』

"기쁘다고?"

"《호우관》 동료가 친해졌다는 증표로 줬다. 일품 도토리라는군."

"괴롭히는 거 아니야……?"

만약 내가 동료에게서 갑자기 도토리를 받았다면, 적어도 호의적이라고는 느끼지 않았을 것이다. 그건 그렇고, 켄고 동료는 도대체 어떤 산골 출신인 걸까? 그리고 도토리에도 일품이란 게 있나?

"아, 맞다! 동료 얘기하다가 생각났군! 로우시, 미안하지만 우리 회사는 배달 구역 확장 때문에 배달원도 늘리는 중이다. 앞으로는 나 말고 다른 배달원이 배달하러 올 때도 많을 거야. 좀 불편할 수도 있겠지만, 아직 익숙하지 않은 배달원에게 관대하게 대해주길 바란다!"

"오오, 출발이 순조롭네. 알겠어."

"고맙다. 이건 다음에 쓸 수 있는 쿠폰이다!"

꽤 후하게 퍼주는 회사다. 처음에는 손해를 보더라도 장기적으로 이득을 취하는 전략을 택한 거겠지.

내게 쿠폰을 건넨 뒤, 켄고는 전처럼 소리를 지르며 사라졌다. 베란다에서.

"……평범하게 돌아가란 말이야……."

참고로, 야키니쿠 도시락은 역시나 엄청 맛있었다.

*

"이 화과자 가게의 딸기찹쌀떡은 아침부터 줄을 서야 살 수 있는 인기 상품이래! 온라인 판매도 없고, 예약 주문도 받지 않아서 웬만하면 못 사는 환상의 딸기찹쌀떡이라고 소문이 났어!"

"하지만 무려 《호우관》 앱에서는 주문 배달이 가능하다고! ……이게 무슨 대화람."

"만약 《호우관》이 CM을 만든다면, 우리도 출연할 수 있을 거야!"

"별로 출연하고 싶지 않은데……."

우리는 여전히 《호우관》 앱을 정기적으로 이용하고 있다.

원래는 직접 가게까지 찾아가지 않으면 살 수 없는 환상의 딸기찹쌀떡을 이 앱을 통해 주문할 수 있다는 점에서, 사장의 노력이 느껴졌다.

"저번에 아키 씨에게도 이 앱을 알려줬거든. 그랬더니 이 가게의 딸기찹쌀떡을 살 수 있다는 걸 보고 놀라서 바로 사용하더라고. 그래서 나도 지금 주문할 거야!"

"너무 마이너한 앱이라서 살 수 있다는 걸 아무도 눈치 못 챈 게 아닐까……."

CM을 내보낼 정도로 이 앱이 성장하면 분명 주문하고 싶어도 주문 폭주로 손쓸 틈이 없을 것이다. 사전 출시 기간인 지금만 누릴 수 있는 장점이다.

"몇 개나 주문했어?"

"스무 개!!"

"너무 많잖아……."

"디저트 배는 따로 있으니까 상관없어!!"

딸기찹쌀떡은 보존 기간이 그리 길지 않으니, 아마 매일 여러 개씩 먹게 될 것 같다. 뭐, 리츠카가 먹고 싶다면 전혀 문제없지만.

아무튼 쾌속 배달로 정평이 난 《호우관》이건만——.

"안 오네~."

"그러게. 벌써 40분 가까이 됐어."

"혹시 중간에 사고라도 난 걸까?"

"그랬다면 연락이 왔을 텐데……. 아니, 애초에 켄고가 이상했던 거고, 원래 배달 서비스는 이 정도 시간은 걸리는 게 맞는 것 같아."

——목이 빠진다는 표현을 쓸 정도로 아주 오래 기다린 건 아니긴 하나, 배달원이 좀처럼 오지 않았다. 켄고의 말

에 의하면 배달 구역 확장으로 인해 배달원이 늘어났고, 그에 따라 켄고가 아닌 다른 사람이 배달할 수도 있다고 했다.

1분 만에 와도 곤란하지만, 40분이 지나도 안 오니 그건 그거 나름대로 불안하고 짜증이 쌓였다.

소비자는 이렇게도 제멋대로인 존재라고, 나와 리츠카는 웃으며 그렇게 말했다.

딩동. 그리고 마침내 인터폰이 무거운 몸을 겨우 일으킨 듯 울렸다.

"내가 나갈게. 리츠카는 차를 준비해 줘."

"오케이!"

나는 인터폰을 확인했다. 확실히 《호우관》 유니폼과 모자를 착용한 사람이 있었다. 어차피 큰 소리로 인사할 것이므로 응답하지 않고 곧바로 문을 열기로 했다.

"배달 감사합니다."

"응?"

배달원은 젊은 여성이었는데…… 뭐랄까, 이상했다. 마치 염소처럼 머리의 뿔이 모자를 뚫고 자라나 있었고, 허리에는 박쥐처럼 양쪽 날개가 달려 있었다. 한마디로, 코스어가 어중간하게 옷을 갈아입고 아르바이트하러 온 것 같은 느낌이었다. 먼저 부속품을 떼고 와야 하지 않나 싶었다.

그리고 그 코스프레 배달원은 입을 오물오물 움직이고 있었다. 햄스터처럼 볼을 부풀리고 있는 걸 보면, 아마 거대한 껌을 씹고 있는 모양이었다. 어쨌든 태도는 최악이었다. 새삼 켄고는 의외로 제대로 된 알바생이었을지도 모른다는 생각이 들었다.

어쨌든, 나는 여자가 내민 화과자 가게의 봉투를 받았다.

"……어라? 뭔가 가벼운 것 같은데……?"

"(꿀꺽) 그럼 난 이만."

리츠카는 딸기찹쌀떡 스무 개를 주문했고, 그건 꽤 많은 양이었다. 그러나 이 봉투의 무게는 아무리 생각해도 스무 개 분량이 아니었다.

"……저기, 8개밖에 안 들어있는데요."

"진짜로? 아직 8개나 남아 있어?!"

"아니, 확실히 8개도 많긴 한데 원래는 20개를 주문했거든요……."

"그럼 20개가 부족하다는 거야?! 그런 건 나한테 말하지 마!!"

"12개거든요……?"

도대체 뭘 어떻게 계산한 거야, 이 여자는? 큰일이다. 몬스터 배달원이 왔다.

잠깐……. 이 배달원의 입가에 묻어 있던 하얀 가루. 그리고 처음 나타났을 때의 햄스터 같은 얼굴. 껌을 씹듯 입을 오물거렸던 이유는 설마…….

"죄송한데, 입가에 묻은 그 가루요. 혹시 이 딸기찹쌀떡 가루 아닌가요?"

"아앙?! 그게 뭐 어쨌다고?! 다른 가루일 수도 있거든?!"

"더 위험하잖아……."

"로우 군, 왜 그래? 또 무슨 문제라도 생겼어?"

리츠카가 뒤에서 살짝 엿보며 물었다. 나는 아무 말 없이 화과자 가게의 봉투를 열어서 리츠카에게 보여줬다. 12개가 줄어 있었으므로, 리츠카 역시 무슨 일이 일어난 건지 단번에 알아챘다.

"주문을 너무 많이 했나? 8개로 줄었네~."

"아니, 그게 아니잖아!! 배달원이 먹은 거야!! 12개나!!"

"에이~. 설마 그런 짓을 하는 사람이 있겠어? 안 그래요?"

"맞아."

자신을 두둔한다고 생각한 건지, 몬스터 배달원은 리츠카에게 동조했다. 나는 목소리를 높였다.

"알아!! 나도 그렇게 생각해!! 배달 중에 충동적으로 하나 정도 몰래 빼먹는 사람이 있을 리가 없지!! 설사 그럴 가능성이 있더라도 당당하게 12개를 먹는 건 완전히 인간을 벗어난 짓이고!! 하지만 믿어줘!! 이 녀석은 진짜로 괴물이야!!"

무엇보다 미안해하는 기색이 전혀 없는 게 정말로 괴물

같아서 무섭다.

"확실히 귀여운 코스어이긴 한데…… 아무리 그래도 사람을 그렇게 부르면 안 돼."

"뭐, 상관없잖아. 아직 8개나 남았으니까."

"상관없지 않거든!! 절반 이상 줄었단 말이야!! 군대였다면 전멸급 손실률이라고!!"

"알 바냐."

괴물은 빨리 돌아가고 싶은 표정이었다. 리츠카 역시 빨리 딸기찹쌀떡을 먹고 싶은 건지, '이제 됐지?' 같은 분위기를 풍겼다. 응? 내가 이상한 거야? 내가 진 거냐고.

"정말로 우리가 너무 많이 주문해서 8개로 줄어든 건가?"

"그렇지 않을까~? 아, 배달 감사해요!"

"응. 그거 진짜 맛있으니까 빨리 먹는 게 좋을걸?"

"거 봐, 맛을 알고 있잖아!! 분명히 먹었어!!"

"개인적으로 먹어본 적이 있을 뿐이겠지. 자, 차 마시자!"

"큭……! 일단 불만 리뷰는 써야겠어……."

그 몬스터 배달원이 말한 대로, 딸기찹쌀떡은 확실히 맛있었으나—— 약간 패배의 맛이 느껴진 건, 내 착각이 아니었을 것이다.

"정말 죄송합니다!! 저희 배달원이 큰 실수를……!!"

"미안해, 로우시! 내가 편의점 알바 시프트를 넣지만 않았어도 이런 일은 없었을 텐데……!!"

그날 밤. 문을 열자, 무릎을 꿇고 있는 편의점 점장님……이 아니라, 《호우관》 사장님과 켄고의 모습이 시야에 들어왔다.

"사죄의 뜻으로 딸기찹쌀떡 40개랑——."

"120% 할인 쿠폰이다!!"

"120%는 뭐야, 주문하면 돈을 주는 거야……?"

도대체 어떤 쿠폰인데. 그리고 딸기찹쌀떡 40개는 너무 많다. 아마 상하지 않을까?

하지만 아까 있었던 일을 리뷰에 적었더니, 이렇게 당일에 사과를 위해 직접 찾아온 걸 보면 역시 그 배달원만 괴물이었을 뿐, 사장님은 정상적인 사람이다.

"앗……. 그 코스어, 정말로 12개나 먹었구나……."

"우리가 이렇게 얘기하는 것도 좀 그렇긴 한데, 우리가 거짓말하고 있을 가능성도 있는 거 아니야?"

"아뇨, 없습니다. 그 녀석은 그런 생물이니까 인간 두 명이 말하는 게 절대적으로 맞아요."

"종족 덕분에 신뢰를 얻다니……."

인생에서 처음 있는 일이었다. 인간이라는 이유로 신뢰를 받을 줄이야…….

원래라면 우리도 충분히 화낼 만한 수준의 사건이었다. 그러나 사장님과 켄고가 진심으로 사과했고, 이번 주문 자체도 환불 처리해 준 덕분에 실질적으로 딸기찹쌀떡과 쿠폰을 공짜로 얻은 셈이 되어 나는 더 이상 화가 나지 않았다. 리츠카는 더 나아가 오히려 감탄하고 있었다. 뭐, 보통은 그런 짓을 하는 사람이 있다고 생각하기 어려우니까…….

“어쨌든 녀석이 다시 배달하는 일은 없을 거고, 현재는 경찰서에 있으니 양해 부탁드립니다…….”

“체포된 거야……? 우리는 괜찮은데~.”

(나는 안 괜찮아.)

“우리 배달원 중에는 유능한 사람이 많지만, 동시에 위험한 사람도 많거든. 난 어떤 의미로 감동했다── 내가 비교적 평범한 인간이라는 사실에!”

“베란다로 등장한 기억은 까먹은 거냐?”

켄고조차 자신이 평범하다고 착각하게 만들어 버리는 기업……. 역시 《호우관》은 보통이 아니다.

그리고 그 괴물 배달원은 유능하지 않다. 절대로.

“그러고 보니, 시시쿠라 씨의 말에 의하면 그쪽도 꽤 체력이 좋다고 하던데……. 어떠신가요? 주말에 저희 가게에서 배달원 부업이라도 해보시는 게. 참고로 배달원은 쿠폰 무제한 제공입니다.”

“오오! 스카우트!! 로우 군, 이거 기회 아니야?!”

무슨 기회인지는 모르겠다. 부업을 시작하고 싶다고 말한 적은 한 번도 없는데.

리츠카는 부업 동료를 원했던 걸지도 모르나…… 중요한 한 가지를 놓치고 있다.

"근데 리츠카, 내가 주말에 부업을 하면 우리가 같이 있는 시간이 줄지 않을까?"

"죄송해요. 저희 남편은 원래 길치라서 배달 같은 건 불가능해요."

"길치는 아닙니다. 아무튼 마음만 감사히 받을게요."

리츠카는 순식간에 태도를 바꿨다. 만약 경제적으로 곤란한 상황이었으면 이해라도 하겠지만, 그게 아닌 이상 지금은 서로 함께 있는 시간을 소중히 여기고 싶다. 그것이 우리의 솔직한 마음이었다.

"하하하. 소문대로 잉꼬부부네요. 저도 본받고 싶군요."

"으응? 사장님은 독신인 걸로 알고 있는데……?"

"이런 건 마음의 문제예요, 시시쿠라 씨."

사장님이 수상쩍게 웃고 있다. 확실히 부부 사이란 마음의 문제, 즉 태도나 관계의 문제이긴 하나, 이 사람도 뭔가 좀 무섭다…….

"저희는 이만 실례하겠습니다. 그런 일을 저질러 놓고 이런 말을 하기는 좀 그렇습니다만, 앞으로도 저희 회사를 잘 이용해 주셨으면 합니다. 사이가와 씨는 저희의 단골이니까요."

"앞으로도 열심히 주문해 줘!"

"네. 오늘은 일부러 와주셔서 감사해요."

"아직 모르는 지역 맛집이 많으니, 또 이용할게요!"

두 사람은 깊이 허리를 숙이며 돌아갔다. 겨우 한숨 돌렸다.

우리는 우선 딸기찹쌀떡을 간신히 냉장고에 넣은 뒤, 소파에 나란히 앉았다.

"《호우관》이 더 알려지면 좋겠어."

"그러게. 저기, 로우 군……."

리츠카는 뭔가 하고 싶은 말이 있는 것 같았으나, 그보다 먼저 내 가슴에 얼굴을 묻었다.

애정 표현을 하고 싶었던 걸지도 모른다. 나는 아무 말 없이 리츠카의 등에 팔을 둘렀다.

"……부업, 역시 그만둘까?"

"그러지 말라고는 안 할게. 이유가 뭔데?"

"어느 한쪽이 일하면 함께 있는 시간이 줄어들잖아."

그건 방금 내가 리츠카에게 했던 말과 똑같았다. 물론, 부업을 하는 동안에는 이렇게 목적 없이 장난을 치며 놀 수도 없을 것이다. 리츠카는 그림을 그린다고 했는데, 그건 내 상대를 하며 한 손으로 가볍게 그릴 수 있는 종류의 작업은 아닐 테니까.

"그건 그래. 내가 부업을 하고 싶지 않은 가장 큰 이유도 바로 그거야."
"좀 아깝지 않아? '지금'은 지금밖에 없다는 게."
"철학적이네……."
서로 함께할 시간은 앞으로 점점 줄어들 것이다. 본업이 바빠지면 줄고, 아이가 태어나면 줄고, 만약 뜻밖의 죽음을 맞이한다면 줄어드는 정도로는 끝나지 않는다. 늘어날 가능성은 적은데 굳이 함께 있는 시간을 줄이는 것에, 리츠카는 저항감을 느낀 거겠지.
"로우 군이랑 같이 있는 게 너무나도 '당연한 일'이 되어버려서 뭔가 좀…… 반성하게 됐어."
"리츠카가 반성할 게 있나?"
"있어~. '당연한 일'은 사실 '당연하지 않은 일'이니까~. 언젠가는 반드시 사라질 거야."
"……그건 별로 생각하고 싶지 않네."
"응. 하지만 그래서 소중한 거라고 생각해. 나, 이렇게 로우 군이랑 단둘이 살아가는 지금이 제일 소중하거든. 돈이나 부업 같은 것보다도."
그렇게 말해준 게 무엇보다 기뻤기에── 나는 대답 대신 리츠카를 힘껏 끌어안았다. 리츠카는 간지러운 듯 몸을 조금 움찔거렸다.
"굳이 정정하자면 나랑 리츠카…… 그리고 냥키치와의 생활이지."

“아, 맞다. 미안해, 냥키치~.”

『아, 딱히 상관없습다.』

“신경 안 쓴대.”

쿨한 성격의 고양이었다. 고개를 끄덕인 리츠카는 내게서 몸을 떼어내더니, 자기 스마트폰을 집어 들었다.

그러고는 다시 내게 붙어서 팔을 쭉 뻗으며 스마트폰을 이쪽으로 향하게 했다.

——찰칵. 셔터 소리가 울린다. 아마도 이게…… ‘셀카’라는 거겠지.

“또 자료 수집이야?”

“아니. 부업은 안 할 거지만 취미는 늘리고 싶어서. 우리의 ‘지금’을 좀 더 남겨두고 싶어!”

리츠카는 방금 찍은 사진을 내게 보여주었다. 화면 속에는 멍청한 표정을 짓고 있는 나와 포즈를 취한 귀여운 리츠카, 그리고 슬쩍 끼어든 냥키치가 담겨 있었다.

당연한 듯 보여도 사실 그렇지 않고, 이 순간에만 존재하는 우리의 행복한 한 장.

앞으로도 그런 사진을 더 많이 늘려가고 싶다. 행복의 모습은 그때그때 달라져 가겠지만.

“그럼 한 장 더 찍자. 이번에는 내가 좀 더 표정을 잘 지어서…….”

“안 돼~. 로우 군은 자연스러운 게 제일 웃기…… 아니,

멋있으니까!"

"지금 웃기다고 말하려고 했지?"

오늘 이후로 우리의 사진은 점점 늘어날 것이다——다만 시간이 갈수록 내가 표정을 짓는 속도가 빨라지고, 결국 멋진 척하는 사진만 늘어나서 리츠카에게 혼나게 되는 건…… 또 다른 이야기다.

사진
인물 모드

"누가 그렇게 정한 건지는 몰라도 《블레스》라고 한단 말이지. 적어도—— 나는 그 표현이 싫어. 아무리 봐도 이건 **저주**잖아!"

그 사람이 누구인지는 리츠카도 몰랐다. 아마 《조직》에 소속된 누군가겠지만, 담당 구역이 달라서 마주친 적은 거의 없었다. 목소리도 얼굴도 중성적이어서 그를 '그'라고 불러야 할지, '그녀'라고 불러야 할지조차 알 수 없었다. 남자이면서 가늘고 부드러운 몸매를 지녔고, 여자이면서 남성용 제복을 입고 있었다.

"리츠카는 어떻게 생각해? 내가 아는 한, 가장 저주받은 사람은 너인데."

"……죄송한데 누구세요?"

"하하하하. 아까 다 소개했잖아. 왜 그래~."

(못 들었는데…….)

훈련이 끝나고 한숨 돌리던 차에 말을 걸어온 터라, 리츠카는 반쯤 딴생각에 잠겨 있었다. 특히나 말이 많은 이 사람에게 딱히 흥미가 없기도 했고.

(제복을 입고 있으니까 같은 지부 사람이라면 알았을 거야……. 요시노가 있었으면 좋았을걸.)

"화제를 돌려볼까? 앞으로 넌 이 저주와 어떻게 지내게 될까?"

"잘 모르겠어요. 그게 정말 저주인지 아닌지도……."

"생각하지 않으려 할 뿐이지, 모르진 않을걸? 《블레스》 때문에 여러모로 고생이 많잖아?"

"……."

그 사람의 단정 짓는 듯한 추측에, 리츠카는 말없이 고개를 떨구었다.

기본적으로 《액터》인지 아닌지는 외형만으로는 판별할 수 없다. 날개 모양의 반점이 겉으로 드러나 있다면 모를까, 옷에 가려져 있다면 일반인과의 구분은 불가능하다.

하지만 리츠카는 달랐다. 《블레스》가 발현된 탓인지, 그녀의 머리칼은 은빛으로 변해버렸다. 원래는 검은 머리였으나, 염색약으로 되돌리는 것조차 불가능했다. 리츠카의 머리카락은 어떤 약품도 받아들이지 않았다. 마치 그것이 운명이라도 되는 양.

자신의 속마음까지 꿰뚫는 듯한 시선에, 리츠카는 불쾌함을 담아 대답했다.

"……당신이랑은 상관없는 일이야."

"겉모습도 겉모습이지만 부수적인 영향도 있어. 능력에 따라 다르다고는 해도, 그 반동이 늘 따라다니는 사람도 있으니까. 너의 경우는—— 그래. 체온이 잘 안 오르지? 능력을 쓰지 않아도 그 대가는 아주 미세하게 계속 발생하고 있을 거야. 살기 힘들지 않아?"

"말했을 텐데? 당신이랑은 상관——."

리츠카는 목소리를 조금 높였다. 이 사람에게 자기 능력에 대해 알려준 기억은 없다. 《조직》 내에서 어느 정도 이름이 알려진 자신이었기에, 일면식도 없는 동료가 능력을 알고 있다고 해도 이상할 건 없었다. 그러나 《대가》에 대해서까지 파악하고 있다는 사실이 불쾌할 뿐만 아니라 섬뜩하기까지 했다.

그 반응을 본 그 사람은 희미하게 웃었다. 기다렸다는 듯이.

"——알 수 있거든. 나도 너처럼 저주받은 사람이니까."

"뭘 안다는 건데?"

"음, 인간은 타인의 공감이나 이해를 얻고 싶어 하는 생물이잖아? 나는 그런 걸 모으면서…… 그래, 친구를 늘리고 있다고나 해야 할까?"

"……《액터》 친구를 말하는 거야?"

"그야 당연하지."

처음 만나는 사람에게 이런 생각을 품는 건 좋은 일이 아니지만, 리츠카는 이 인물이 불편하고 싫었다. 앞으로 교류가 깊어진다고 해도 이 감정은 변하지 않으리라는 확신이 들었다. 이유가 무엇인지는 분명하지 않았으나, 본능이 그렇게 말하고 있었다.

"당신과는 친구가 될 수 없어."

"그래? 아쉽네. 뭐, 괜찮아. 다른 사람에게는 기대할 수 없으니까."

(아, 그렇구나. 이 사람—— **전부** 똑같아.)

리츠카는 한 가지를 깨달았다. 자신이 이 인물을 불편해하고, 싫어하는 이유를.

(근처의 자판기도 의자도 관엽 식물도 나도, 이 사람은 전부 똑같이 보고 있는 거야.)

사람과 사물을 향한 시선은 결코 같을 수 없다. 사람에게 반드시 뜨거운 시선이 쏠리는 것은 아니고, 그 저울이 어느 쪽으로 기우는지는 각자 다르지만, 응당 한쪽으로 치우치기 마련이다.

그러나 이 사람은 달랐다. 모든 것을 똑같이 본다. 바꿔 말하면, 그 어떤 것에도 가치를 두지 않는다는 의미가 된다. 리츠카를 비추는 그 눈동자는 무기질적인 전신 거울 같았다.

"저주받은 사람은 언젠가 반드시 그 저주를 벗어날 날이 와. 1년 뒤일지, 5년 뒤일지, 아니면 더 먼 훗날일지…… 그건 아무도 모르지만. 피와 폭력으로, **그렇지 않은 자들이** 속죄하게 만들 때가 올 거야."

"소, 속죄……?"

"하하하하. 지금 여기서 국어 공부는 안 해도 돼. 뭐, 간단히 말해서 우리가 저주받지 않은 자들에게서 빼앗을 날이 올지도 모른다는 거야. 리츠카 너랑은 언젠가 다시 만나고 싶어. 가능하다면 그때의 너는 빼앗는 쪽의 영수(領袖, 우두머리)라도 되어 있으면 더 좋을 것 같고."

"여, 영수……?"

"그럼, 안녕♪"

그 사람은 손을 흔들며 떠나갔다. 위 속에 덩어리진 것이 남아 있는 듯한, 짧지만 무겁게 가라앉는 대화였다. 사실, 그 이후 리츠카가 다시 그 인물과 만나는 일은 없었고, 《조직》은 붕괴했다.

(저주받은 우리가…… 빼앗는다고? 평범한 사람들에게서? 대체 뭘?)

이능이라는 '저주'를 부여받은 《액터》들은 언젠가 반드시——빼앗게 될 것이다.

생명을, 재산을, 존엄을, 미래를. 아련하게 그것들을 떠올리던 리츠카는 고개를 저었다.

"——그럴 리가 없어. 싸워야 할 상대는 시지마 녀석들뿐이야. 우리는……."

그저 보통의 인간과 다를 뿐이다. 거품처럼 덧없는 목소리로, 리츠카는 그렇게 중얼거렸다.

《제3화》

“리츠카는 남편에게 사랑받고 있다고 느낄 때 있어?”

“매일!!”

“아아…… 책상 위 LED 스탠드보다 눈부시네…….”

딱히 기죽이려던 건 아니었는데, 내 앞에 있는 여성——하구사 아키. 즉, 아키 씨는 어깨를 축 늘어뜨리고 풀이 죽어 있었다.

오늘은 출근일이었기에 나는 오랜만에 아키 씨랑 같이 점심을 먹고 있었다. 우리 회사 구내식당은 싸고 맛있어서 참 좋단 말이지. 자주 출근하지 않는 나로서는 전혀 질리지 않고 맛있게 먹고 있는데…… 아니, 잠깐. 지금은 이런 걸 생각할 때가 아니잖아.

“뭐, 로우시 씨는 원래 여러모로 든든하니까. 말이나 태도도 가볍지 않고, 리츠카한테 애정 표현도 잘해주고…….”

“맞아, 맞아~. 아참, 얼마 전에 찍은 사진 보여줄게!”

올해 들어서 나는 사진을 자주 찍게 됐다. 특히 로우 군이나 냥키치의 사진을 중심으로, 둘이 같이 찍은 셀카도 많아졌다.

마침 어제 찍은 사진 중에 로우 군이 내 볼에 쪽! 하고 키스하는 사진이 있어서 그걸 아키 씨에게 보여주자, 아키

씨는 미소를 지었다. 웃는 얼굴이 귀여워♡

"후후후. 내가 좋아하는 말이 있는데, '사랑은 끝없이 베푸는 것이자, 영원히 빼앗아 가는 것'이라는 말이야. 지금 나는—— 어쩌면 리츠카에게 사랑을 빼앗기고 있는 건지도 몰라."

아키 씨는 웃음을 머금은 얼굴로 식탁 위의 키츠네 우동에 시치미를 왕창 들이부었다. 그건 이미 우동이 아니라 시치미를 먹는 수준이었다. 웃고 있는데도 얼굴이 무서워…….

"미, 미안해……. 자랑하고 싶어서 나도 모르게……."

"솔직하네……. 그런 점이 부러워. 요타로는 그런 게 전혀 없다고 해야 할까, 얘가 날 정말 좋아하긴 하는지 의심될 때도 있어……."

"그럴 리가 없잖아~."

아키 씨는 지금 이바 요타로라고 하는 남자 친구와 동거 중이다. 이 요타로라는 사람은 여러모로 별난 사람으로, 내 남편인 로우 군과는 정반대다.

그래도 요타로 씨가 아키 씨를 사랑하고 있다고 확신하는 이유는 분명히 존재한다.

"지금도 열심히 찾고 있잖아? 《오르간》을."

"……그 와중에도 도박은 하는 거 같지만 말이야……."

나와 마찬가지로 아키 씨도 《액터》다. 겉으로는 전혀 티가 나지 않고, 아마 요시노처럼 전투에서 직접 쓸 수 있는 《블레스》는 아닐 것이다. 그러나 그 『대가』는 무척이나 무겁다.

갑자기 기억이 사라지거나, 잃어버렸던 기억이 되살아나거나 하기 때문이다. 아키 씨의 『대가』는 그런 고통스러운 『대가』다.

그걸 어떻게든 해결하기 위해, 지금 우리는 그 실마리를 쥐고 있을지도 모르는 그 《오르간》이라는 사람을 찾고 있다. 아키 씨를 위해서.

그러니 그 중심에 서 있는 그 사람은 분명 아키 씨를 사랑하고 있을 것이다.

“남자는 기본적으로 부끄럼쟁이잖아. 로우 군도 처음에는 그랬어. 작년 연말부터는…… 부끄럼쟁이가 아니라 ‘부끄럼을 느끼길 바라는 쟁이’가 됐지만…….”

“무슨 쟁이인데, 그거……. 하여간, 남자는 부끄럼이 많아서 그런 건지, 솔직해지면 자기가 지는 거라고 생각한다니까?”

“양아치 본능일지도!”

“나이를 먹을 만큼 먹은 사람한테는 쓸데없는 본능이야…….”

이바의 요타로 씨에게는 ‘양아치’라는 단어가 딱 어울린다. 선글라스를 끼고, 주머니에 손을 넣은 채 걷고, 눈빛은 날카롭고, 말투도 거칠다.

“하지만 만화 속 양아치는 달라! 한결같으니까! 오토바이를 타고, 쇠 파이프를 들고, 다른 학교로 가는걸! 연인을 구하기 위해서!!”

“그런 걸 해 준 기억은 없는데 말이지……. 들어봐, 리츠카! 요타로가 얼마 전에 내가 사 온 푸딩 두 개를 전부 다 먹어버렸어!! 보통은 둘이 하나씩 나눠 먹잖아?! 내가 말한 게 바로 이런 거야!!”

“그건…… 싸우자는 거네.”

“맞아! 그래서 내가 말했지! ‘요타로 바보’라고!!”

(귀여워.)

아키 씨는 온화하고 상냥한 사람이라서 화를 내는 데 익숙하지 않은 듯했다.

하지만 그렇다고 화를 안 낸다는 건 아니다. 화를 내지 않는 사람은 아마 없을 테니까.

청소를 안 하면 바닥에 먼지가 쌓이듯, 화도 조금씩 쌓여 간다. 아키 씨는 그걸 불평이라는 형태로 풀어내며 소화했다……. 역시나 상냥한 사람이다.

“그것 말고도 많아! 비가 쏟아져도 밖에 널어둔 빨래를 들여오지도 않고, 손빨래해야 하는 옷을 마음대로 세탁기에 넣어두고, 설거지가 제대로 안 된 그릇을 수납장에 넣고, 카쿠카쿠의 밥도 아무렇게나 줘. 그런데 이상한 말만큼은 제대로 가르친다니까? 그리고 또——."

"그래도 좋아하지?"

"응, 맞아."

(솔직하고 귀여워.)

파트너를 안 좋아한다는 거짓말은 하지 않는단 말이지.

그렇다면—— 좋은 생각이 떠올랐다!

"그럼 아키 씨, 오늘부터 우리 둘이——."

"……뭐?! 그런 걸 하자고?!"

많으면 많을수록 좋은 건 분명 저축과 사랑일 거라고 생각한 나는, 떠오른 생각을 그대로 말해봤다. 아키 씨는 조금 쑥스러워했으나, 결국 내 제안을 받아들였다.

*

"나 왔어~."

"어서 와, 로우 군! 그럼 잠깐 밖으로 나가 줄래?"

"돌아오자마자 문전박대라고……?"

집에 돌아온 로우 군을 맞이하면서 일단 밖으로 나가달라고 부탁하자, 그는 꽤 당황한 표정을 지었다. 사정을 모르니 당연한 반응이다.

"잠깐 하고 싶은 게 있거든! 아, 이 메모에 적힌 대로 해줘."

"딱히 상관없긴 한데, 2월의 추운 날씨에 다시 나가는 건 좀……."

"나중에 꼭 껴안아 줄게!"

"할 수 없지."

로우 군은 결의의 찬 얼굴로 다시 한번 밖으로 나갔다. 건네준 메모에는 해줬으면 하는 일이 적혀 있었으니, 로우 군이라면 한 번에 기억할 수 있을 것이다.

1분 정도 지나자, 다시 현관문이 열리며――.

"다녀왔어, 마이 스위트 허니!"

"어서 와, 로우 군♡"

"응……. 오늘도 내 아내는 아름답고 귀엽다니까! 자, 안아도 될까?"

"물론이지~."

역시 로우 군이다. 내가 부탁한 대로 정확히 해 주고 있다. 메모에는 '과장된 느낌으로 사랑을 표현하며 돌아오는 남편'이라고 적어 두었는데, 완벽하다! 오히려 연기가 조금 과하게 들어가서 살짝 무서울 정도다! 혹시 연극부 출신이야?

나는 주저하지 않고 로우 군의 품으로 뛰어들었다. 코트 속에서는 마른 섬유유연제의 냄새와 약간의 땀 냄새가 났다. 일하는 사람의 냄새는 싫지 않다. 오히려 좋다.

뭐, 로우 군의 냄새는 전부 좋지만.

"미칠 듯이 사랑스러워……! 리츠카! 아이 러브 유!!"
"그래, 그래."
『하아악!!』
"닥쳐, 망할 고양이. 자, 리츠카. 이제 우리를 막을 건 아무것도 없어. 다른 일은 전부 제쳐두고 사랑의 둥지에서 밤일을——."
"메모에 없는 건 하지 말아 줄래? 아, 이제 됐어."
"앗, 넵."
나는 안은 김에 내 엉덩이를 살짝 만지는 로우 군에게 주의를 준 뒤, 곧바로 품에서 벗어났다. 지금 원하는 건 그런 게 아니야.
나는 급히 세팅해 둔 스마트폰 쪽으로 다가가, 녹화를 멈췄다.
"……응. 완벽하게 찍혔어! 고마워, 로우 군!"
"잘 이해가 안 되는데, 지금 뭐 하는 거야……?"
"으음, 나중에 설명해 줄게. 밥 먼저 먹을 거지?"
"응, 그럴게."
"그건 그렇고, 로우 군은…… 연기파구나."
"그래? 하하. 그야 뭐, 리츠카를 사랑하는 데 연기는 필요 없——."
"코미디 영화 주인공 같았어!"
"아, 그런 뜻……?"

로우 군은 조금 충격받은 얼굴로 말없이 멈춰 섰다. 응? 진지한 영화에서 그런 연기를 하면 관객들이 화를 내지 않을까? 심각한 분위기를 완전히 깨버리는걸.

설마 진심으로 그런 연기를 한 건 아니겠지……?

"하구사 씨랑 파트너와의 친근한 영상을 주고받기로 했다고? 아아, 그래서 나한테도 협조를 요청한 거구나."

"맞아! 사진 말고도 영상도 같이 남기면 좋잖아!"

"그건 리츠카 취향이니까 상관없긴 한데 왜 하구사 씨까지……."

의문을 품는 로우 군에게, 나는 오늘 있었던 일을 이야기해 줬다. 크림 스튜를 입에 넣으면서, 로우 군은 '그렇구나' 하고 고개를 끄덕였다.

"이바는 좀 별난 녀석이니까 하구사 씨가 불안해하는 것도 이해되네."

"그렇지? 하지만 영상으로 밀어붙이면…… 도망칠 수 없어!"

"영상으로 밀어붙인다니?"

평소에 두 사람은 그렇게 붙어 있는 타입이 아닌 것 같으니, 이렇게 장난삼아 조금이라도 붙어 있는 게 좋을지도 모른다. 내가 동조한다고 하면 아마 거절하진 않을 테니까.

"그래서 방금 찍은 걸 바로 아키 씨에게 보낼 거야!"

"내 수치가 공유되는 건가……."

"먼저 공격하는 쪽이 유리하잖다!"

"선공, 후공 개념이었어……?"

편집한 영상을 아키 씨에게 보내자, 곧바로 읽음 표시가 떴다. 그리고 몇 분 후, 답장이 왔다.

"'로우시 씨는 원래 연극부였어?'라는데?"

"아니……. 응? 이바가 나한테도 뭐라고 보냈어. '개웃겨'라고……? 웃기지 마!"

아무래도 두 사람이 함께 영상을 본 것 같다.

하지만 뭔가 내용보다는 로우 군의 연기력만 주목받는 느낌이란 말이지…….

"재능이 많아서 탈이야, 로우 군은."

"취지가 바뀌지 않았어……? 원래는 우리 둘의 알콩달콩한 모습을 보여주려고 한 건데."

"'너희도 잘 부탁해'라고 답장했어. 어떤 영상이 오려나?"

"별로 상상이 안 돼……. 하구사 씨는 꽤 진지한 사람이잖아. 리츠카처럼 살랑거리면서 상대에게 기대는 이미지가 아니라. 이바도 어딘가 이상한 녀석이고."

"살랑거린다니, 그게 뭐야. 나는 공사 혼합 안 하고 제대로 기대고 있거든?"

"공사 혼동을 말하는 거지……?"

그래도 이유 없이 로우 군에게 기대고 싶을 때도 있고,

무릎베개를 해줬으면 할 때도 있다.

그건 뭐랄까, 감정이 이끄는 대로 하는 거라고 해야 하나? 그래서 로우 군이 '살랑거린다'고 표현한 걸지도 모른다. 그렇다면 확실히 아키 씨는 '살랑거리지' 않은 것 같다.

잠시 뒤, 둘이 TV를 보고 있을 때 스마트폰이 '띠링' 하고 울렸다.

"앗. 아키 씨가 영상을 보냈어!"

"이 묘한 배덕감은 뭘까. 다른 커플의 달달한 모습을 보는 건 절대로 들여다보면 안 되는 방을 훔쳐보는 것 같다고 해야 하나, 어쩐지 열어서는 안 되는 상자를 열어보는 기분이 든다고 해야 하나."

"그럼 안 볼 거야?"

"같이 보자~."

로우 군이 장난스럽게 내게 바짝 붙었다. 마음에 여유가 생긴 건지, 올해 들어서 로우 군은 이렇게 애교 섞인 행동을 자주 한다. 나보다 훨씬 '살랑살랑'한 거 아닐까?

뭐, 전혀 상관없지만. 아무튼 나는 재생 버튼을 눌렀다.

『내, 내가 왜 스마트폰을 들고 있는지, 짐작돼?』

『내가 어떻게 알아. 갑자기 뭔데? 폰 바꿨어?』

아키 씨는 스마트폰을 들고 누워 있는 이바의 요타로 씨에게 다가가고 있었다. 뭔가 이미…… 망한 것 같아.

『안 바꿨어. 이건, 그래── 나의 아주 강력한 증거가 될 테니까.』

『소송 준비하냐?』

“소송 준비하는 것 같아.”

(똑같이 태클 걸었어.)

정반대인 로우 군과 이바의 요타로 씨지만, 어딘가 닮은 부분도 있어서 그게 이렇게 남에게 태클을 걸 때 드러나는 모양이다.

『그게 말이지, 말로 설명하기 어렵긴 한데…… 사랑을 믿어?』

『현관문을 열면 서 있는 할머니가 할 법한 소리 하지 마!』

“머리 회전이 빠르네, 이바는. 태클 거는 센스도 있고.”

“그런 부분에 집중하지 않아도 돼.”

『그러고 보니 아까 사이가와 와이프가 보낸 영상을 보여줬지? 그럼 그거네. 사이가와 와이프가 뭐라고 바람을 불어 넣어서 영상을 찍게 된 거겠지.』

『으극.』

태클 거는 것도 잘하지만, 확실히 이바의 요타로 씨는 머리 회전이 빠른 것 같다. 목적의 절반 이상을 맞춰버리자, 아키 씨는 (화면에는 보이지는 않았으나) 당황하고 있었다.

『그, 그럼 어쩔 건데?』

『어쩌긴 뭘 어째. 애초에 난 무슨 목적으로 찍은 영상인지도 몰라. 게다가 나는 사이가와 같은 타고난 광대가 아니라서 찍어봤자 나올 것도 없다고.』

"이 자식이?"

"자, 자~. 그냥 비유한 거야."

광대 취급을 당한 로우 군은 반쯤 화가 난 상태였다. 그래도 그건 본인이 최선을 다한 결과였고, 일부러 광대가 되려고 한 건 아니다. 다음에 이바의 요타로 씨에게 그 얘기를 해줘야겠다.

『……미안해, 리츠카. 요타로를 적절히 움직이는 건 불가능할지도 몰라.』

『맞다, 아키. 나 오늘 파친코에서 졌으니까 돈 좀…….』

말을 끝마치기 전에 영상이 끝나버렸다.

"최악의 장면에서 끊었잖아……."

"이 이상은 못 봐줄 지경이었으니, 오히려 잘 된 것 같기도 해……."

"뭐랄까, 독특한 분위기와 거리감으로 이어져 있는 커플이네. 이바에게 사전에 다 설명하고 영상을 찍었다고 하더라도 아마 잘 안 풀렸을 거야."

"아키 씨는 너무 진지해서 문제야. 좀 더 강하게 나가도 될 텐데."

"이렇게?"

영상을 보면서 꼭 붙어 있었던 터라, 우리 사이의 거리는 거의 없었다. 로우 군은 태연히 내 허리에 손을 두르고 배꼽 근처를 손가락으로 간질였다.

나는 스마트폰 카메라를 그에게 들이댄 뒤, 사진을 한 장 찍었다.

"앗. 왜 지금 찍는 거야?"

"봐봐! 음탕해 보이는 얼굴이잖아!"

나는 방금 찍은 사진을 로우 군에게 보여줬다. 이게 소위 사람들이 말하는…… 음탕해 보이는 얼굴!

구체적으로 어떤 얼굴인지 말로는 정확히 표현할 수 없으나, 확실히 그런 얼굴이다!

"그런 게 아니야, 리츠카. 음탕해 보이는 게 아니라── 이건 그냥 직설적으로 변태 같은 얼굴이야."

"이것도 아키 씨에게 보내야지."

"그만둬……."

뭐, 실제로 보내진 않을 거다. 그저 농담했을 뿐이니까. 하지만 뭔가 증거로 쓸 수도 있으니 사진 자체는 잘 저장해 두기로 했다.

로우 군은 내 앞에서만 다양한 표정을 보여준다. 남에게는 절대로 보여줄 수 없는 얼굴까지 포함해서, 그건 오직 나만의 것이다. 분명 이렇게 둘만 공유하는 것들이 쌓아가는 게 사랑으로 이어지는 게 아닐까, 하고 나는 생각한다.

"그런데 이바가 좀 더 하구사 씨를 사랑스럽게 대하게

만들 방법은 없을까?"

"좋다, 그 이름! 사랑스럽게 대하게 만들기 작전!"

"꽁냥거리는 건 쉬운데 말이야~."

로우 군에 내 무릎에 머리를 기대었다. 무릎베개 정도는 서로 부탁하지 않아도 틈만 나면 하고 있다. 붙어 있는 건 이제 생활의 일부가 되어 버렸다.

문득 달력을 바라봤다. 그러고 보니 곧——.

*

"곧 밸런타인데이니까 직접 만든 초콜릿으로 파트너에게 사랑을 전하자 작전~!"

"예, 예이……."

작은 목소리로 아키 씨가 호응했다. 한편, 뾰로통한 얼굴을 한 여자아이가 한 명 있었다.

"……왜 우리 집에서 해야 하는 건데?"

"그건 아까 설명했잖아!"

그렇다, 요시노다. 이번 작전은 서로의 파트너에게 비밀로 하고 싶었기에, 휴일에 나나 아키 씨의 집에서 초콜릿을 만들 수는 없었다. 믿을 수 있는 사람은 요시노밖에 없었고, 내가 부탁하자 일단은 허락해 줬다.

"죄송해요, 갑자기 찾아와서. 제가 폐를 끼쳤을까요——

쿠리 씨?"

"오늘은 딱히 할 일도 없으니까 괜찮아. 그리고 그렇게 딱딱하게 굴지 않아도 돼. 릿카를 대하듯 날 대해도 상관없어. 나도 앗키라고 부를 테니까."

"고마워. 그럼 오늘은 잘 부탁해, 요시노."

아키에 대한 정보는 요시노도 알고 있다. 《오르간》을 찾는 과정에서 겸사겸사 조사한 듯했다.

"그래서? 굳이 수제 초콜릿을 만들어서 너희 파트너에게 준다고? 하여간, 제과업체랑 언론이 흘리는 적당한 정보 조작에 매년 잘도 휘둘리는구나. 한 번쯤은 차분히 생각해 보는 게 좋지 않겠어? 초콜릿을 준다고 해서 애정이 전해지는 것도 아니고, 그럴 거면 차라리 현금이나 선물 같은 게 받는 입장에서도 훨씬 낫잖아. 게다가 '수제'라는 걸 내세우려면 해외 플랜테이션 농가에서 직접 카카오를 사 와서, 제로에서부터 만드는 게 맞지 않아? 자, 그러면 지금부터 셋이 떠나볼까? 가나로."

""……….""

반응이 완전히 싸늘했다. 요시노는 가끔 이렇게 돌변하곤 했다. 예전에는 이유를 이해하지 못했지만, 전에 와니부치 할아버지가 말씀하신 것처럼 과거의 상처가 요시노를 이렇게 만든 거라면, 조금은 납득이 갔다.

"——요시노. 사실 카카오 생산량 세계 1위는 가나가 아니라 코트디부아르야."

"그걸 받아치다니! 앗키, 은근히 박식하구나?"

"아키 씨, 잠깐만."

나는 옷자락을 살짝 잡아당기며, 아키 씨에게 귓속말했다.

"……**그 일**, 잊은 거 아니지?"

"……응. 당연하지……."

"아앙? 둘이 비밀 얘기하는 거야? 뭐, 상관없긴 한데. 얼른 갈색 덩어리나 만들어서 셋이 술이나 마시러 가자고~? 솔직히 그게 메인 이벤트 아니야?"

사실 아키 씨에게는 카야마 선배가 요시노를 좋아한다는 걸 이미 알려줬다.

그리고 요시노 본인도 카야마 선배를 싫어하지는 않는 것 같다. (이건 여자의 촉!)

그래서 이번 작전은, '나는 로우 군에게 매년 그래왔던 것처럼 수제 초콜릿을 주고', '아키 씨는 이바의 요타로 씨에게 처음으로 수제 초콜릿을 주고', '요시노는 인생에서 처음으로 남자에게 초콜릿을 주는' 트리플 작전이다!

"요시노, 밸런타인데이는 초콜릿을 주는 게 목적인 날이 아니라, 마음을 전하기 위해 초콜릿을 이용하는 날이야. 그래서 '수제'라는 점이 의미가 있는 거라고!"

"어차피 설탕 덩어리라는 건 똑같잖아. 그리고 앗키는

그걸로 괜찮은 거야? 그 양아치한테 수제 초콜릿을 준다고 해서 딱히 태도가 달라질 것 같진 않은데 말이지. 차라리 현금을 주는 게 훨씬 효과가 있을 것 같아."

"뭐, 매년 가게에서 사서 주거나 안 줄 때도 있긴 했는데…… 직접 만든 걸 준 기억은 없어. 그래서 올해는 좀 제대로 된 방식으로 요타로에게 고마운 마음을 전해보려 하거든. 현금 얘기는 부정 못 하지만……."

"성실하네~. 양아치랑 사격 잘하는 남편은 참 행복하겠어."

"로우 군한테 이상한 별명 붙이지 마!"

확실히 사격은 잘하지만. 아, 그래도 행복할 거라는 말은 맞다!

별로 내키지 않는 듯, 자신과는 상관없다는 태도를 보이는 요시노에게, 아키 씨가 어쩐지 안절부절못하는 기색으로 물었다.

"요시노는 그…… 초콜릿을 주고 싶은 상대 없어? 모처럼이잖아."

"나? 없어. 애초에 있더라도 그냥 사서 주고 말지."

"그렇구나. 그럼~~~~ 음…… 예를 들면, 직장 동료라든가? 요즘은 의리 초콜릿도 많이 주니까."

"그래, 우정 초콜릿!"

나는 아키 씨를 도와주기로 했다. 만약 로우 군이 있었다면 '둘 다 연기가 너무 어색해……'라고 했을지도 모르지만 상관없다. 어차피 여긴 소녀들밖에 없으니까.

요시노는 우리를 가만히 노려보다가 마치 침을 내뱉듯 퉁명스럽게 말했다.

"걔는 친구조차 아니거든?"

""걔가 누군데?!""

"시끄러워!! 나 같은 건 신경 끄고, 얼른 만들기나 해!!"

혼났다. 그러나 작전은 이제 막 시작했을 뿐이다. 어떻게든 요시노도 초콜릿을 만들게 해서, 형식만으로라도 카야마 선배에게 건네주게 해야 한다.

"재료는 이미 사 놨으니까 조리 도구만 있으면 돼. 요시노, 조리 도구 어디 있어?"

"저기 걸려 있잖아. 프라이팬이랑 칼."

"그건 아는데, 다른 건?"

"무슨 소리야?"

"'무슨 소리야?'라고 묻는 게 더 무슨 소리인지 모르겠는데……."

어쩐지 불길한 예감이 들었다. 그러고 보니 요시노, 평소에 요리하던가……?

"조리 도구는 칼하고 프라이팬만 있으면 충분하잖아. 또 뭐가 필요한데?"

"도마라든가……?"

“프라이팬 위에서 썰면 돼.”

“볼 같은 거…….”

“다이어트한다고 샀던 밸런스볼이── 아, 얼마 전에 버렸지.”

“거품기는……?”

“세안용이라면 있어.”

““큰일 났다……!!””

돌이켜보면, 대학 시절에 요시노와 룸메이트로 지낼 때도 요리는 기본적으로 내가 맡아서 했다. 요시노의 ‘요리’라고 해봐야 반찬 같은 걸 사 와서 늘어놓는 게 전부였고, 스스로 뭔가를 만드는 건 본 적이 없었다. 새해 첫날에 게 전골을 먹었을 때도 전부 와니부치 할아버지가 해주셨다.

즉, 요시노는── 지금도 전혀 요리를 못 한다……!!

“요시노, 평소 식사는 어떻게 해……?”

“그냥 평범하게 하지. 썰어서 굽거나 삶거나.”

“원시적……!!”

“영양 균형 같은 걸 고려하는 게 좋아, 요시노…….”

“영양제를 먹으면 되잖아.”

“기능적……!!”

아키 씨는 질린 눈치였다. 혼자 사는 만큼, 당연히 자취 요리 정도는 할 줄 알았던 모양이다. 실제로 요시노의 집에는 칼과 프라이팬만 있고, 그 외의 조리 도구는 전혀 없었다. 압도적으로 깔끔한 주방은 마치 조리 도구들이 가출이라도 한 것 같았다.

"애초에 수제 초콜릿은 그냥 말만 '수제' 아니야? 달군 프라이팬에 대충 초콜릿을 녹인 다음에 뭔가 틀 같은 데 부어서 굳히면 끝이잖아. 조리 도구 같은 건 필요 없어."

"요시노, 중탕이 뭔지 알아……?"

"……? 코트디부아르어야?"

"리츠카! 요시노! 지금 당장 장 보러 가자!"

"그래, 그러자! 자, 가자, 요시노!!"

"그래서 '중탕'이 어느 나라 말인데? 애초에 코트디부아르어라는 게 있긴 해?"

우리는 서둘러서 장을 보러 갔다. 이제는 수제 초콜릿을 만들겠다는 목표보다, 요시노의 생활 수준을 끌어올려야 한다는 생각이 더 강해졌다. 뭐, 정작 본인은 '쓸데없는 물건은 집에 두고 싶지 않아'라면서 전혀 내켜 하지 않았지만…….

"이렇게 적당히 데운 물을 큰 볼에 받아서, 그 안에 잘게 부순 초콜릿을 담은 작은 볼에 넣고 천천히 녹이는 게 중탕이야. 자, 요시노도 한번 해봐!"

"나한테는 그냥 도구를 낭비하는 걸로밖에 안 보이는

데? 프라이팬에다가 초콜릿을 넣고 바로 끓이면 되잖아."

"그러면 그냥 초콜릿탕이 되어버려……. 아, 나는 달걀 노른자랑 설탕을 섞어둘게."

"엥? 달걀은 중탕 안 해도 돼?"

"그러면 온천 달걀이 되어버려……."

우리는 일단 쇼콜라 케이크를 만들기로 했다. 케이크를 굽는 데 시간이 걸리니까 그사이에 다른 것도 만들기로 했다.

하나부터 열까지 처음 경험하는 것들뿐인지, 요시노는 연신 '오오' 같은 감탄사를 내뱉고 있었다.

"아키 씨, 머랭 준비 부탁해!"

"알겠어!"

"감동이야……. 이렇게 귀찮은 과정을 거쳐야 만들 수 있는 걸 편의점에 가면 동전 하나로 살 수 있다니. 정말 나는 풍요로운 시대에 태어났구나."

"요시노는 오븐레인지 예열해 둬!"

"알겠어. ………………그런 기능 없는데?"

"있다니까……."

"그건 그렇고, 꽤 좋은 오븐레인지잖아? 나도 갖고 싶을 정도야……."

"솔직히 나는 전자레인지랑 오븐의 차이도 몰라. '혼자 사는 사람은 그냥 좋은 전자레인지 하나만 있으면 된다'라는 말을 어디선가 봐서 대충 제일 비싼 걸 사 왔을 뿐이야."

나와 아키 씨는 동시에 '낭비……'라고 중얼거렸다. 아니, 애초에 요시노는 오븐레인지랑 전자레인지의 차이조차 잘 모르니까, 낭비인지 아닌지도 판단이 안 되겠지…….

"근데 예열이 뭐야?"

"미리 레인지 안을 설정 온도까지 높여두는 거야. 그래야 반죽이 골고루 익거든. 봐, 요시노. 여기에 예열 버튼이 있지?"

"아하. 노부나가의 신발을 데워주던 히데요시 같은 존재구나?"

"맞는 것 같기도 하고, 아닌 것 같기도 하고……. 이럴 때 요타로나 로우 군이 있었더라면……."

"그 두 사람은 항상 어디서든 태클 걸 타이밍만 노리잖아."

"아니, 난 딱히 태클 걸어주길 바라고 한 말이 아닌데."

원래 요시노는 흔히 말하는 '태클 담당'이라 오늘처럼 입장이 역전되는 건 아주 드문 일이다.

나랑 아키 씨는 태클을 거는 데 재능이 없기에 요시노의 화려한 바보짓을 따라잡을 수가…… 없었다!

"아, 맞다. 나 오늘을 위해 참고서를 준비했어."

"정말? 보여줘, 보여줘!"

머랭 준비를 다 끝낸 아키 씨가 가방에서 책 한 권을 꺼냈다.

만약 요리책이라면 케이크가 구워지는 동안 다른 디저트를 만드는 데 참고가 되겠지만——.

“자, 이거! 주술서!”

——그럴 리가 없었다…….

“뭐야, 뭐야. 앗키도 갑자기 폭주하고 싶어졌어?”

“주술서는 그거지? 누군가를 저주하는…….”

표지에는 ‘누구나 따라 하는! 주술 입문 (비살상용)’이라고 쓰여 있었다. 서점이라면 참고서 코너에 꽂혀 있을 법한 디자인이지만, 막상 꽂혀 있는 걸 보는 순간, 손이 먼저 움직이게 만드는 제목이었다…….

“초콜릿만으로는 부족할 것 같아서. 마음이 담긴 건 역시—— 저주잖아?”

“예열이니, 중탕이니 할 때가 아니었어. 이 아이를 바로 잡아야 해.”

“주…… 주술은 안 쓰는 게 좋지 않을까?”

“리츠카는 남편이랑 사이가 좋으니까 그런 거야. 잘 안 되는 우리는 이제 주술에 손을 댈 수밖에 없어. 괜찮아, 어차피 나만 쓸 거니까.”

“그래도 우리는 전부 《액터》잖아. 주술을 사용하는 것도 좀…….”

아키 씨는 꽤 진지해서 말릴 수가 없었다. 일단 케이크 반죽이 완성됐기에 나와 요시노, 아키 씨는 각자 볼에 반죽을 옮겨 담았다.

“이 책에 따르면 사람의 마음을 사로잡는 주술에서 가장 효과적인 매개체는 주술사 쪽이 평소에 몸이 지니고 있거나 사용하는 물건이래. 아하, 머리카락 같은 건 안 되는구나.”

“절반 정도는 못 알아들었어.”

“그럼 이 마음에 드는 립스틱을 잘게 부숴서 반죽에 섞자.”

“사실 그 양아치도 꽤 고생하고 있었던 게 아닐까……?”

아키 씨는 평소 애용하는 립스틱을 반죽에 섞어버렸다. 초콜릿색을 띠던 반죽의 색이 조금 더 선명해졌다. 식용 색소도 아닌데…….

이어서 아키 씨는 볼 위로 손을 얹고, 눈을 감은 채 중얼거렸다.

“으으으음……!”

“여, 염력 같은 걸 보내고 있어……!!”

“왜, ‘맛있어져라’라고 주문을 외우기도 하잖아. 그것도 일종의 주술이라고 생각하면 앗키의 이 괴상한 행동도 완전히 틀린 건 아닐지도 몰라. 영상으로 남겨두자.”

“하, 하긴. 그럼 나도——.”

""으으으으으으으으음……!!""

"우리 집 부엌이 마녀 집회장처럼 변하가고 있어."

이렇게 해서, 우리 세 명은 몇 종류의 과자를 만들었다.

다 같이 모인 것도 즐겁고, 만드는 것도 즐겁고, 초콜릿을 주는 것도 즐거우니, 밸런타인데이는 정말 좋은 날이라고, 나는 새삼 생각했다.

요시노와 아키 씨도 그날만큼은 이렇게 즐거웠으면 좋겠다.

*

"로우 군, 해피 밸런타인! 그럼 바로 질문인데, 오른쪽 쇼콜라 케이크 A랑 왼쪽 쇼콜라 케이크 B에 어떤 차이가 있는지 알겠어? 1분 안으로 대답해 줘."

"왜 갑자기 대답을 강요하는 거야……?"

식후 디저트로, 수제 쇼콜라 케이크 A와 B를 로우 군에게 내밀었다.

참고로 A는 마음을 담아 주술을 걸어둔 것, B는 주술을 걸지 않은 것이다. 물론 겉으로 보기에는 똑같다.

로우 군은 개처럼 킁킁거리며 냄새를 맡거나 접시를 들

면서 조사하기 시작했다.

“외관이나 냄새에는 차이가 없는 것 같은데—— 그렇다면 역시 맛인가.”

“힌트는 ‘주술’이야.”

“힌트 때문에 더더욱 알 수 없게 됐는데……?”

로우 군은 케이크 각각 한 입씩 먹어봤다.

“으음, 맛있어! 항복! 똑같아! 모르겠어!!”

“역시 모르는구나. 사실 쇼콜라 케이크 A에는——.”

‘저주’ 이야기를 해주자, 로우 군은 케이크를 먹으면서 한숨을 쉬었다.

“힌트가 아니라 답을 말한 거였네……. 내가 어떻게 알아.”

“로우 군이라면 눈치챌 수도 있을 것 같았단 말이야~.”

“애초에 리츠카는 주술사도 뭐도 아니잖아. 아마추어가 그렇게 쉽게 주술을 쓸 수 있을 리도 없고, 케이크에 주술을 담는 의미도 모르겠어.”

“주술사는 아니어도 《액터》니까 뭔가 할 수 있을 것 같았거든. 그리고 ‘좋은 저주’인걸! 맛 같은 걸 향상해 주는 타입의 주술!”

“그걸 저주라고 부를 수 있을까……?”

문득 그런 생각이 들었다. 나도 로우 군도, 주술이 아예 존재하지 않는다고는 생각하지 않는다는 것을.

어째서 그런지 조금 의문이 들었으나── 물어보려던 찰나에 스마트폰이 '띠링' 하고 울렸다.

"아, 아키 씨가 동영상을 보냈어."

"이 타이밍에 보냈다는 건──."

"좋은 장면을 찍은 걸지도 몰라!"

우리는 곧바로 소파에 앉아 동영상을 보기로 했다.

이번에도 역시 아키 씨가 이바의 요타로 씨를 촬영하고 있었다.

『저기, 요타로. 오늘 밸런타인데이니까 이걸 줄게.』

『아, 그러고 보니 오늘인가? 올해는 주는 거야?』

『응. 사실 저번에 리츠카랑 같이 만들었어.』

『외출한 날이구나. 지금 왜 동영상을 찍는 건지는 묻진 않을 건데, 바로 먹어──…… 응?』

아키 씨가 쇼콜라 케이크가 올려진 접시를 건네려 했으나, 이바의 요타로 씨는 눈썹을 살짝 움직이며 얼굴을 찡그렸다. 말하지 않아도 알 수 있듯이, 아키 씨의 쇼콜라 케이크에는 립스틱 조각이 들어 있다. 그러나 겉보기만으로 알 수 있을 리가 없었다.

『뭐지……? 그 초콜릿 케이크에서 검은 연기 같은 게 나오고 있는데……?』

『응? 거짓말?! 정말로?! 리츠카랑 로우시 씨는 어떻게 생각해?!』

갑자기 아키 씨가 우리에게 질문을 돌렸기에, 나는 일단 영상을 멈췄다.

"갑자기 시청자 참여 방송이 됐잖아……. 난 아무것도 안 보이는데."

"나도……. 겉으로 보기에는 평범해 보여."

"이바가 장난치고 있는 거 아니야?"

로우 군은 그렇게 추측했지만, 내 눈에는 이바의 요타로 씨가 연기를 하는 것처럼 보이진 않았다. 진짜로 '무언가'를 보고 있는 사람의 리액션 같았다.

어쨌든 우리 둘에게는 검은 연기 같은 건 안 보이므로 다시 재생 버튼을 눌렀다.

『내 기분 탓이라고 생각하는데, 설마 이상한 걸 섞은 건 아니겠지? 손톱 조각 같은 거라든가.』

『그, 그런 건 안 섞었어! 먹어도 괜찮은 것만 넣었다고!』

참고로 립스틱 조각을 섞은 사실을 로우 군에게 말하자, '그건 먹어도 괜찮지 않은데……'라며 조금 당황스러운 반응을 보였다. 천연 재료라서 괜찮을 줄 알았는데.

『'그런 건'이라니, 뭐야. 뭐, 상관없어――어차피 네가 만든 거라면 그게 모래든 진흙이든 먹기로 했으니까. 알고 있었어?』

『그렇구나. 미안…… 기억 안 나.』

『지금 생각해 낸 거니까 당연히 기억이 안 나지.』

『뭔데…….』

갑자기 뭔가를 잊어버리는 아키 씨는 두 사람만의 작은 기억조차 자신이 모르는 사이에 잊어버리곤 한다. 생각해 보면 그건 정말 무서운 일이지만── 이바의 요타로 씨는 태연한 얼굴로, 오히려 그걸 소재 삼아 놀리기도 했다.

그래서 아무런 두려움 없이, 검은 안개 같은 것이 보이는 케이크를 맛있게 먹을 수 있는 걸지도 모른다.

"……리츠카가 케이크를 만들고 있을 때, 나는 카야마랑 이바랑 놀고 있었거든. 거기서 잠깐 이바가 불평하는 걸 들었어. 그 왜, 이바가 아키 씨의 푸딩을 먹었다며?"

"응. 혼자 다 먹었다는 그 얘기 지?"

"맞아. 근데 사실 아키 씨가 그 푸딩을 산 걸 완전히 잊어버렸던 모양이야. 유통기한이 지난 걸 이바가 먹으려던 순간, 아키 씨가 그걸 기억해 낸 거지. 근데 이바는 매번 '네가 잊었잖아'라고 말하진 않나 봐. 뭔가를 잊었다는 사실 자체가 아키 씨를 상처 입힐지도 모르니까."

"그렇구나……. 역시 두 사람은 잘 어울려."

"응. 뭐, 성격이 별나긴 해도── 아키 씨를 지켜줄 사람은 이바밖에 없어."

양아치가 자기 연인을 소중히 여기는 모습은 만화에서도 자주 볼 수 있지만, 이바의 요타로 씨는 그보다 훨씬 더 커다란 마음으로 아키 씨를 감싸 안고 있다. 로우 군이 나에게 해주는 것과는 조금 다른 방식이긴 하나, 결국 사랑의 형태는 똑같다.

『끄아아아아아아아아아아아아아아아아아아아아아아악!!』

우리가 이런 대화를 나누고 있을 때, 동영상 속에서 케이크를 다 먹은 이바의 요타로 씨가 마치 독이라도 먹은 듯 몸부림치며 괴로워하기 시작했다.

마치 서스펜스 영화에서 피해자가 죽는 장면 같다…….

『응?! 뭐야, 요타로?! 주술이 너무 강력했나?!』

『으아아아아아아아아아아아아아아아아악!!』

"이게 도대체 무슨 동영상이야……."

로우 군이 침착하게 태클을 걸었다.

동영상 속 이바의 요타로 씨는 한참 소리를 지른 뒤, 카메라……가 아니라 아키 씨를 똑바로 바라보고 있었다. 그 표정은 나에게도 익숙한 표정이었다. 로우 군은 나에게 야한 짓을 할 때, 저런 얼굴을 한다. 인간과 동물의 그 중간 같은 표정…….

『잠깐, 요타로――으읍!』

이바의 요타로 씨가 점점 더 우리 쪽으로 다가왔고, 마지막엔 아키 씨의 스마트폰이 바닥에 떨어지며 천장을 비췄다.

『늑대 검을…… 쑤셔 넣어라!!』

마지막으로 카쿠카쿠의 비명이 들리며 영상이 끝났다.

이후 두 사람이 어떻게 됐는지는…… 상상에 맡긴다는 의미인 것 같았다.

““…….””

나와 로우 군 사이에 어색한 공기가 흘렀다.

인간의 성격은 그렇게 쉽게 변하지 않는다. 이바의 요타로 씨는 로우 군과는 완전히 달라서, 말보다는 행동으로 보여주는 타입인 것 같다.

"……있잖아, 리츠카."

"뭐, 뭐야? 아, 그런 거 할 생각이면 아직 준비가……."

"아니, 그런 건 안 할 거야. 그냥 '고마워'라고 말해두고 싶어서."

로우 군이 아직 벽에 걸려 있는 서예 작품을 가리켰다.

성급하게 오해하고 말았다. 우리도 이대로 흐름을 따라가는 줄 알았다.

아니, 오히려 조금 기대하고 있었던 걸지도 모른다. 나만…….

"고맙다니, 난 그냥 케이크를 만들었을 뿐인걸."

"그런 것도 포함해서, 리츠카와 함께 있는 덕분에 1년의 여러 날이 의미를 가지는 것 같아. 혼자였다면 크리스마스도 밸런타인도 생일도 그저 똑같은 하루일 뿐이니까. 특별하다고 여겨지는 날을 특별하게 만드는 것만으로도—— 사실 꽤 힘들잖아. 그러니 고마워해야지."

함께 있기 때문에 즐길 수 있는 것이 있다. 밸런타인데이는 단지 계기에 불과하고, 정말로 특별한 건 옆에 있는 사랑하는 사람이다.

아무것도 아닌 날도. 아무것도 아니지 않은 날도. 아무 상관 없는 날도. 아무 상관 없지 않은 날도.

"좋아해, 리츠카. 나랑 함께 있어 줘서 고마워."

눈을 바라보며 속삭이듯, 로우 군은 나를 부드럽게 안아 주었다.

'사랑해'가 아니라 '좋아해'.

오늘은 그 안에서 조금 특별한 감정을 느끼며, 나도 꼭 껴안았다.

"나도 정말 좋아해. 고마워."

"……화이트데이에는 나도 과자를 만들어 볼게. 이바랑 카야마, 셋이 같이."

"재밌겠다! 사진이랑 동영상도 꼭 찍어줘!"

"그런 거 참 좋아한다니까. 알겠어. 다음 달이──."

"──기대돼!"

주고, 받고.

저주하고, 축복하고.

이런저런 것들이 왔다 갔다 한다.

그런 삶이 참 재미있고, 즐겁고, 멋지다!

"좋은 아침입니다—— 응?"

아침에 사무실에 출근한 카야마는 자기 책상 위에 무언가 놓여 있는 것을 발견했다.

반투명 비닐과 빨간 리본으로 포장된 갈색의 내용물이 희미하게 보였다.

"……이게 뭐지? 초세, 혹시 뭐 아는 거 있어?"

"안녕하세요, 레이치 씨! 그거, 요시노 씨가 사무실 사람들 모두에게 준 거예요!"

"쿠리가? 아——그렇구나. 그러고 보니 오늘이 밸런타인데이네."

요시노는 이런 이벤트에 적극적인 타입이 아니다. 오히려 항상 '제과 회사의 음모'라고 투덜거리는 스타일이다. 그렇기에 카야마는 고개를 갸웃하며, 의리 초콜릿이 분명한 그걸 손에 들었다.

"초콜릿 케이크라. 요리에 재능이 없는 쿠리가 갑자기 이런 걸 만들 수 있을 리는 없고…… 아마 나기라랑 같이 만들었겠지?"

"왜 추리하고 계세요? 아, 이건 제가 주는 거예요! 받으세요!"

"고마워. 당분은 많을수록 좋으니까 사양은 안 할게."

카야마는 초세가 건넨 작은 초콜릿 세트를 받았다. 그녀 역시 사무실 직원 모두에게 의리 초콜릿을 나눠준 모양이다. 정말 착한 아이라니까, 하고 카야마는 속으로 생각했다.

《초세 리리》는 쿠로바 탐정 사무소에서 일하는 대학생 아르바이트생이다.

초세는 사무원 수습으로, 원래 그녀의 이모가 이 사무소에서 근무했는데, 이모가 퇴사하면서 조카인 리리가 대신 근무하게 되었다.

"그건 그렇고, 초세. 학교는 괜찮아? 오늘은 평일인데?"

"네! 강의는 오후부터 있어서, 오전에는 여기서 자료 정리를 할 거예요!"

"그렇구나. 보스랑 쿠리는? 안 보이네."

"조금 전에 급하게 비품을 사러——."

리리가 말하려던 순간, 사무실 문이 열리더니 양손에 편의점 봉투를 든 소장 쿠로바와 요시노가 나타났다. 이로써 쿠로바 탐정 사무소 현 멤버 전원이 모였다.

"죄송해요, 보스. 비품 발주를 깜빡했어요. 편의점에서 사면 비싼데……. 게다가 짐까지 들어 주시고. 아, 오늘 케이크로 다 없던 일로 하죠, 헤헤헤."

"뭐, 없으면 안 되는 물건이니까요……. 어라? 카야마 씨, 안녕하세요."

"……왔냐?"

"안녕하세요, 보스. 쿠리 씨도 초콜릿 고마워."

카야마는 초콜릿 포장을 요시노에게 보여주었다. 요시노는 아침부터 기분 나쁘다는 표정을 지었다.

그러나 카야마는 이미 그런 표정에 익숙했기에, 상쾌한 얼굴을 유지하며 말을 이었다.

"하하. 기쁜 일이네. 쿠리 씨에게 이렇게 의리 초콜릿을 받을 줄은 몰랐어."

"의리 초콜릿이라니, 무슨 오해야? 너한테 의리 따위는 없거든?"

"그럼 왜 준 건데……. 그나저나 왜 하필 올해에 직원들한테 수제 초콜릿을 줬어?"

"시끄러워. 탐정이면 추리해서 맞춰봐."

"탐정이 꼭 추리하는 직업은 아니긴 한데 말이죠……."

쿠로바가 중얼거렸다. 요시노와 카야마의 치정 싸움은 이미 셀 수도 없을 만큼 많이 봐왔다.

그건 리리 역시 마찬가지였고, 쿠로바는 한숨을 쉬며, 그리고 리리는 흐뭇하게 미소를 지으며 두 사람을 지켜봤다.

"나기라가 초대해서 겸사겸사 만든 거지? 아니야?"

"땡! 정답은 릿카랑 앗키가 초대해서 겸사겸사 만든 거랍니다. 다시 추리해, 삼류."

"앗키? 아아, 하구사 말이구나."

"……보스. 저 두 사람, '사귀는 사이' 맞죠?"

"초세 씨. 이 세상에는 생각만 하고 입 밖으로 내뱉으면 안 되는 말이 많답니다……."

두 사람이 뭐라고 속닥이는 것 같았으나, 카야마는 못 들은 척했다.

사실 집에 가져가서 장식하고 싶었지만, 농담이라도 그렇게 말하면 요시노가 기겁할 게 뻔했다. 카야마는 케이크 리본을 풀고, 그 자리에서 먹기로 했다.

"오늘은 아침 안 먹고 왔으니까 바로 먹어야지."

"좋을 대로 해. 아, 맞다. 먹기 전에 하나 더 추리해 봐."

"알겠어. 케이크 재료를 전부 맞춰라, 같은 거면 곤란하지만."

"――그 쇼콜라 케이크 안에 **내가 평소에 쓰는 립스틱 조각이 들어 있다면** 넌 어떻게 할 거야? 그 케이크를 버릴 거야?"

요시노는 끝부분이 조금 잘린 립스틱을 굳이 꺼내서 카야마에게 보여줬다.

쿠로바가 말했듯, 본래 탐정이란 추리를 생업으로 삼는 직업이 아니다. 그런 건 어디까지나 픽션 속의 탐정일 뿐, 현실의 탐정에게 요구되는 기술에 추리력 따위는 포함되지 않는다.

그러나 카야마는 최근 들어 가장 빠른 속도로 머리를 굴리며 조용하고 은밀하게 대답했다.

"이물질이 섞여 들어간 게 밝혀졌을 경우, 제조원이나 판매원에 연락해서 상품 교환이나 대금 환불을 요구할 수 있고, 이미 먹어서 건강에 피해 등이 생겼다면 손해배상 청구도 가능해……. 하지만 개인이 만든 물건에 대해서는 꽤 어렵지. 고의로 립스틱 조각을 넣은 거라면 특히나 더."

"알고 넣었는지 모르고 넣었는지는 모르잖아."

"들어갔는지 몰랐다면 눈치챈 순간에 회수하지 않았을까? 이

케이크는 나 말고도 **보스나 초세한테도 줬으니까**. 즉, 너는 립스틱이 들어간 걸 알고 있었지만——."

카야마는 케이크를 손으로 집어 한입 베어 물었다. 그 행동 자체가 대답이라는 듯이.

"앗, 먹는 거야? 어째서?"

"——**그럼에도 넣지 않았어**. 립스틱을 잘라내서 보여준 뒤, 그냥 나를 놀리고 싶었을 뿐이야. 어쩌면 너 말고 다른 누군가가 그런 짓을 했을 수도 있고. 지금 떠오르는 건…… 하구사려나?"

"윽……. 즈, 증거 있어?"

"케이크 반죽은 하나의 볼에서 섞어서 만들어. 내 몫만 따로 이물질이 들어간 버전을 만들 만큼, 쿠리는 한가하지 않을 거야. 증거라기보다는 근거라고 해야겠네."

말을 마친 뒤, 카야마는 케이크 한 조각을 순식간에 전부 먹어치웠다.

"잘 먹었어. 맛있었어. 지금까지의 인생에서 먹은 어떤 케이크보다 더."

"비꼬는 거냐, 이 자식! 젠장, 완전히 진 것 같은 기분이야……."

카야마의 추리가 대체로 맞았기 때문에 요시노는 입술을 꾹 깨물었다. 혹시 그 기세로 립스틱의 끝부분도 씹어서 잘라낸 게 아닐까, 하고 카야마는 머릿속에서 남은 추리를 계속했다.

"……뭐, 쿠리 씨가 일부러 '이물질이 들어간 버전'을 만들 가능성도 충분히 있긴 하지만 말이죠."

"그럴 리가 없어요! 안 그런 가요, 요시노 씨?"

"아, 차라리 만들 걸. 지금 진심으로 그렇게 생각 중이야. 대신 립스틱이 아니라 지우개 가루를 넣는 거지."

"제가 기껏 편들어줬는데!"

카야마는 초콜릿이 묻어서 더러워진 손가락을 티슈로 닦아냈다. 새하얀 티슈가 갈색으로 물드는 걸 보며, 카야마는 문득 생각했다.

(만약 하구사가 양아치 애인에게 주는 초콜릿에 립스틱 조각을 섞었다면——그건 무슨 의미일까. 그녀는 그를 괴롭히는 짓 따위는 하지 않아. 오히려 정반대지……. 아아, 그런 건가.)

구겨진 티슈를 쓰레기통에 버린다. 그리고 자연스럽게 PC 전원을 켠다.

"——설사 립스틱 조각이 들어 있었다고 하더라도, 나는 이 케이크를 먹었을 거야."

오히려 들어 있었다면 더 기뻤을 것이다. 그러나 그 말만은 결코 입 밖에 내지 않았다.

그러자 요시노는 눈을 크게 뜨며——.

"뭐? 기분 나빠."

——더할 나위 없이 모욕적인 표정으로 카운터펀치를 날렸다.

"식욕의 화신이야, 뭐야……. 리리는 이런 인간이 되면 안 돼.

알겠지?"

"아, 안 돼요……. 아마도."

"하핫. 정말 좋은 직장이라니까. 이번 달까지만 일하고 그만둬도 되나요, 보스?"

"안 됩니다. 자, 이제 업무를 시작하죠, 여러분."

밸런타인데이든 무슨 데이든, 휴일이 아닌 이상 사회인에게 있어서는 일하는 날에 불과하다.

느슨했던 공기를 다시 조여 매듯, 쿠로바는 모두를 향해 아침 조회를 시작했다.

"먼저, **어느 장의사**에 대해——여러분께 말해두고 싶은 것이 있습니다."

《(주)반다 제조 단합 여행기 ~출발편~》

"사이가와 군……. 다음 달에 있을 단합 여행 말인데, 아내랑 같이 참가하는 방향으로 진행해도…… 괜찮을까?"

"네? 무슨 말씀이세요?"

1월 어느 날의 일이다. 영업부 선배인 시데 씨가 느닷없이 그런 말을 꺼내서, 나는 그저 어리둥절할 수밖에 없었다. 분명 시데 씨는 사내 레크레이션 담당자 중 한 명으로, 연말 송년회라든가 신입사원 환영회 시즌에는 이리저리 회사 안을 뛰어다니는 일이 많다. 이 사람은 항상 건강이 나빠 보이고, 늘 눈 밑에 짙은 다크서클이 있어서 괜히 걱정되곤 한다. 정말 괜찮은 걸까.

아무튼 우리 회사인 반다 제조 주식회사에도 당연히 복리후생이란 게 존재하며, 그중 하나가 1년에 한 번 전 직원이 함께 떠나는 단합 여행이다. 그러나 나는 입사한 이래로 한 번도 참가한 적이 없다.

이유는 뭐…… 솔직히 말해서 그냥 귀찮기 때문이다. 굳이 쉬는 날에 회사 관련 행사에 자발적으로 참석하는 건, 나로서는 미친 짓으로밖에 안 보인다. 하루 종일 리츠카랑 뒹굴거리는 편이 훨씬 낫다.

"저기, 분명히 전에 단합 여행에는 불참한다는 메일을

보내드린 걸로 기억하는데요."

"응, 나도 그건 확인했어……."

"근데 왜 참가하게 된 거죠……?"

"전에 사이가와 씨의 형님께서 '이 녀석은 부부 동반으로 참가하게 해줘~'라고 요청하셨거든……."

"아 그래요? 그러면 그 녀석을 죽이고 올게요!"

나는 환한 웃음으로 그렇게 받아쳤다. 오후 일정이 하나 늘었다.

그러나 시데 씨는 '그만둬……'라며 제지했다. 뭐, 어차피 3분의 1은 농담이었다.

그건 그렇고, 그 녀석은 외부인인 주제에 우리 회사 단합 여행에까지 끼어드는 건가.

"곤란해요! 아내에게 허락도 안 받았고, 집에 고양이도 있단 말이에요. 그리고 올해부터는 단합 여행이 1박으로 바뀐다면서요? 전에는 당일치기였는데!"

"다들 그 당일치기 여행에 불만이 많았거든……. 여러모로 회사 측이 노력한 결과, 금액은 그대로지만 올해부터 1박 2일로 일정이 바뀌었어……. 마음에 들려나?"

"아뇨, 전혀요. 아무튼 불참으로 해 주세요."

"큰일이네……. '매제가 시끄럽게 굴면 나한테 바로 말해! 바로 네놈들과의 거래를 끊어 버릴 거니까! 그렇게 되면 전부 다 매제 때문이야!'라고 쿠레이 씨가 말씀하셨는데……."

"같이 죽이러 가실래요?"

"매력적인 제안이긴 하지만 사양할게……."

매력적이긴 한 건가. 직원들에게 대체 얼마나 미운털이 박힌 걸까, 그 바보 같은 인간은.

즉, 형님은 만약 나랑 리츠카가 단합 여행에 참석하지 않는다면 우리 회사의 프로젝트를 근본부터 박살을 내겠다는 협박을 했다는 얘기가 된다. 어차피 참가시키고 싶은 건 나보다는 여동생인 리츠카 쪽이겠지만. 아아…… 열 받아…….

"그럼 사이가와 부부는 참가하는 걸로…… 협력해 줄 거지?"

"젠장……. 아, 그래도 아내가 참가할지 어떨지는 아직 모르잖아요?! 최악의 경우, 저 혼자 가게 될 거예요! 대신 그날 제 얼굴에서 웃음기는 싹 사라지겠지만요!!"

"비고란에 기재해 둘게……."

이 사람이라면 정말로 비고란에 적어 놓을 것만 같다.

그렇게 해서 최소한 나만은 다음 달 단합 여행에 끌려가게 되었다.

*

"——이런 일이 있었거든. 미안한데 다음 달 연휴에는

단합 여행에 좀 다녀와야 할 것 같아."

집에 돌아오자마자 저녁을 먹으면서 리츠카에게 단합 여행에 관한 얘기를 꺼냈다.

'정말 가기 싫다', '형님을 패버리고 싶다'라는 전제를 깔고서.

"그렇구나~! 나도 가고 싶어!"

"응, 그러니까 리츠카는 남아서 냥키치를 돌봐…… 엥?"

"나도 가고 싶어! 단합 여행이라니, 뭔가 재밌을 것 같아!"

"재밌을지는 나도 모르겠지만…… 왜……? 어차피 여행을 갈 거면 우리 둘만 가는 게 낫지 않다……?"

"그건 그렇긴 한데——."

뜻밖의 대답이 돌아왔다. 나는 당연히 '그럼 그동안 냥키치랑 같이 집 지키고 있을게~' 같은 반응이 돌아올 줄 알았다. 응? 가고 싶은 거야? 진짜로?

"——우리 회사에는 그런 게 없거든. 그리고 얼마 전에 그 애가 우리 집에 왔을 때도 생각했어. 로우 군의 아내로서, 어느 정도는 로우 군의 회사 사람들과 친해져야겠다고. 게다가 오빠 일도 있고."

'그 애'라는 건 아마 이코마 씨를 말하는 거겠지. 그녀가 우리 집에 왔을 때, 나는 정말 속이 쓰릴 정도로 불안감에 떨었다. 그러나 그녀의 방문은 나뿐만 아니라 리츠카에게도 어느 정도 영향을 줬을 것이다. 사실 굳이 리츠카가 회사 사람들과 어울릴 필요는 생각하지만, 그렇다고 그 말을 입 밖으로 내는 것도 좀 그렇다.

"오히려 형님의 여동생이라는 사실 자체가 우리 회사에서는 살의를 유발하는 요소이긴 한데……. 아니, 그럼 냥키치는 어떻게 할 거야? 1박이잖아?"

『절 버리시는 건가요……?』

대화를 듣고 있던 냥키치가 어울리지도 않게 공손한 말투를 쓰며 우리를 올려다봤다. 어딘가 우울한 듯한 그 시선은 우리 가족과 떨어지고 싶지 않다는 마음을 보여주고 있을지도 모른다. 이건 좋은 기회다.

"봐! 지금『외롭다냥~』하고 말하고 있어!"

"정말? 냥키치, 집에서 혼자 있기 싫어?"

『짧은 여행이라면 호텔에 맡기는 것이 가장 합리적입니다. 1박이라면, 자동으로 사료를 급여하는 기계에 의지하는 방법도 있습니다. 요즘에는 반려동물을 지켜보는 카메라도 있으며, 친척이나 친구에게 잠시 맡기는 방법도 하나의 선택지가 될 수 있습니다.』

응? 이 녀석 뭐야……? 채팅식 AI라도 된 건가……?

우리를 여행에 보내고 싶은 건지, 냥키치는 매우 현실적인 방법들을 몇 가지 제시했다.

한편, 리츠카는 '음, 음' 하고 몇 번인가 고개를 끄덕였다.

"딱히 신경 안 쓰는 것 같은데? 방금 뭐라고 한 거야?"

『야, 자동번역기. 제대로 통역하라냥. 솔직히 나도 너희 수컷 인간과 암컷 인간을 돌보는 게 피곤하다냥. 가끔은 쉬게 해 달라냥.』

"음…… 아무래도 우리랑 떨어지고 싶지 않은 것 같아."

내가 그렇게 말하자, 냥키치는 파바바밧 하고 발길질하며 우리에게서 거리를 뒀다. 보디랭귀지로 『떨어지고 싶거든, 멍청아!』라는 의사를 분명히 표현한 셈이었다.

"정말로 그렇게 말했어? 갑자기 가버렸는데."

"……."

이 시점에서 계속 거짓말을 하면, 아마 리츠카는 냥키치를 돌보기 위해 집에 남아 있을 것이다. 반려동물을 키우는 사람은 다른 일보다 반려동물에 우선순위를 둬야 한다. 인간의 사정이 반려동물을 좌지우지하는 게 아니라, 반려동물의 사정으로 인간이 좌지우지되어야 한다.

그 논리대로라면, 나는 얌전히 냥키치에게 휘둘려야 할지도 모른다…….

"……이 근처 호텔들을 좀 살펴보자. 만약 앞으로 둘이 여행을 가게 된다면, 자동으로 사료를 급여해 주는 기계도 있다고 하니까 도움이 될 거야. 그 왜, 스마트폰 앱과 연동해서 반려동물의 상태를 확인할 수 있는 카메라도 있는 것 같고. 그리고 이바랑 카야마에게 잠깐 냥키치를 맡아줄 수 있는지 물어보는 것도 괜찮을 거야."

“가, 갑자기 왜 그래? 로우 군, 어떻게 그렇게 자세하게 알아?”

“어딘가에서 들었어.”

이 녀석이 어디서 그런 지식을 얻었는지는 알 수 없지만…….

『가끔은 환경을 바꾸고 싶다냥── 집 고양이의 딜레마다냥.』

(뭔데, 그 딜레마는…….)

추측건대, 실내에만 사는 고양이는 매일 똑같은 풍경만 보기 때문에 가끔은 다른 풍경(환경)에서 살아보고 싶어 하는 건지도 모른다. 사람이 가끔 여행을 떠나는 감각과 크게 다르지 않을 것이다. 그렇게 해석하면 확실히 냥키치의 의견에도 일리가 있었다.

『──응. 괜찮아. 하루 정도라면 아마 냥키치도 그렇게 스트레스 안 받을 거야. 나랑 요타로도 냥키치를 좋아하기도 하고.』

『아앙? 아니, 나는 별로…….』

『시끄러워.』

“고마워~! 아키 씨도 둘이 여행 갈 때 말해줘! 카쿠카쿠는 책임지고 맡을게!”

『고마워. 기브앤테이크 성립이네.』

결국, 냥키치를 맡길 곳은 하구사 씨 집으로 정해졌다.

우리 집과 마찬가지로 반려동물을 키울 수 있는 집이라서(그래서 카쿠카쿠를 키울 수 있는 거겠지) 고양이인 냥키치를 데려가도 문제없다고 한다. 여건이 맞아서 다행이다.

"냥키치. 이바랑 하구사 씨네 집에서 하루 묵게 될 거야. 누군지 기억나지?"

『깔보는 거냥? 그 원숭이 인간이랑 가슴 큰 인간 아니냥? 그리고 닭 꼬리.』

"기억하고 있어! 라고 말하는 것 같아!"

"그럴지도……."

두 사람을 끔찍한 별명으로 부르고 있다. 그리고 '닭 꼬리'가 아니라 '카쿠카쿠'다. 부위로 부르지 마.

설마 카쿠카쿠를 공격하지는 않겠지……? 이바도 어차피 한가할 테니, 냥키치의 목소리가 들리는 동안에는 잘 감시하라고 말해놔야겠다.

*

"이게 화장실용품이고, 이게 밥이랑 간식이 들어 있는 봉투야. 혹시 모르는 게 있으면 뭐든 물어봐! 바로 답해줄게!"

"응. 고양이는 전에 키워본 적이 있어서 어느 정도는 알아. 그렇지. 요타로?"

"시설에 있었을 때 키웠던 거잖아. 뭐, 딱히 대단한 건 안 해줘도 괜찮을 거야. 개랑 다르게 산책을 시킬 필요도 없으니까."

시간이 흘러, 단합 여행 당일. 우리는 먼저 이바와 하구사 씨 집에 들러서 냥키치를 맡길 준비를 마쳤다. 물론 돌봄에 필요한 물건은 우리가 다 준비했으며, 다행히 냥키치는 의사소통이 가능하므로 사전에 실수하지 않도록 단단히 당부했다.

"죄송해요, 하구사 씨. 잘 부탁드립니다. 선물 많이 사 올게요."

"아니에요, 신경 쓰지 마세요. 그러고 보니 리츠카한테 아직 못 들었는데 이번 여행은 어디로 가나요?"

"하코네야~."

"하코네? 홋카이도였나?"

"시즈오카……."

""가나가와거든.""

이바와 리츠카의 더블 공격에, 나와 하구사 씨의 목소리가 겹쳤다.

이번 단합 여행의 목적지는 하코네다. 역전 마라톤으로 유명한 관광지이기도 하고, 누구나 한 번쯤은 이름을 들어봤을 것이다. 도심에서도 그렇게 멀지 않아 접근성도 좋고, 국내외를 불문하고 항상 관광객으로 넘쳐난다고 한다. 나도 가본 적은 없어서 잘 모르지만, 너무 멀면 피곤할 테니 하코네로 정해져서 다행이다.

"아주 잠깐 떨어져 있는 거야, 냥키치. 착하게 있어야 한다?"

리츠카는 캐리어에서 냥키치를 안아 올려 뺨에 문질렀다.

냥키치는 싫지도, 좋지도 않은 묘한 얼굴로 중얼거렸다.

『하여간, 어쩔 수 없는 녀석이다냥. 선물── 기대하라냥.』

(그건 여행 가는 쪽에서 할 말이잖아…….)

반대로 하구사 씨 집에서 선물을 들고나오면 곤란하니, 제발 조용히 있어 줬으면 한다.

리츠카는 냥키치를 하구사 씨 품에 넘겨준 뒤, 아쉬운 얼굴을 했다.

"……미안. 냥키치랑 대화를 나눌 수 있는 건 너밖에 없으니까 어떻게든 부탁해. 진짜 이상한 고양이이긴 해도 나쁜 고양이는 아니야. 사람을 좀 내려다볼 뿐."

"그럼 나쁜 고양이잖아."

"아니, 그냥 비유야. 선물 사 올 테니까 잘 부탁해. 목검 같은 거."

"오오, 센스 있는데? 그럼 하루 정도는 파친코 가는 거 참아볼게."

"평소에도 좀 참아라……."

이런저런 얘기를 나눈 뒤, 우리는 무사히 냥키치를 두

사람에게 맡기고 집합 장소인 회사 건물 앞으로 향했다.

아아…… 하나도 안 설레. 출근하는 날과 별반 다르지 않은 기분이야.

"기대되지, 로우 군?"

"……그러게!"

뭐── 꼭 그렇지도 않나? 옆에 리츠카가 있다면 어디든 좋다.

*

"안녕하세요, 시데 씨."

"응…… 안녕."

나는 집합 장소에 도착하자마자 출석 체크 중인 시데 씨에게 인사를 건넸다.

시데 씨는 오늘도 안색이 안 좋아 보였지만, 우리에게 미소를 지어 보였다.

"옆에 계신 분이…… 사이가와 군의 아내분이시죠? 영업부의 《시데 시요쿠》입니다……. 레크리에이션 전반을 맡고 있는 일종의 리더니까, 궁금한 게 있으면 저에게 물어보세요……."

"처, 처음 뵙겠습니다! 사이가와 리츠카라고 합니다! 저, 평소에 남편이──."

“하하하……. 격식 차린 인사는 굳이 안 해도 됩니다.”

“오, 오케이! 접수 완료!”

“그건 너무 격식이 없잖아…….”

최소한의 예절만 지킨다면 우리 회사 사람들은 그렇게 까다롭게 따지지 않는다. 엄격한 상하관계를 내세우는 곳도 아니고, 격식 높은 일류 기업도 아니기 때문이다. 삼류 제조사의 몇 안 되는 장점이다.

우리는 아직 출석 체크를 하느라 바쁜 시데 씨에게 인사를 한 뒤, 자리를 옮겼다.

“선배~!”

“아, 이코마 씨. 안녕.”

익숙한 목소리가 들려서 고개를 돌리자, 사복 차림의 이코마 씨가 손을 흔들고 있었다.

……어라? 지난달에는 불참할 거라고 말했던 것 같은데.

마음이 바뀐 건지, 내가 잘못 기억하는 건지는 모르겠다. 뭐, 어쨌든 온 이상 아무 말 안 하기로 했다.

“안녕하세요! 배우자분도 오랜만에 뵙네요!”

“……안녕하세요. **역시** 오셨군요.”

“네, 마감 직전에 간신히 신청했어요. 배우자분은 안 오실 줄 알았는데요.”

(이 두 사람이 아침부터 만나다니…….)

몇 번 말했듯, 리츠카와 이코마 씨는 겉으로는 평범해

보이지만, 사실 두 사람 사이에는 서로를 투명한 칼로 찌르는 듯한 긴장감이 감돌고 있다. 또 속이 쓰리다…….

"선배, 안내 책자는 받으셨어요?"

"아, 맞다. 아직 안 받았어."

"그럼 제가 대신 받아올게요!"

시데 씨 외의 레크리에이션 담당자가 안내 책자를 배포하고 있는 모양인지, 이코마 씨가 우리 몫까지 받아다 주었다. 역시 이코마 씨는 기본적으로 배려심이 넘치는 사람이다.

"……리츠카."

"응? 왜?"

"아니~, 친하게 지내라고."

"그게 무슨 소리야~. 이미 친한 사이인데. 그건 그렇고 안내 책자라니, 마치 소풍 온 것 같아!"

"확실히, 이 나이에 안내 책자를 보게 될 줄은 몰랐어."

리츠카 본인이 친하다고 말하면 그걸 믿을 수밖에 없다.

"사이가와 선배, 안녕하세요!"

"오오타카, 안녕. 늦잠 안 잤네?"

"아, 오늘은 혼자 가는 게 아니니까요."

웬일인지 후배인 오오타카도 참석하는 모양이다. 졸린 얼굴로 나타난 오오타카의 옆에는 포니테일을 한 약간 강한 인상의 여성이 서 있었다. 그러고 보니 오오타카는 기

혼자였지.

"옆에는…… 아내분?"

"맞아요. 미사고, 이 분이 전에 내가 말한 '일반인이 아닌 것 같은 선배'야."

(무슨 소개야, 도대체…….)

"처, 처음 뵙겠습니다. 아, 《오오타카 미사고》라고 합니다. 그, 하이타가 항상 신세를 지고 있다고 들었습니다. 어떤 방향에서 말을 걸어도 곧바로 돌아보는 선배라고……."

"넌 날 그렇게 생각하고 있었냐……? 아, 사이가와 로우시입니다. 옆에 있는 사람은 아내인 리츠카입니다."

"처음 뵙겠습니다! 사이가와 리츠카입니다!"

"안녕하세요. 오오타카 하이타입니다. 전에 선배에게 도시락을 가져다드릴 때 뵈었죠?"

"아, 그때 그분이시군요!"

내가 도시락을 잊어버려 리츠카가 전해준 적이 있는데, 그때 서로 마주치지 못하고 나중에 싸웠다가 화해했다. 그 덕분에 오오타카와 리츠카가 한 번 이야기를 나눈 모양이다. 뭐든 귀찮아하고 게으르며, 맨날 회사에서 졸기만 하는 오오타카지만 이런 세세한 기억력은 뛰어나서 결코 만만히 볼 수 없다.

오오타카와 미사고 씨는 리츠카의 은색 머리를 빤히 쳐다보고 있었다. 종종 잊곤 하지만, 리츠카의 머리색은 꽤……

아니, 상당히 눈에 띈다. 적어도 자연 모발이라고는 생각되지 않을 것이다.

"리츠카 씨는…… 도대체 뭐 하시는 분인가요?"

"잠깐, 하이타! 그런 말은 실례잖아!"

"아니, 머리가 은발인 데다가 미인이시니까. 게다가 사이가와 선배의 아내라고?"

"넌 날 도대체 뭐라고 생각하는 거냐……. 리츠카는 그냥 평범한 사람이야. 평범하게 예쁘고, 평범하게 귀엽고, 평범하게 성격 좋은, 내 자랑스러운 아내라고."

"자랑스러운 아내랍니다!"

""사이 좋네…….""

오오타카와 미사고 씨가 동시에 말했다. 능력 때문에 머리색이 바뀌었다는 말은 못 하더라도, 리츠카가 내 자랑스러운 아내라는 사실은 변하지 않는다. 설명은 대충 이렇게만 해도 충분했다. 두 사람 모두 납득한 눈치였다.

"평소에도 툭하면 아내만 찾아대긴 했는데, 두 사람이 같이 있으니 시너지가 넘치네요."

"그 말투 좀 어떻게 해봐……."

"그렇구나~. 로우 군, 회사에서 내 얘기만 했어?"

"했을지도……. 부정은 못 하겠어……."

"근데 어쩐지 이해가 되네요. 정말 잘 어울려요, 두 분."

"떼려야 뗄 수 없는 사이라고 해야 하나? 뭔가 그런 느낌이에요. 어린애들이 건방지다고 생각하실 수도 있지만…… 본받고 싶어요!"

칭찬받는 느낌이라기보다, 존경받는 느낌이었다. 오오타카는 조금 의심스럽긴 하나, 미사고 씨는 솔직한 마음을 말해주었다. 오오타카에게는 조금 아까운 상대일지도 모른다. 참고로 미사고 씨는 21살이라고 한다. 꽤 어리네……. 아, 이코마 씨랑 동갑인가?

"아, 저희는 잠깐 다른 사람들한테 인사 다녀올게요. 그러면 선배, 나중에 또 봬요."

"폐를 끼치게 될지도 모르지만, 잘 부탁드립니다!"

"네! 저도 잘 부탁드려요!"

"나중에 봐. 후우…… 좋은 파트너가 있네, 저 녀석."

"아하하. 선배 부부로서 좋은 모습을 보여줘야겠는걸?"

"여행에서 그런 걸 보여줄 수 있으려나……?"

"끄아아아아아악!!"

우리가 여유롭게 출발을 기다리고 있는 사이, 무거운 목소리가 들려왔다. 소리가 난 쪽을 돌아보니, 중학생 같은 옷차림 위에 흰 가운을 입고, 안경을 낀 소녀가 필사적으로 카트를 밀고 있었다. 카트 위에는 여러 가지 기계가 실려 있었는데, 꽤 무거운 모양이었다. 리츠카가 급히 달려가며 외쳤다.

"괜찮아? 언니가 대신 밀어줄게!"

"아, 응. 고맙군. 덕분에 많은 도움이 됐네."

"괜찮아, 신경 쓰지 마! 이럴 때는 어른에게 기대도 되니까!"

"그래, 상부상조의 정신은 중요하지……."

"누구랑 같이 왔니? 부모님은 어디 계셔?"

"훗. 부모 얼굴 같은 건 잊은 지 오래다. 혼자 힘으로 살아가다 보면 그런 기억은 뇌에서 닳아 없어지기 마련이야."

이렇게 완전히 어긋나는 대화가 이어지고 있었다.

리츠카는 조금 의문스러운 표정을 지었다. 눈앞에 있는, 초등학교 고학년 혹은 중학생쯤 되어 보이는 소녀가 뭔가 중2병스러운 말을 내뱉고 있었기 때문이다. 물론, 그 소녀가 실제로 중2병에 걸려 있을지도 모르지만, 나는 그녀의 정체를 알고 있으므로 두 사람 곁으로 다가갔다.

"리츠카. 저 사람은 아이가 아니야."

"응? 무슨 뜻이야? 봐, 이렇게 작은 데다가 옷도——."

"아니, 이래 봬도 나이가 벌써 삼십……."

"사이가와 군, 너 이 자식!! 싸움을 걸고 싶으면 적어도 주식시장이 열리고 나서 해!! 그리고 지금은 연휴 기간이라서 애초에 주식시장이……."

"아무튼 괴짜야."

"뭐……?"

"소개가 늦었군. 나는 제조과 주임, 히토미 치우네라고 한다. 부서는 다르지만 사이가와 군과는 어느 정도 관련이 있지. 네가 소문의 그── 사이가와 리츠카인가. 설마 《백마》와 직접 마주치게 될 줄이야."

히토미 주임은 우리 회사에서 손꼽는 괴짜로, 과거 시지마 기관에서 무기 개발을 담당한 경력이 있다. 그곳에서 국장까지 했으니 능력은 출중한 모양이지만, 겉보기에는 지나치게 어려 보이고, 내면 역시 어린 건지 나이에 맞는 건지 알 수 없는, 즉, 괴짜 중의 괴짜다.

그리고 방금 자기소개를 들은 순간, 리츠카도 대략 사정을 눈치챈 듯했다. 《백마》라는 코드네임을 쓰는 순간, 그녀가 시지마 기관 사람이라는 걸 바로 알 수 있기 때문이다.

"저…… 사이가와 리츠카라고 합니다. 죄송해요, 너무 성급하게 판단했네요. 뭐랄까, 정말 어려 보이셔서……. 혹시 《블레스》의 영향 같은 건가요……?"

"나는 무능력자라네. 뭐, 어려 보인다는 말은 자주 듣지만. 너무 그렇게 격식 차리지 말고 편하게 대해주면 고마울 것 같군. 이제 각자의 조직은 존재하지 않으니까."

"어떤 경력이 있는지는 나중에 설명해 줄게. 아무튼 괴짜이긴 해도 좋은 사람이야."

"응……. 그건 어쩐지 알 것 같아."

"그런데 히토미 주임님은 보통 이런 사내 행사에는 거의 참여하지 않는다는 소문이 있던데, 이번에는 무슨 일로 오신 건가요?"

사내 행사뿐만 아니라 전체 조례나 회의에도 거의 얼굴을 비치지 않는 사람이다.

그럼에도 그게 허용될 만큼의 능력과 권한을 가진 인물이기도 하다.

주임은 팔짱을 끼고 입을 삐죽 내밀었다. 마치 아이가 삐진 것처럼 보인다.

"원래 이런 귀찮은 일에 스스로 나서는 타입은 아니지만…… 약간의 사정이 있어서 말이네. 자네도 곧 알게 될 거야."

"저도요? 저는 형님 때문에 끌려온 건데요."

"어쨌든 내가 참여하는 건 이번 한 번뿐이야! 나는 이 짐들을 버스에 실어야 하니, 슬슬 물러나도록 하지. 그럼 즐거운 여행되게!"

"네, 나중에 또 봬요!"

(가능하면 이 사람과는 다른 조가 되면 좋겠어…….)

으그그그극, 하고 이상한 소리를 내며 주임은 카트를 밀었다.

이번 단합 여행에는 직원들 가족까지 합쳐서 총 50명이 넘는 인원이 참가했기에, 버스 두 대를 빌려서 이동하게 되었다. 참가자들은 A조와 B조로 나뉘어 각각 단체로 행동하게 된다. 우리가 어느 쪽 조에 배정되었는지는 안내 책자에 적혀 있다고 하니, 미리 확인해야겠다.

그건 그렇고, 슬슬 이코마 씨가 돌아올 때가 된 것 같은데――.

"로우시. 아, 아내분도 같이 오셨군."

"부장님! 안녕하세요."

"아, 안녕하세요! 남편이 늘 신세 지고 있습니다!"

무섭게 생긴 아저씨……가 아니라, 이번에는 부장님이 나타났다. 이 사람도 이번 레크리에이션 기획 측에 속해 있어서 제법 바빠 보였는데 일부러 시간을 내서 이렇게 인사를 하러 온 모양이다. 상대가 부장님이다 보니 리츠카도 긴장한 듯 몸을 굳히며 고개를 숙였다.

"예전에 고철 처리장에서 뵌 적은 있지만, 다시 한번―― 뭐, 이번이 처음인 걸로 하죠. 십 년 전 일 따윈 잊어버리는 게 좋으니까요."

과거, 부장님은 우리가 켄고랑 싸웠을 때 도와주러 와준 적이 있다. 그 자리에 리츠카도 있긴 했으나, 그때는 상황이 상황인지라 제대로 대화를 나누지 못한 채 헤어졌다.

"아, 그랬죠……. 근데 그 전에 어디서 뵌 적이 있던가요?"

"아…… 그랬지. 미안해, 리츠카. 이분은――."

나는 다시금 부장님이 예전에 내가 신세를 졌던 인물임을 알려주었다.

물론 부장님은 리츠카의 존재를 이미 알고 있었고, 십

년 전에는 교전한 적까지 있는 사이였지만, 정작 리츠카 쪽은 전혀 기억하지 못하는 듯했다.

“지금은 평범한 장난감 회사의 직원일 뿐입니다. 그리고 이 제멋대로 구는 녀석의 상사이기도 하고요.”

“너무해요. 예나 지금이나 저만큼 부장님을 순순히 따르는 부하 직원도 없을걸요?”

“이렇듯 미숙한 점도 많은 남자입니다만── 당신이 곁에 있는 모습을 보니 저 역시 마음이 한결 가벼워지는군요. 앞으로도 로우시를 잘 부탁드립니다.”

“아, 아뇨! 저야말로 잘 부탁드려요! 뭔가 부장님은 로우 군의 아버지 같아 보인다고 해야 하나, 어쩐지 그렇게 보여서 참 흐뭇하네요!”

아무리 할 말이 없어도 그렇지……. 꾸며내는 데 서투른 리츠카에게는 아마 정말로 그렇게 보였을 것이다. 그래도 부장님이 내 아버지라니, 참.

“제가 로우시의 아버지 같다고요……?”

“아니야, 리츠카. 만약 이 사람이 내 아버지였다면 학대로 잡혀갈 만큼 날 때렸을 거야.”

“지금은 안 때릴 거라고 생각하는 건가?”

“이것 봐!! 이 아저씨, 진짜로 무섭다니까!! 얼른 저쪽으로 가자!! 그러면 이만!!”

나는 리츠카를 밀며 부장님에게서 떨어졌다. 저 사람은

갑질을 넘어서 힘으로 나를 찍어 누르려 한다. 너무나도 시대착오적이다.

"후후. 로우 군, 얼굴이 빨개."

"뭐? 아냐, 이건 그냥 추워서 그런 거 아닐까……?"

분명 그럴 거라 생각했으나, 리츠카는 수줍어하며 내 머리를 쓰다듬었다. 어째서?

……뭐, 리츠카가 쓰다듬어 준다면——.

"내가 왔다아아아아아아아아아아아아아아아아아아아!!"

——아, 젠장. 어디 굴러다니는 총이라도 없나?

이제는 말 섞는 것조차 싫을 지경인데, 시끄럽게 떠드는 금발 남자가 우리 앞에 농구 수비수처럼 버티고 섰다. 비켜. 그리고 죽어.

내가 이 단합 여행에 끌려 나오게 된 원흉, 바로 형님이자 쿠레이 토라지 씨에게 나는 가능한 한 싸늘한 시선을 선물해 주었다.

"오빠……. 왜 로우 군 회사의 단합 여행에 따라온 거야?"

"그야 당연히 내가 이 회사에서 제일 높은 사람이니까!!"

"그럴 리가 없잖아……. 또 민폐만 끼치고……."

"내도 억지로 낀 거 아이다. 초대받아가 온 거지."

"초대라뇨……. 형님을 이 단합 여행에 초대할 회사 직원이 있을 리가 없어요."

오히려 어떻게든 이 사람의 참가를 막으려고 모두가 결

속할 것 같은데 말이다.

그러나 형님은 내 노골적인 빈정거림을 무시한 채, 머리를 긁적였다.

"요즘 마이 바빴는데 잘됐다. 기분 전환하기에 딱이네."

"대표님. 지금 뭘 하고 계신 거죠?"

"――아아……. 들켜버렸네……."

말쑥한 정장 차림에 반짝이는 은테 안경을 쓴, 일 잘할 것 같은 여성이 모습을 드러냈다. 그녀가 말을 걸자, 형님은 노골적으로 주눅이 든 모습이었다.

이 사람은 누구지? 회사 사람 같아 보이진 않은데.

"여동생분이랑 그 남편분이군요. 소개가 늦었습니다. 저는 『스튜디오 HENNA』의 사무장 겸 비서를 맡고 있는 《이이즈나 사키》라고 합니다. 이건 제 명함입니다."

"아, 안녕하세요. 토라지 씨의 제부 되는 사람입니다……."

"전 여동생이요……."

나와 리츠카에게 명함을 한 장씩 건넨 이이즈나 씨는 안경다리를 손가락으로 끌어올렸다.

"대표님. A시 마스코트 캐릭터 디자인 시안 납기가 코앞입니다. 오늘 안에 완성하겠다는 약속으로 여행 참가를 허락받으신 거잖아요. 시간을 허투루 쓸 수는 없습니다."

"잠깐만, 사키! 새로운 캐릭터 얘기가 나온 마당에, 개성 어필이라든가 설정 같은 거를 제부한테 알려줘야 안 되겠나?!"

"새로운 캐릭터?"

"제 입장은 방금 두 분께 말씀드린 그대로입니다. 어서 업무로 돌아가시죠."

"안 된다니까!! 적어도 내한테 직접 설명하게 해달라꼬! 자, 제부도 궁금하지?!"

굳이 알고 싶지 않았고 상황만 봐도 짐작은 됐지만, 허둥대는 형님은 보기 드물었기에 나는 그냥 말없이 고개를 끄덕였다.

"뭐, 내도 혼자 다 하기사 벅찬 입장이 됐다꼬나 할까? 연초부터는 서류 처리니 뭐니 맡길 수 있는 사람을 뽑았거든. 그게 바로 요 사키다. 얼굴 보고 뽑았다."

"대표님, 고소당하고 싶으신가요?"

"미안……. 진심이었어."

"진짜 고소할 거예요."

"미안……."

뭐지, 이 두 사람은……? 콩트라도 하는 건가……?

요즘 같은 세상에 '얼굴 보고 뽑았다'라는 위험한 말을 아무렇지도 않게 내뱉는 형님이지만, 실제로는 능력을 보고 뽑은 게 분명하다. 의외로 이런 부분에선 꽤 엄격한 사람이기 때문이다.

"사키 씨. 오빠를 모시는 게 힘들지는 않으세요?"

“걱정해 주셔서 감사합니다. 사실 대표님의 인간성은 천박하다 못해 혐오스러울 만큼 하찮고 저열합니다. 다만, 대표님이 지닌 재능과 작품 ‘만큼’은 진짜입니다. 그것들을 세상에 내놓을 수 있다면, 약간의 불이익 정도는 눈 감고 버틸 수 있으니 안심하셔도 됩니다.”

“봐라, 내 엄청 칭찬받고 있지? 아가 부끄럼이 많아가 그란다.”

“아뇨, 글자 수로 치면 거의 두 줄 정도는 까였는데요.”

클레이 애니메이션 제작자로서 잘나가는 형님은 캐릭터 디자인과 그 외 작업을 전부 스스로 해낼 만큼 다재다능하다. 게다가 미디어 노출에도 적극적이고 애니메이션 제작 외의 일까지 맡아서 하니, 혼자 스케줄을 관리하는 건 벅찰 것이다.

이이즈나 씨는 할 얘기를 마쳤다는 듯, 형님의 옷깃을 움켜쥐었다.

“저쪽에 자리를 마련해 두었습니다. 출발 전까지 그곳에서 업무를 보시죠.”

“싫어——!! 왜 오늘 같은 날까지 일해야 하는데——!!”

그대로 질질 끌려가는 형님. 이미 서열은 정해진 듯했다. 우리 부부는 그 모습을 멍하니 바라보며 보내줄 수밖에 없었다.

“……나, 이이즈나 씨를 진심으로 응원할래.”

"나도. 오빠의 목덜미를 끌고 갈 수 있는 사람은 좀처럼 없으니까."

그리고 우리 부부가 내린 결론은—— 이이즈나 씨의 편에 서는 것이었다.

*

"아, 여러분……. 오늘은 날씨도 참 좋고……. 아, 죄송합니다. 그럴싸한 인사말이 잘 안 떠오르네요. 전달 사항만 말씀드리겠습니다……. 다들 안내 책자는 받으셨죠……? 아직 못 받으신 분은 바로 배부해 드릴 테니, 지금 말씀해 주시기 바랍니다……. 확인 부탁드립니다……."

참가자 전원이 모인 걸 확인한 후, 출발에 앞서 시데 씨가 메가폰을 들고 설명을 시작했다.

우리는 이코마 씨에게서 받은 안내 책자를 펼쳐, A조와 B조 중 어느 쪽에 속해 있는지를 확인했다. 우리 사이가와 부부는 A조였다.

조원으로는 부장님, 히토미 주임, 시데 씨, 이코마 씨, 오오타카, 미사고 씨, 그리고 형님이 속해 있었다.

"아는 사람밖에 없잖아……."

"그러게. 운이 좋은데?"

이게 운이 좋은 건지, 나쁜 건지는 제쳐두더라도 리츠카는 신나 보였다. 뭐, 나도 싫지는 않았다. 냉정하게 생각하면 가능한 한 같은 부서끼리 모아놨을 것이다.

“마지막으로 여러분……. 이번 단합 여행을 기획하는 데 큰 도움을 주신 분을 소개하겠습니다. 뜨거운 박수로 맞이해 주시길 바랍니다……. 그럼, 모셔보겠습니다……. **부사장님**.”

“아뵤오오오오오오오오오오오오오오오오오———!!! 사랑하는 우리 임직원 여러분. 그리고 그 가족분들!! 저는 부사장인 《반다 오우겐》입니다아아아아아아아아———!! 잘 부탁드립니다아아아아———!!”

우리 회사에는 이런 사람밖에 없는 건가……?

하얀 양복 차림에 올백 머리를 한 이 오우겐 부사장에 대해서는, 나를 포함해서 직원들 대부분이 그 실체를 잘 알지 못했다. 이름은 들어본 적이 있으나, 실제로 보는 건 이번이 처음이었다. 나이는 아마 아직 30대 정도일까. 부사장이라는 직함치고는 꽤 젊은 편이었다.

시데 씨로부터 메가폰을 건네받은 부장님이 보충 설명을 시작했다.

“직원 여러분. 부사장님은 지난 몇 년간 세계의 장난감 산업을 배우기 위해 해외에서 활동하셨습니다. 따라서 이번에 얼굴을 처음 보는 직원도 있을 겁니다. 부사장님은 다음 달부터 본사로 복귀하실 예정이니, 미리 눈도장을 찍어 두시길 바랍니다. 또한 이번 여행에는 부사장님의 후의로 많은 예산이 지원되었습니다. 따라서 다시 한번 부사장님께 큰 박수 부탁드립니다!"

여행 경비는 급여에서 공제되는 방식이었는데, 솔직히 말해서 굉장히 저렴한 가격이었다.

그것이 부사장의 권한 덕분이라면, 박수를 보내는 데 망설이 이유가 없었다.

그리하여 짝짝짝짝, 하고 박수가 터져 나왔다. 부사장은 '이얏호우우우!!'라며 괴성을 질렀다. 형님이나 배달원인 켄고가 그렇듯, 별난 사람은 기본적으로 목소리가 큰 걸까?

끝난 줄 알았는데 부사장님이 다시 부장님으로부터 메가폰을 건네받았다. 아직도 할 말이 남아 있나?

"끼이이이이이이이익!!!" ※전부 마이크 울림

(그냥 시끄러워…….)

원래부터 목소리가 큰 사람이 메가폰을 쓰자, 오히려 아무 소리도 들리지 않았다.

그럼에도 부사장은 만족스러운 듯, 한 걸음 뒤로 물러났다. 아무래도 그냥 메가폰을 써보고 싶었던 모양이다.

"로우 군네 회사 사람들은——."

"응? 아아……."

"——장난 아니구나! 사는 세계가 완전히 다른 것 같아!"

"역시 그렇지……?"

자신이 속한 회사와 완전히 달라서인지, 리츠카는 즐거워하는 것 같았다. 방문한 동물원에서 '국내에서는 우리 동물원에서만 볼 수 있습니다!'라고 자랑하는 희귀한 동물을 만나면 그건 그것대로 운이 좋다는 생각이 드는데, 어쩌면 그 감각과 비슷할지도 모른다. 우리 회사는 정말로 희귀 동물 천국이었다.

그렇게 해서 우리 A조는 버스에 올라탔다.

좋든 나쁘든, 추억에 남는 단합 여행이 시작됐다.

"그럼, 요타로. 나는 장 보러 다녀올 테니까 냥키치를 잘 돌봐줘야 해. 아, 혹시 오늘 저녁으로 먹고 싶은 거 있어?"

"너."

"그만해……. 이런 타이밍에서 그런 말을 들어도 전혀 기쁘지 않으니까……."

"고양이도 왔으니 생선이 좋지 않을까?"

"알겠어. 그럼 다녀올게."

냥키치를 맡게 된 그날 오후, 아키는 장을 보러 나갔다.

원래라면 짐을 들어주기 위해 따라가지만, 오늘만큼은 집 지키기 임무를 부여받은 요타로는 소파에 누워서 냥키치의 움직임을 눈으로 좇고 있었다.

『…….』

"아직도 안절부절못하네. 뭐, 당연한가?"

냥키치는 이리저리 돌아다니며 주변을 살피고 냄새를 맡았다. 어딘가 한곳에 가만히 앉아 있지 못하는 걸 보면 확실히 긴장한 듯했다.

게다가 사이가와 부부가 떠난 이후로 요타로는 아직 냥키치가 말하는 모습을 본 적이 없었다.

"야, 검정 꼬맹이. 그렇게 긴장하지 않아도 돼. 편하게 있어, 편하게."

『…….』

냥키치는 아무런 대답도 하지 않았다. 이건 요타로는 물론, 더 나아가 사이가와 부부에게도 익숙하지 않은 일이었다.

(잘 모르는 녀석이랑 무슨 말을 해야 할지 모르겠다냥…….)

의외로 냥키치는 낯을 가리는 타입이었다……!!

이래 봬도 냥키치는 로우시와 리츠카는 잘 따르지만, 다른 사람에게는 좀처럼 마음을 열지 않았다. 평소 말투가 그렇다 보니 적어도 로우시는 이런 성격을 눈치채지 못했다.

그렇다면 어째서 냥키치는 굳이 사이가와 부부와 떨어지려 한 것일까?!

답은…… 고양이이기 때문이다!! 기분 내키는 대로 움직였을 뿐, 앞으로 일어날 일은 전혀 계산하지 않았다.

냥키치는 터벅터벅 걸어가, 구관조인 카쿠카쿠가 들어 있는 새장을 올려다봤다.

『예측! 예측! 레버블 없음!』

(휴우……. 새가 부럽다냥. 좁은 케이지 안에서 아무것도 생각하지 않아도 된다냥.)

【――고향이 그리운가, 이능 고양이여…….】

(아닛?! 이 녀석…… 직접 뇌 속으로……?!)

머릿속에 울리는 무거운 저음은 틀림없이 눈앞의 구관조가 보내는 소리였다.

이 새는 평범한 새가 아니다―― 냥키치는 몸을 낮췄다.

【걱정하지 마라……. 그저 여흥일 뿐이니. 조류의 변덕에 불과하다.】

『…….』

【아직도 진정되지 않는다면 소변을 난무하는 것도 하나의 방법이 되겠지…….】

『…….』

【놀라서 목소리도 안 나오는 건가. 충분히 그럴 수도 있겠군.】

《——힘이 필요하냥……?》

【윽?! 이 녀석…… 직접 뇌 속으로?!】

냥키치는 엄청 자연스럽게 대응하고 있었다. 그냥 해봤더니 됐다.

이 고양이는 평범한 고양이가 아니다—— 카쿠카쿠는 양 날개를 단단히 접었다.

【얕볼 수 없겠군. 검은 고양이는 역시 재앙의 사자인가.】

《소금이랑 후추로 밑간 좀 해주고 싶다냥…….》

새장 위에서 내려다보는 검은 새와 마루 위에서 올려다보는 검은 고양이.

배우들은 전부 모였다. 이제 살아남는 것은 어느 한쪽뿐——.

"너희, 서로 쳐다보면서 뭐 하고 있냐? 밥 먹을 시간이야."

『밥이다냥! 밥이다냥!』

『게키아츠! 게키아츠![*]』

서로 노려보며 꼼짝도 하지 않는 새와 고양이를 바보 같다고 생각하며, 요타로는 두 녀석에게 밥을 주었다.

"아, 맞다. 검정 꼬맹이한테는 간식도 줄게. 좋아하는 걸 골라 봐."

『뭐……? 그래도 되냥? '식'을 주는 거냥?』

"'식'이 뭔데……. 뭐, 상관없지 않을까? 이런 건 남아봤자 어차피 쓸데도 없잖아."

『앗. …………너, 마음에 든다냥♡』

"너가 아니라 요타로야."

『요타로, 좋아한다냥♡』

냥키치는 요타로의 다리에 부비부비 몸을 비볐다.

냥키치는 밥과 간식을 아무런 망설임 없이 주는 인간을 좋아했다.

"응……? 냥키치가 요타로 무릎 위에서 자고 있잖아……?!"

장을 다 보고 돌아온 아키는 요타로가 무슨 마술을 쓴 건 아닌지 이것저것 생각해 봤지만, 전혀 알 수 없었다고 한다——.

---

*매우 뜨겁다는 뜻. 파친코 용어로도 쓰인다.

《(주)반다 제조 단합 여행기 ~관광편~》

하코네까지는 버스로 약 두 시간 걸린다고 한다.

도중에 한 번 휴게소에 들를 예정이나, 그리 먼 거리는 아니다.

"로우 군, 과자 먹을래?"

"응. 고마워."

내 옆 창가 자리에 앉은 리츠카가 초콜릿 프레첼 한 봉지를 건넸다.

"선배, 하나 드실래요?"

"앗, 고마워."

통로를 사이에 두고 내 오른쪽에 앉은 이코마 씨가 초콜릿 파이 하나를 건넸다.

"선배. 이것도 드세요."

"고마워."

내 뒤쪽에 앉은 오오타카가 전병 하나를 내게 건넸다.

"사이가와 군. 과자 좀 주게."

그리고 내 앞쪽에 앉은 히토미 주임이 방금 받은 과자들을 전부 빼앗아 갔다. 뭔데, 이건?

"안 된다니까, 사키!! 내는 차 멀미하는 타입이라 말이다!! 차 안에서 전자기기 같은 거 만지모 한 방에 아웃이라꼬!! 부탁이니까 지금만이라도 참아!!"

"그러신가요? 그럼 이 서류를 전부 확인하신 뒤, 서명 부탁드립니다."

"너무한 거 아이가……?"

마지막 줄 좌석에서는 형님과 이이즈나 씨가 치열한 공방을 벌이고 있었다. 우리 부부뿐만 아니라, 참석자 대부분이 이이즈나 씨 편이라는 사실은 조금 전 이미 밝혀진 바 있다. 이 버스 안에서 형님을 도와줄 사람은 아무도 없다—— 인망 없는 형님의 처지가 이 순간 여실히 드러나고 있었다.

"참고로 오빠는 전혀 멀미를 안 해."

"자연스럽게 거짓말하네……."

"아뵤오오오오오오오오!! 유는 기획개발과 이코마 토코 걸이구나?! 항상 독창적이고 좋은 아이디어를 내는 건 정말로 베리 구우우웃————!! 앞으로도 계속 힘내 줘, 토코걸————!!"

"아, 네. 감사합니다, 부사장님."

휴게소에서 잠깐 휴식을 취할 때의 일이었다. 다행인지 불행인지, 오우겐 부사장은 우리 A조 버스에 동승했고, 이 순간에도 버스 안을 돌아다니며 각 직원과 그 가족 한 명 한 명에게 인사를 건네고 있었다.

사전에 외워서 온 건지, 아니면 정말로 지켜보고 있는 건지, 부사장은 버스 안 직원들과 그 가족들을 전부 파악하고 있었다.

말하자면 슈퍼 사회인의 능력을 지닌 사람이다. 그냥 부사장 자리에 앉은 건 아닐 것이다.

옆자리에 있는 이코마 씨를 방문한 뒤, 부사장은 시선을 우리 쪽으로 돌렸다.

"사이가와 로우시 보———이!! 만나고 싶었어, 땡큐!!"

"아, 안녕하세요. 기획개발과의……."

"이미 알고 있어!!"

"그러신가요?"

다시 마주하자 압박감이 장난 아니다……. 부사장이라는 직함과 원래 성격까지 합쳐졌으니, 정상적인 직원이라면 도저히 대응할 수 없을 것이다. 적어도 나는 무리였다.

"로우시 보이, 유에 대한 소문은 이미 오래전부터 들었어! 책상에서 떨어뜨린 물건이 바닥에 닿기 전에 반드시 잡고, 계단을 오르내리는 속도가 은근히 빠르고, 같은 층 안이라면 어디서 부르든 확실히 대답하는 놀라운 능력의 소유자라지?!"

"하하하……. 과찬입니다. (그거 말고는 칭찬할 구석이 없는 건가……?)"

"그리고 그 로우시 보이를 지탱하는 리츠카 와아아아아

이프!! 땡큐 베리베리 머어어어어치!! 쿠부의 인연은 네버엔딩! 해피 라이프, 해피 홈!!"

(어디서 들어본 적 있는 문구인데…….)

"앗, 네! 남편이 항상 신세 지고 있습니다!"

리츠카는 사회인이라면 누구나 할 법한 평범한 대답을 했다. 부사장은 만족스러운 듯 미소 지었다.

"오케이, 오케이!! 그리고 유는 하이타 보오오오오이!!"

"아, 저한테는 굳이 인사 안 하셔도 됩니다."

"그럼 못써!!"

오오타카는 겁 없는 남자였다. 옆에 있던 미사고 씨가 핀잔을 줬다.

그 후에도 차례차례 인사를 돌던 부사장은 마지막으로.

"토라지 마아아아아아아아아이 프레에에에에엔드!! 오늘이 자리에 와줘서 나는 굉장히 해피이이이이이이이!! 이얏호오오오오오오!!"

"여전히 시끄러운 놈이네. 야, 거기 바보봉! 우리 비서 좀 우째 해 봐라! 이래가꼬는 내가 즐길 수가 없단 말이다! 이래도 되는 기가?!"

(알고 지내던 사이였구나…….)

보아하니 부사장과 형님은 아는 사이, 즉, 친구 사이인 모양이었다. 아무래도 이번 여행에 형님을 초대한 건 부사장 쪽인 것 같다. 그러고 보니 형님도 초대받아서 왔다고 했지. 확실히, 평범한 직원이라면 저 사람을 부르겠다는 발상조차 하지 않을 테고, 무엇보다 별난 사람끼리는 원래 잘 통하는 법이다. 바보봉이라는 말도 안 되는 별명을 붙일 정도니까.

"반다 부사장님. 저희는 신경 쓰지 않으셔도 됩니다."

"오케에에에에이!! 그럼 안녀어어어어엉!! 나중에 봐!!"

"마, 기다리라!! 느그 회사 망하게 만들어뿔끼다!!"

"이대로라면 먼저 망하는 건 저희 스튜디오가 될 겁니다, 대표님."

단합 여행에서 망한다는 소리 하지 마…….

"아, 아……. 여러분, 담소 중에 죄송합니다만…… 지금부터 버스 안에서 레크리에이션을 진행하도록 하겠습니다. 잠시 집중 부탁드립니다……."

버스가 다시 출발하기 전, 시데 씨는 묘하게 무거워 보이는 마이크를 들고 전원에게 호소했다. 책자에는 '버스로 이동'이라고만 적혀 있었기 때문에, 레크리에이션이 있다는 이야기는 모두 처음 듣는 내용이었다.

게다가 히토미 주임도 자리에서 일어나서 뭔가를 부산스럽게 준비하고 있었다. 저건 분명 카트 위에 올려놨던 기계 중 하나였을 것이다. 지금 이 자리에서 사용할 예정이었던 모양이다.

"레크리에이션이래! 뭘 하려나? 기대된다!"

"분명 제대로 된 건 아닐걸……."

주임이 엮인 시점에서 그렇게 예측할 수밖에 없었다.

"시데 보오오오오오이!! 마이크 플리즈!!"

"부사장님……. 마이크가 울리니 직접 말씀 부탁드립니다……. 죄송합니다……."

"오케에에에에이!! 그럼 지금브터 A조 노래 대회…… 오프니이이이이이잉!! 이얏호오오오오오오오오오!!"

"부장님…… 죄송해요. 부탁드립니다……."

목소리도 작고 기운도 얼마 없는 시데 씨로서는 모든 의미에서 파워풀한 부사장님을 제어할 수 없다고 판단한 건지, 결국 부장님에게 마이크를 넘겼다.

"보충 설명을 하겠다. 우리 회사 제조부의 히토미 주임이 가정용 채점 기능이 있는 노래방 기계를 개인적으로 개발했기 때문에, 테스트도 겸해 레크리에이션을 진행하게 되었다. 희망자는 손을 들어서 참여하면 된다. 또, 가장 점수가 높은 사람은 숙박할 방을 최고급으로 바꿀 수 있으니 적극적으로 참가해 주길 바란다. 이상이다. 부사장님, 히토미 주임, 설명이 더 필요한 부분이 있나요?"

"없음!! 싱어송!!"

"음. 마이크 좀 잠시 빌리지. 아~, 제조과의 히토미다. 내가 만든 '두근두근 노래할래 군'을 설명하겠다. 우선, 본 기계는 요양 현장에서 피요양자도 침대 위에서 마음껏 노래를 부르고 싶다는 요청을 받아 만들어졌다. 가사 표시 모니터가 달린 본체가 자율적으로 가수에게 이동하는 기능을 갖추고 있지. 따라서 여러분은 버스 주행 중에도 자리에 앉은 채로 노래를 할 수 있으니 안심해도 좋다. 또한, 페널티가 없는 채점은 재미없다는 내 개인적 판단에 따라, 설정 점수 75점 이하를 받은 사람에게는 전용 마이크에서 특수 초음파가 발사될 예정이다. 가수에게 강한 멀미를 일으키는 벌이 가해질 것이니 모두 주의하길. 이상!"

그건 그냥 음향병기 아니야? 라고 태클을 걸고 싶었으나, 차 안이 정적에 싸여 있었으므로 나도 리츠카도 아무 말도 할 수 없었다. 레크리에이션인데 왜 이렇게 무거운 벌이 있는 거야.

물론 보상도 컸으므로 그런 의미에서는 균형이 맞는 걸 수도 있지만, 참가자 중에는 어린이도 있다. 이 회사 괜찮은 건가? 아니, 안 괜찮아. 진짜 위험해.

"……그러면 손을 들어주세요……."

재촉하는 시데 씨였으나, 당연히 아무도 손을 들지 않았다. 우선은 눈치를 보며 차 안의 모두가 쓸데없이 마음을 하나로 모으는 분위기였다. '곤란하네요……'라며 시데 씨는 머리를 감쌌다.

"주임님, 어떡하죠……? 이 뒤는 맡겨도 될까요?"

"내게 맡기게나. 일본인은 겸손과 소극성을 혼동하는 경우가 많지. 아무도 자진해서 나서지 않을 때를 대비해서 '두근두근 노래할래 군'에는 자동으로 노래할 사람을 선택하는 기능도 탑재되어 있다네! 물론 대상은 이 버스에 타고 있는 A조 전원! 싫다고 버텨도 무조건 노래하게 할 거니까 다들 각오하도록!"

차라리 러시아 룰렛 기능이라고 부르는 게 나을 것 같았다. 주임은 기계 본체를 조작하기 시작했다.

"로우 군, 걸리면 어떡하지? 음악 성적은 어땠어?"

"3이었을걸."

"5단계 중에서?"

"10단계 중에서."

"뭐? 낮지 않아……?"

그렇지도 않다. 1이랑 2도 있으니까. 그저 평균보다 아래일 뿐.

그 사이, 두근두근 노래할래 군이 어딘가 괴로운 듯 전자음을 내기 시작했다.

『삑, 드르륵…… 토라지, 쿠레이…….』

"앗, 내잖아!! 자, 사키. 내 지명됐다!!"

"어쩔 수 없네요. 5분간 휴식하겠습니다."

"오호. 뽑힌 건 외부인인 쿠레이 군인 모양이군."

"외부인이 첫 차례인 건 좀 그렇지만 일단 불러주시죠."

어쩌고 군에게서 요란하게 장식된 마이크를 건네받은

형님의 눈빛이 활기를 띠기 시작했다.

"덤벼라!! 내는 쿠레이 토라지다!! 홍백에 출연한 전설의 남자라꼬?! 내 라이브를 공짜로 들을 수 있다는 사실에 감사하면서 다들 귀를 함 기울여 봐라!!"

"시끄러워!!" "닥쳐, 바보야!!" "죽●!!" "걸어서 집에 가!!" "뒤져라!!" "맨날 입는 옷 말고 다른 옷도 입어라!!" "사실 조금 좋아해!!" "일 좀 하세요" "러어어어어어어브!!!"

차 안 여기저기서 야유가 쏟아졌다. 이 정도면 정말로 미움받고 있다고 해도 좋다.

참고로 걸어서 집에 가라고 외친 건 나였다.

형님은 정말로 작년 홍백에 특별 게스트로 출연했고, 당연히 선곡은——.

"도도도 뛰어와♪ 토리토리 회전♪ 도토리 도토리 어떤 판단~♪ 즐거울 때도♪ 슬플 때도♪ 깜짝 놀랄 만한 새싹을 틔우자♪ ——열매가 되어——."

——자기 오리지널 곡이었다. 저작권료가 장난 아니게 많이 들어오는 걸로 유명한 이 정체불명의 곡은 뭔가 말로 설명하기 어려운 맛이 있다. 뭐, 나는 별로 좋아하지 않는다. 역시나 반은 좋아하고 반은 미적지근한 반응을 보였다.

아무튼 형님은 기분 좋게 노래를 마쳤다.

"……휴우. 자, 퍼뜩 채점해라! 100점 말고 딴 점수는 나올 리가 없지만서도 말이다, 하하!"

『삐이이익…… 32점입니다.』

“흐음. 보아하니 32점 만점이군?”

“100점 만점이다.”

히토미 주임이 ‘그럴 리가 있냐’라는 얼굴로 정정했다.

“웃기지 마라, 꼬맹이 할멈!! 내 노래를 내가 불렀는데 요래 낮은 점수가 나온다꼬?! 논리적으로 함 생각해 봐라, 이게 말이 되나!!”

“누구보고 꼬맹이 할멈이라는 거냐, 이 무례한 녀석!! 그 왜, 본인이 모창 방송에 나왔는데 오히려 모창 예능인이 원곡자보다 노래를 더 잘하는 경우 있잖아! 그 역전 현상이라고 생각하면 이상한 것도 없어!!”

“쿠레이 씨는 본인이 그 원곡자인 만큼 더욱 구제할 방법이 없지만요.”

부장님이 간단히 정리했다. 아무래도 기계 군의 채점은 꽤 엄격한 모양이다.

친오빠의 노래를 들은 리츠카는 진지한 감상을 말했다.

“노래는 별로 못하는구나. 악기는 칠 줄 아는데.”

“하긴, 작곡도 하니까……. 다재다능하긴 해도 천재는 아닌 건가?”

『드르륵, 삐익…… 초음파를 발사합니다.』

부우우우웅…… 하고, 형님이 쥐고 있는 요란한 마이크가 진동했다.

마치 스마트폰에 전화라도 걸려 온 것 같은, 의외로 차분한 진동이었다.

"뭐야, 별거 아니잖아? 이런 건 시중에 파는 핑크우웨에에에엑!!"

리츠카는 형님이 차멀미를 안 한다고 했지만, 형님은 그 자리에서 토를 발사했다.

그러나 치명적인 추태를 드러내기 직전에 이이즈나 씨가 에티켓 봉투를 입에 대줬고, 그 덕분에 우리는 굳이 보고 싶지 않은 장면을 보지 않아도 되었다. 정말 유능한 사람이다…….

"음. 효과는 확실한 것 같군."

"만약 이게 세상에 퍼지기라도 하면 우리 회사도 끝장이겠죠."

"토라지, 마이 프레에에에엔드!! 부우우웁!"

완전히 뻗어버린 형님. 당연히 아무도 걱정하는 기색은 보이지 않는다.

"오빠가 토했는데 어쩐지 다들 조금 기뻐 보여!"

"동생한테까지 그런 말을 들은 이상, 저 사람도 더는 설 자리가 없겠네……."

"어설프게 노래하면 저 꼴이 나니까 제군들도 조심하도록! 자, 다음 타자다!"

『삑, 드르르륵…… 토코, 이코마…….』

"으악, 최악이야……."

이코마 씨가 무심코 그렇게 중얼거렸다. 노래방 기계 군이 다시 이동했다.

"선곡은 뭐로 할 거지? 터치패널로 원하는 노래를 입력하게나."

"이코마. 노래하기 전에 자기소개부터 해."

"알았어요, 정말……. 저기, 기획개발과의 이코마 토코입니다! 노래방은 가끔 가는 편이긴 한데, 듣기 거북하면 다들 귀를 막아주세요!"

"좋다!!" "사실 팬이에요!!" "울프컷 너무 좋아!!" "우리 부서로 와줘!!" "패배 히로인 느낌이 나!!" "이코마는 선배 페티시 있지?" "도둑고양이~!!" "큐우우우트!!"

어째서인지 노래하기 전부터 버스 안 사람들에게 온갖 야유를 받는 게 당연한 순서처럼 되어 있었다.

참고로 도둑고양이라고 소리친 건 리츠카였다. 이게 도대체 무슨 소리야??????

"귀에 거슬리는 말이 몇 개 들려왔는데…… 젠장, 이렇게 된 이상 전력으로 불러주겠어!"

이코마 씨가 나조차 들어본 적 있는, 요즘 유행하는 팝송을 부르기 시작했다.

요즘 애들은 다들 노래를 잘하네── 같은 말을 하면 마치 내가 아저씨라도 된 것 같지만, 실제로 이코마 씨는 상당히 노래를 잘했다. 마지막에는 분위기를 잔뜩 끌어올리며 모두를 흥분시킬 정도였다.

이런 점까지 갖추고 있는 걸 보면 역시 이코마 씨는 유능하다.

『드르륵, 삐빅…… 82점입니다.』

"좋았어! 근데 점수가 너무 짠 거 아니에요? 90점은 넘을 줄 알았는데."

"음. 훌륭한 노래였네, 이코마."

"현재 1위입니다."

"수고했어. 정말 잘 부르더라. 역시 요즘 젊은 애들은 다르구나."

나는 솔직한 감상을 이코마 씨에게 전했다.

"선배, 그 말은 40대 정도 되는 사람이 할 법한 말 아닌가요? 그래도 기뻐요, 에헤헷."

"전부 찍어뒀지롱~."

리츠카가 이코마 씨에게 스마트폰 화면을 내밀었다. 이코마 씨가 노래하는 모습이 처음부터 끝까지 영상으로 담겨 있었다. 리츠카는 장난기 어린 표정을 지었다.

"잠깐……! 왜 동영상을 찍으신 거예요! 나중에 다시 보면 엄청 창피할 게 뻔한데!!"

"한 5년 뒤에 다시 봐야지~."

"점수가 너무 적나라하잖아요!! 큭……. 선배의 배우자분한테 당했어요……!!"

"이히히히."

(역시 두 사람은 사이가 좋은 걸지도 몰라…….)

거리감은 잘 모르겠지만. 뭐, 친해서 나쁠 건 없다.

우리가 이코마 씨의 노래 감상을 나누는 사이에도 여흥은 계속 진행되고 있었다.

『삐빅, 드르륵…… 리츠카, 사이가와…….』

"뭐어?! 나?!"

"도망치면 안 돼요, 배우자분♡"

"도, 도망 안 쳐! 제대로 지켜보기나 해!"

"의외로 의욕적이네, 리츠카. 힘내~."

설마 이코마 씨에 이어서 리츠카까지 뽑힐 줄이야. 이코마 씨가 부추긴 탓인지, 리츠카는 당찬 얼굴로 마이크를 들었다. 리츠카의 노래 실력은── 그냥 평범하다. 목소리는 예쁘지만.

"아내분, 곡을 고른 뒤 간단히 자기소개를 부탁합니다."

"앗, 네! 저기, 사이가와 리츠카입니다! 로우 군……이 아니라, 남편이 늘 신세 지고 있습니다! 집에서는 회사에 이상한 사람이 많다거나, 하는 일에 비해 월급이 적다거나 하면서 툴툴대지만, 사실은 분명 회사 사람들을 좋아하고 있다고 생각해요!"

"사이가와에겐 아까워!!" "머리색이 예뻐!!" "현모양처!!"

"금슬 좋은 부부!" "리츠카!! 사랑해!!" "승리자~!!" "보통 사람이 아닌 것 같아요" "쿠우우우울!!"

따뜻한 야유가 여기저기서 터져 나왔다. 물론 사랑한다고 외친 건 나였다.

"앞으로도 남편을 잘 부탁드려요! 그럼, 노래하겠습니다!"

리츠카가 선택한 곡은 예전에 꽤 유행했던 아이돌 가수의 노래였다. 굳이 설명하자면 아저씨 세대가 좋아할 만한 곡이었고, 예상대로 차 안의 아저씨들이 크게 흥분했다.

리츠카는 흔들림 없이 노래를 끝까지 불렀다. 특별히 잘하는 건 아니었으나, 중심이 잡혀 있어서인지 목소리가 곧게 뻗어나갔고, 애초에 음색 자체도 맑아서 듣기 좋았다.

『삑, 드르륵…… 83점입니다.』

"앗싸~!! 생각보다 점수가 잘 나왔어!"

"추억이 떠오르는 곡이었고, 아주 좋았다네. 목소리가 마치 눈꽃 같은걸."

"로우시 혼자만 듣기엔 아까운 목소리군요."

"에헤헷…… 감사합니다!"

사람들이 차례차례 칭찬을 건네자, 리츠카는 얼굴을 붉히며 기뻐했다.

"정말 좋았어, 리츠카. 다음에 같이 노래방 가자! 아, 동영상도 찍어놨어."

"고마워! 오랜만에 노래 불렀더니 기분이 좋아~."

"큭……! 배우자분한테 1점 밀렸어요……!!"

"이히히."

적당히 승부욕이 있는 리츠카는 이코마 씨를 이겨서 기뻐하는 눈치였다. 솔직히 말해서 그 어쩌고 군의 채점이 얼마나 신뢰할 만한지는 알 수 없지만, 어쨌든 이긴 건 이긴 거다.

"굉장히 잘 부르셨어요, 리츠카 씨!"

"외모 그대로의 목소리네요. 좋았습니다."

"두 사람 다 고마워요~!"

오오타카 부부에게도 칭찬받았다. 리츠카가 칭찬받으면 마치 내 일처럼 기쁘다.

리츠카가 얼마나 좋은 아내인지 회사 사람들에게 알릴 수 있는 건…… 나쁘지 않다.

콧대가 높아진 기분으로, 나는 주변 사람들에게 리츠카의 훌륭함을 자랑했다.

"어떤가요, 여러분! 제 아내는 정말 멋지지……."

『삑, 드륵…… 로우시, 사이가오…….』

"이 기계 망가진 거 아니야?! 왜 리츠카 다음에 곧바로 내가 걸리는 건데?!"

"조용히 하게."

"시끄러운 남자군. 아내를 본받도록 해."

"젠장……!"

분위기가 가라앉았다. 솔직히 내가 노래를 부르게 될 거라곤 조금도 상상 못 했기에, 갑자기 긴장이 몰려들었다. 내 애창곡은…….

"로우 군! 힘내! 최소한 75점은 나와야 해!"

"선배! 기대하고 있어요!"

"선배, 가요도 아세요? 산골 출신이잖아요."

"도대체 무슨 말을 하는 거야……."

"다들 똑똑히 봐둬. 사랑하는 아내가 완벽한 모습을 보여준 이상, 나도 창피를 당할 수는 없지."

그리하여 나는 요란한 마이크를 건네받았다.

"사이가와 군. 빨리 선택하고, 빨리 자기소개하고, 빨리 노래하게."

"시간 낭비하지 말고 얼른 끝내, 로우시."

"어쩐지 아까부터 저에게만 좀 빡빡하게 구시는 것 같은데…… 안녕하세요, 여러분. 기획개발과 사이가와 로우시라고 합니다. 제 자랑스러운 아내의 노래는 다들 즐기셨나요? 이어서 사이가와 부부가 선보이는 '버스 안 노래 쇼'를 즐겨주시기 바랍니다."

"재미없어!!" "잘난 척하지 마!!" "수상한 뿔테 안경 녀석!!" "전에 일 도와줘서 고마워!!" "자세히 보니 근육남!!" "로우 군, 사랑해~!!" "선배, 멋져요!!" "가끔 사람 죽일 것 같은 얼굴을 한단 말이지" "퍼뜩, 이혼해라, 멍청아!!" "자세가 바르네……” “센스 없는 남자라니까, 정말!” “언제 철 들래!!” “패애애애션!!”

나만 두 배로 야유를 듣는 것 같은데? 기분 탓인가?

뭐, 됐어. 지금은 노래에 집중하자. 내가 고른 곡은── 군가다!!

『3점입니다.』

“뭐……?”

차 안은 정적에 휩싸였다. 마이크가 진동을 시작했다. 나는 토했다.

＊

“아아, 젠장……. 아직도 속이 안 좋아…….”

“괜찮아, 로우 군? 버스 안에서 좀 더 쉴래?”

“음…… 괜찮아. 모처럼 놀러 온 거니까 같이 갈게.”

결국, 노래방 대회에서 벌칙을 받은 건 나와 형님뿐이었고, 나머지는 모두 75점 이상을 받았다. 내가 그렇게 노래를 못 하나, 하고 속상하긴 했으나, 대신에 리츠카가 최종 1위 자리를 지킨 덕분에 숙소만큼은 가장 좋은 방에 배정되었다.

그러니 내가 토한 것도 리츠카의 1위와 맞바꿔서 전부 상쇄됐다고 생각하기로 했다.

아무튼 우리 A조는 잠깐 관광을 즐기기 위해 '유모토'라는 곳에 내렸다.

유모토는 하코네의 중심지로, 유모토역을 중심으로 기념품 가게와 음식점들이 쭉 늘어서 있다. 기념품 가게가 가장 많이 눈에 띄는 시점이 바로 지금일 테니, 먼저 여러 가지 기념품을 사두어야 한다. 목검 같은 것도 파나?

"아, 나왔다. 선배, 괜찮으세요?"

"얼굴색이 아직 안 좋아 보여요……."

"하하하…… 미안해. 나는 꽤 튼튼하니까 괜찮을 거야."

이코마와 미사고 씨가 마지막으로 버스에서 내린 나를 걱정해 주었다.

"사이가와 선배, 저쪽 좀 보세요. '에바'가 있어요. 멋지네요."

"괜찮냐고 한마디 정도는 물어봐도 되잖아……."

한편, 오오타카는 전혀 걱정하는 기색 없이 어딘가를 가리키고 있었다. 나와 리츠카가 그쪽을 바라보자, 어떤 애니메이션 캐릭터가 눈에 들어왔다. 몇 번 본 적이 있는 캐릭터였다.

"리츠카, 에바 본 적 있어? 난 전혀 몰라."

"알아! 오빠가 예전에 은색 머리 미소년이 좋다고 했어!"

"그렇구나. 응……? 저 파란 머리의 미소녀가 아니라?"

"아……. 뭐, 우리 세대가 아니니까요. 그럴 수도 있죠. 가자, 미사고."

"잠깐…… 적어도 태클 정도는 걸어야 하지 않을까?! 죄송해요, 잠깐 하이타랑 둘이 근처 좀 둘러보고 올게요. 나중에 봬요!"

어쩐지 오오타카에게 살짝 놀림받은 기분이 들었다. 나랑 리츠카가 뭔가 잘못 말했나? 뭐, 우린 애니메이션을 전혀 안 보니까 모르는 게 당연하다.

어디론가 향하는 오오타카 부부를 배웅한 나와 리츠카, 그리고 이코마 씨는 그 자리에 멈춰 섰다.

"근데 도대체 저 캐릭터들은 왜 하코네에 있는 거야……?"

"글쎄……? 요즘은 그런 콜라보가 유행한다고 듣긴 했는데."

"일단 주변을 둘러볼까요? 이 근처에는 맛있는 과자가 많으니까, 기념품을 사려면 지금이 최적의 타이밍이에요. 와, 기대된다~."

"……아니, 어째서?"

"네? 배우자분, 방금 뭐라고 하셨나요?"

"눈치 좀 챙기라고 말했어!"

난 그냥 침묵하기로 했다. 확실히 나는 리츠카와 단둘이 둘러볼 생각이었는데, 이코마 씨가 자연스럽게 따라오게 되었다. 난 차마 방해된다고 말할 수 없었고, 결과적으로 리츠카와 이코마 씨가 또 다투게 되었다.

(친한 동기가 없나……? 하긴, 오오타카는 미사고 씨랑 같이 갔으니까.)

"제가 선배를 걱정하는 사이에 다들 먼저 가버렸단 말이에요~. 혼자 돌아다녀도 전혀 문제없긴 한데 외롭잖아요. 모처럼 단합 여행을 왔는데 외롭게 관광하는 건 좀 그렇지 않나요? 아아, 어디 다정한 부부가 불쌍한 독신 여자를 챙겨주지 않으려나? 힐끔."

이코마 씨가 발연기 배우도 비웃을 만큼 어색한 연기를 하며 우리를 슬쩍 쳐다봤다.

"……힐끔."

리츠카 역시 일부러 내 눈치를 보는 듯한 시선을 보냈다.

"응? 내가 정하는 거야……?!"

무슨 선택을 해도 어느 한쪽의 불만은 피할 수 없을 것 같다. 남편으로서 행동해야 할지, 회사 선배로서 행동해야 할지……. 아직 멀미도 남아 있는 상황에서 왜 이런 고민까지 해야 하는 걸까…….

"……힐끔."

"왜 버스를 보는 거야?"

"왜 버스를 보는 건가요?"

"나도 장난치고 싶었을 뿐이야……! 아, 몰라! 우리 셋이 같이 가자! 미안해, 리츠카. 여기서 후배를 함부로 대할 만큼 난 나쁜 녀석이 못 돼!"

"아니, 괜찮아. 난 그런 다정한 로우 군이 좋으니까♡"

선택이 옳았는지, 리츠카는 딱히 화를 내지 않고 내 왼팔에 팔을 감아왔다. 조금 꼬집어도 괜찮은데…… 역시 리츠카도 다정하긴 마찬가지다.

이코마 씨는 활짝 웃으며 우리에게 감사 인사를 했다.

"두 분 다 감사해요! 미리 이것저것 조사해 왔으니, 도움이 될 거예요! 아, 선배의 오른팔이 빈 것 같은데 저도 붙어도 될까요? 조금 춥네요!"

"아니, 그건 안 되지……. 이코마 씨, 오늘 좀 들떠 있지 않아? 여행 와서 그런가?"

"여긴 아내의 특등석이야!"

"그럼 예약되나요?"

"안 돼!"

"빨리 가자……."

이코마 씨는 리츠카와 이렇게 티키타카를 주고받는 거에 재미라도 들린 걸까? 건방진 동생을 상대하는 것 같다고 해야 하나? 다른 곳에서는 볼 수 없는 리츠카의 일면을 이코마 씨가 끌어내는 느낌이다.

이 둘의 궁합이 좋은지 나쁜지는 여전히 잘 모르겠으나, 생각보다 즐거운 분위기 속에서 우리 세 사람은 관광을 시작했다.

"이 가게의 떡이 유명하대요. 한 개씩 살 수 있어서 걸어 다니면서 먹을 수도 있고요."

"떡이라고? 먹자!"

"리츠카, 떡 좋아하지? 그럼 세 개 살까? 저기요, 이거 세 개 주세요."

"앗, 선배. 저는 괜찮아요!"

"신경 쓰지 마. 가이드 비용이라고 생각해."

"읏…… 감사해요."

떡이라고 해도 새해 첫날에 먹는 구운 떡 같은 건 아니고, 달콤하게 찐 종류였다.

입에 넣자 은은한 감귤 계열의 향이 느껴졌다. 유자인가?

"저쪽에 당고랑 만주도 있어요. 저기에는 러스크가──."

"전부 먹자!"

"엄청 먹네……."

"역시 먹으면서 돌아다니는 게 여행의 묘미 아니겠어?"

"어쨌든 걸어 다니니까 칼로리도 소모될 거예요. 물론 배우자분은 다이어트랑은 무관하시겠지만."

"그렇지 않아! 이래 봬도 꽤 칼로리 조절하고 있는걸!"

(사실 그렇게 조절하진 않지만 일단 침묵하자.)

여자가 살쪘다고 하는 건 남자 입장에서는 거의 티가 나지 않거나 오차 범위 수준이다.

리츠카는 원래 날씬하니까 여행 중에 아무리 먹어도 큰 영향은 없을 것이다. 게다가 어떤 모습이 되어도 리츠카는 귀엽다. 전혀 문제 될 게 없다.

"가마보코(어묵)…… 맛있어 보여."

"기념품으로 사 갈까?"

"지금 먹고 싶어……."

"진심이야?"

"괜찮지 않아요? 의외로 사서 먹는 사람들도 많아요."

조금만 걸어도 가게 앞에서 좋은 냄새가 풍기는 탓에 괜히 구경하다가 사 먹게 된다. 별로 관심이 없어도 관광객이 줄을 서 있으면 그 가게가 자연스럽게 눈에 들어온다. 모두가 들떠 있다――관광지 특유의 이런 분위기를 즐기기 위해 사람들은 여행하는 것일지도 모른다.

"아, 여기는 요세기 세공(寄木細工) 가게네요. 구경해 보실래요?"

"요세기 세공……?"

"그게 뭐야?"

"색이 다른 나무를 조합해서 패턴을 만드는 하코네의 전통 공예품이에요. 저희 회사는 장난감 만드는 회사니까 선배라면 알 줄 알았는데."

"하하하하……."

"로우 군은 센스로 승부하는 타입이니까! 전통을 부수는 게 특기야!"

"고마워, 리츠카. 전혀 도움이 안 되긴 했지만 덕분에 살았어."

그건 그렇고, 요세기 세공이라는 게 있구나. 가게 앞 유리 케이스에 진열된 상품을 보니, 확실히 채색 없이 나무 본연의 색 차이만으로 패턴을 만들고 있다. 종류도 소품부터 티슈 상자, 오르골, 쟁반까지 다양하다. 도무지 그냥 지나칠 수 없다. 재미있어 보인다── 나는 가게의 유리문을 열었다.

"어메이지이이이잉, 아뵤오오오~~~~……! 우리 저팬의 오리엔탈 테크놀로지는 역시 세계가 인정하는 베스트 트레져……!!"

"으음. 이게 이렇게 되고, 저게 저렇게 되어서…… 정말 훌륭하군. 구조체로서도 아주 흥미로워."

"주임님, 이제 그만 제 어깨에서 내려와 주시겠어요?"

"조금만 더 기다리게!"

"그게 아이다!! 이런 가게는 예술가로서 실력을 키울 수 있는, 파워 스폿 같은 데라꼬!! 도대체 머가 문젠데?!"

"일이 밀려 있다는 게 문제입니다."

──나는 말없이 유리문을 닫았다.

"여긴 관두자."

“‘어째서?’”

“됐으니까 빨리 와!”

보충하자면, 가게 안에는 요세기 세공을 보고 감동해서 흥분한 부사장님과 부장님 어깨 위에 올라가서 선반 위의 세밀한 공예품을 보고 있는 히트미 주임, 그리고 이이즈나 씨에게 옷깃을 잡힌 채 끌려다니는 형님이, 그리 넓지 않은 가게 안에 빽빽하게 모여 있었다. 해충 집합소냐?

한 명 정도야 있어도 상관없지만, 모두가 한자리에 모여 있는 건 좀 속이 거북하다……는 생각을 하던 찰나, 리츠카와 이코마 씨가 재빨리 가게 안으로 들어가 버렸다. 너무해.

“Oh! 사이가와 커플과 토코 걸! 열심히 공부하는 건 베리 굿!!”

“뭐, 공부라기보다는 기념품 목적이긴 한데…….”

“저희는 기획과 소속이니까요! 이것저것 지식을 쌓아둘까 해서요!”

“아, 자네들인가. 후후후…… 높은 곳에서 사람을 내려다보는 기분은 참으로 좋구나.”

“아이를 돌보고 있을 뿐이니 너무 그렇게 쳐다보지 마라.”

“리츠카!! 오빠 좀 도아도!! 내 지금 괴롭힘당하고 있다!!”

“시간이 다 됐습니다. 버스로 돌아가죠, 대표님.”

“오빠, 잘 가.”

"HEY! 토라지 마이 프레에에엔드! 나도 같이 데려가!!"

우리와 교대하듯, 이이즈나 씨와 형님이 가게를 빠져나갔다.

덤으로 두 사람을 따라 부사장님도 자리를 떠났다. 이번 여행은 어떻게 하면 형님을 피할 수 있을지 고민이 됐는데 이이즈나 씨와 부사장님이 있으니 걱정하지 않아도 될 것 같다.

"……부장님과 주임님은 뭘 하고 계신 거예요?"

"목마야. 보면 알잖아. 그리고 너무 자세히 보지 마."

"보면 아니까 물어본 거예요……."

"꼭 부모랑 자식 같네요!"

"너무 직설적인 거 아닌가요, 아내분……?"

리츠카 말대로, 이 두 사람은 목마에 탄 아이와 아버지처럼 보였다.

그러나 부장님과 히토미 주임은 부모랑 자식 같다는 말에 얼굴을 찌푸렸다.

"……사람들의 오해를 살 수도 있겠군요. 주임님, 슬슬 내려오세요."

"자식은 좀 아니지 않나?! 최소한 토구로 남매라고 불러 주게!!"

"'최소한'은 또 뭔가요."

""토구로……?""

리츠카와 이코마는 주임님의 농담을 이해하지 못했다. 예전부터 생각했는데, 히토미 주임은 소년 만화를 좋아하는 것 같다. 그런 성향이 과거에 만들었던 무기류에도 반영됐을지도 모른다. 뭐, 잘은 모르지만. 별로 관심도 없고.

"어라? 주임님, 손에 들고 있는 작은 상자는 뭔가요?"

"귀엽다! 소품 상자예요?"

"아아, 이거 말인가? 이건 '비밀 상자'라네. 역시 요세기 세공이라 하면 이거지!"

아마도 선반 위쪽에 있었던 것 같다. 히토미 주임은 손에 들고 있던 요세기 세공을 우리에게 보여주었다. 그러나 상자 앞에 왜 '비밀'이 붙는지는 전혀 이해할 수 없었다.

"'비밀 상자'라니…… 리츠카는 왜 비밀 상자인지 알겠어?"

"으음…… 여기에 비밀로 하고 싶은 것을 넣어두는 상자 같은 게 아닐까?"

"그럼 그냥 평범한 상자잖아요."

"아니, 아마 아내분의 추측이 거의 맞을 겁니다. '비밀 상자'는 이른바, '기계 장치 상자'로, 특정 순서를 따라 조작하지 않으면 열리지 않도록 만들어져 있습니다. 따라서 금품이나 귀중품 같은 걸 보관하기 위해 사용됐다는 역사적 배경이 있죠."

"몰랐나? 이렇게 상자의 측면이 슬라이드식으로 되어 있어서 올바른 순서대로 밀면 상자가 제대로 열리게 되어 있다네. 열쇠나 금속 장치를 쓰지 않고 순수한 목재 조합만으로 보안을 완성하는, 말하자면 지혜의 구조체지. 백 년 이상 전에도 이런 걸 만들어냈으니, 장인이라는 존재는 정말로 대단해…….”

고개를 끄덕이는 히토미 주임. 기술자다운 면모가 엿보인다. 요컨대 '비밀 상자'는 퍼즐의 친척쯤 되는 물건이다. 컴퓨터 같은 전자기기가 없던 시대에 이런 게 만들어졌다는 사실은 분명 경이로운 느낌을 준다. 아마 나 같은 사람은 다시 태어나도 절대로 저런 걸 만들 수 없겠지. 사람의 기술과 지혜, 장난기가 섞인 마음은 우리가 태어나기 훨씬 전부터 존재했고, 지금도 여전히 이어지고 있다――.

“――좋네요. 리츠카, 우리도 하나 사갈까?”

“좋아! 근데 나는 이런 거 잘 못해서, 아마 열지는 못할 거야…….”

“저도 사 갈래요! 장난감의 아이디어가 떠오를지도 모르고요.”

“이번 여행은 단합이 목적이니 딱히 업무에 대해 생각하지 않아도 되지만, 이렇게 행동하는 게 올바른 자세라 할 수 있겠지. 주임님, 어서 하나 구매해서 여기서 나갑시다. 슬슬 배도 고프군요.”

“음. 그럼 가장 어려운 걸 사겠네!”

그렇게 해서 우리는 '비밀 상가'와 함께 기념품으로 요세

기 세공 소품 몇 개를 샀다.

여행지에서 사는 기념품이라고 하면 보통 과자 같은 게 많지만, 이렇게 전통 공예품을 사는 것도 나름 멋스러운 일이다. 여행을 다녀왔다는 실감이 나기도 하고.

뭐, 결국 그 '비밀 상자'는 우리 일행 중 누구도 열지 못해서 사이가와 집에서 먼지만 뒤집어쓰게 되긴 했지만…….

그 후, 우리는 기념품을 잔뜩 사서 짐이 늘어난 채로 버스로 돌아갔다.

하루에 들를 수 있는 관광지에는 한계가 있다. 다음으로 우리 A조가 향한 곳은——.

"오~! 모락모락 피어오르고 있어!"

"대단한데. 역시 화산이라서 그런가."

로프웨이에 몸을 실은 우리는 정상으로 향하는 풍경을 즐기고 있었다.

울퉁불퉁한 산 허리께에서 마치 불타는 듯한 흰 연기가 끊임없이 피어오르는 광경은 좋든 싫든 이곳이 평범한 산이 아님을 실감케 했다.

오와쿠다니(大涌谷)—— 하코네에 오면 반드시 들러야 하는 명소다. 활화산인 하코네산의 분화구 자리에 형성된 곳으로, 산 위에서 내려다보는 풍경과 활화산 특유의 모습들을 즐길 수 있다고 한다.

……뭐, 전부 다 버스 안에서 이코마 씨가 해준 이야기를 그대로 읊은 거긴 하지만.

"저 연기는 온천 김 같은 거지?"

"응. 유황 냄새도 나니까…… 아마 수증기일 거야."

"정확히 말하면 수증기가 아니라 분기(噴氣)라고 부른대요. 이 일대가 분기 지대라고 알려져 있기도 하고, 하코네 온천의 온천수는 대부분 오와쿠다니에서 나온다나 봐요."

"우와~! 자세히 아네, 미사고!"

우리와 같이 로프웨이에 타 있던 미사고 씨가 설명해 주었다.

참고로 이코마 씨는 이번에는 다른 여직원들과 함께 다니는지, 이 자리에 없었다.

"아하하…… 인터넷에서 봤어요. 괜히 잘난 척해서 죄송해요."

"으으, 냄새나. 여긴 진짜 지옥 같네요. 버스로 돌아가고 싶어요."

"너한테는 감정이란 게 없냐?"

로프웨이 안에서도 은근히 유황 냄새가 풍겼으니, 아마 밖에 나가면 훨씬 강하게 날 것이다. 사실 유황 냄새를 좋아하는 사람이 더 드물기에 오오타카가 하는 말도 이해는 갔으나, 그렇다고 해서 '돌아가고 싶다'는 좀 아니지 않나 싶다.

"아, 하지만 옛날…… 그러니까 에도 시대 무렵에는 오와쿠다니가 아니라 '지고쿠다니(지옥 골짜기)'라고 불렸대. 그때도 이곳을 지옥 같다고 느끼는 사람이 많아서 그렇게 불린 게 아닐까?"

"정말? 그럼 내 센스는 에도 시대부터 존재했던 거네."

"존재하면 뭐 어쩔 건데……."

태평해 보이는 오오타카와 진지한 미사고 씨의 대화.

리츠카가 웃으며 작은 목소리로 내게 말을 걸었다.

"……저 둘, 사이 좋아 보이지 않아? 어쩐지 흐뭇해."

"그러게. 부부의 콩트 스타일은 집마다 다른가 봐."

"앗, 웃지 마세요! 하이타는 예전부터 이런 식이었으니까요!"

"저희는 매일 티격태격하거든요. 뭐, 일방적으로 이쪽이 시비를 걸지만."

"하이타가 게으름을 피우거나 뭐든 적당히 넘어가려고 하니까 그렇지!"

"남자는 원래 그런 생물이야. 안 그래요, 선배?"

"나까지 끌어들이지 마!"

"로우 군은 엄청 꼼꼼한데~."

"확실히 일하는 거 보면 그렇긴 해요. 선배는 진짜 디테일하거든요. 기획은 허술해도."

"지옥 골짜기에 떨어지고 싶냐?"

"농담이에요."

결국 미사고 씨에게 한 대 얻어맞고 가는 오오타카였다. 기획이 허술해서 미안하다, 자식아.

리츠카는 깔깔대며 웃고 있었다. 후배들에게 놀림당하는 내 모습이 그녀에게는 조금 새롭고 흥미로운 모양이다. 내가 리츠카의 새로운 면모를 발견할 때마다 즐거워하듯, 리츠카 역시 그렇지 않을까.

그렇게 우리는 로프웨이에서 내려, 역 밖으로 나왔다.

유황 냄새가 한층 더 짙어지고 탁 트인 풍경이 눈앞에 펼쳐졌다……. 그러나.

"오늘은 날씨도 좋은데…… 추워!"

"산 정상은 특히나 춥네. 리츠카, 팔짱 낄래?"

"응!"

지금은 2월로, 1년 중 가장 추운 시기다. 아무리 활화산이니, 분기니 해도 산 위는 바람이 강해서 살을 에는 듯한 추위가 덮쳐왔다. 리츠카는 순순히 내게 몸을 붙였다.

"보통 산에 올라오면 숨을 깊게 들이마시고 싶어지잖아요. 근데 여긴 냄새가 지독해서 그럴 기분도 안 드네요."

"흥 좀 깨지 마……!"

"그래도 생각보다 심한 냄새는 아닌 것 같아요. 바람이 세서 그런가?"

"그러게. 오히려 화산인데도 전혀 안 따뜻해."

"군데군데 안 녹은 눈도 보이고……. 그래도 겨울은 공기가 맑으니까 와볼 가치는 있는 것 같아. 저기 좀 봐."

나는 손가락으로 한곳을 가리켰다. 오늘 날씨가 좋아서 다행이다.

하늘까지 솟구쳐서 마치 구름을 찌를 듯 우뚝 선 거대한 산. 누구라도 알아볼 수 있는 그것은――.

"대단해! 후지산이야! 예쁘다! 사진 찍어야지!"

"'그림 같다'라는 표현은 딱 저런 걸 두고 하는 말이겠지."

"날씨가 좋아서 이렇게나 또렷이 보이는군요……. 대단해요……."

"역시 일본 제일의 산이야. 비록 썩은 냄새가 나긴 하지만."

미사고 씨가 말없이 오오타카의 엉덩이를 걷어찼다. 스피드가 어마어마했다.

후지산을 연신 찍고 있는 리츠카를 바라보던 미사고 씨가 목소리를 냈다.

"저기, 리츠카 씨. 괜찮으시다면 남편분하고 같이 사진 한 장 어떠세요? 제가 찍어드릴게요!"

"와, 고마워! 로우 군, 사진 찍자!"

"그럴까? 고마워요, 미사고 씨. 부탁할게요."

"네! 찍는 건 하이타한테 맡길 거지만요. 조금은 선배한테 도움이 되도록 해."

"평소에도 도움이 되고 있거든? 뭐, 됐어. 그럼 찍습니다~."

도움이 되는지, 안 되는지 판단하는 건…… 상사의 몫이니 내가 굳이 말할 필요는 없을 것이다.

리츠카의 스마트폰을 받아 든 오오타카가 우리 쪽에 렌즈를 맞췄다.

나는 리츠카와 팔짱을 끼고 최대한 웃는 얼굴을 만들었다. 이런 건 제법 익숙해졌다.

"자, 찍습니다~! 4 빼기 3은!"

"2~!"

"1이잖아!"

"찍었어요."

"이건 그냥 괴롭히는 거 아니야……?"

스마트폰 화면에는 후지산 못지않게 빛나는 리츠카의 미소와 반사적으로 태클을 거느라 우스꽝스럽게 찍힌 내 모습이 그대로 담겨 있었다.

"제가 봤을 때, 사이가와 선배는 이런 코믹한 표정이 더 잘 어울려요."

"난 개그맨이 아니거든……?"

"잘 알고 있구나, 오오타카 군. 고마워!"

"아, 리츠카 씨도 이런 걸 좋아하시는군요……."

뭐, 리츠카가 즐거워한다면 그걸로 됐다.

기념사진 촬영을 마친 뒤, 우리는 조금 더 오와쿠다니를 둘러보았다.

"오와쿠다니에 오면 반드시 먹어야 하는 게 있는데, 바로 '검은 달걀'이에요."

"그렇구나~. '검은 달걀'이라니 뭘까? 기대돼!"

"검은 달걀은 본 적이 없는데."

"그냥 평범하게 저런 게 아닐까요?"

오오타카가 손가락으로 가리킨 곳에는 커다란 검은 달걀 조형물이 있었다. 오와쿠다니의 명물답게 화려하게 눈길을 끌고 있었다. 뭐, 문제가 하나 있다면——.

"아뵤오오오오오오오오!! 빅 블랙 에그, 베리 큐우우우트!! 이 형태!! 상식을 부정하는 콘트라스트!! 그리고 미스터리!! 그럼 한입 테이스팅…… Oh! 껍데기는 더럽게 맛없어! 낫 잇!!"

조형물과 실제 '검은 달걀'을 번갈아 바라보다가 껍데기도 까지 않은 채 그대로 한입에 넣어 삼킨 괴짜가 날뛰고 있던 탓에, 도저히 느긋하게 구경할 분위기가 아니었다. 다른 관광객들이 하나같이 기겁하고 있는 가운데, 괴짜의 정체인 오우겐 부사장은 혼자서 혼신의 콩트와 리뷰를 이어가고 있었다.

"……사러 갈까?"

"저런 사람이 우리 부사장이라니……. 이 회사, 괜찮은 건가요?"

"나도 몰라……. 될 대로 되겠지."

건물 안에는 매점이 있었고, 그 옆에는 먹을 수 있는 공간까지 마련되어 있었다. 우리는 '검은 갈걀' 한 봉지를 샀다. 낱개 판매는 안 하는 듯했고, 한 봉지에 네 개씩 들어 있어서 마침 인원수랑 딱 맞았다.

"죄송해요, 사이가와 씨. 저희 것까지 사주시고……. 감사합니다."

"괜찮아요, 신경 쓰지 마세요."

"맞아! 두 봉지 샀으면 어차피 다 못 먹었을 거야!"

"그래, 미사고. 선배는 평소에 잘 안 사주시니까 이럴 때 얻어먹어야 해."

말이 끝나기가 무섭게, 미사고 씨는 말없이 '검은 달걀'을 오오타카의 이마에 퍼억, 하고 쳐서 껍데기를 깼다.

"남편을 달걀 깨는 데 이용하지 마."

"시끄러워! 감사 인사는 제대로 하라고 내가 항상 말했잖아!"

"우린 괜찮아. 자, 식기 전에 얼른 먹자."

"따뜻해서 좋다~. 귀여워♡ 냥키치 색이야♡"

리츠카가 '검은 달걀'을 들고 사진을 찍었다. 냥키치 색이라니.

이에 그치지 않고 리츠카는 내 두 손에 '검은 달걀'을 쥐여준 뒤, 포즈까지 요구해 왔다. 이게 뭐지?

'검은 달걀'이라는 이름 그대로, 겉모습은 새까만 삶은 달걀처럼 보였다. 그러나 그렇다고 탄 냄새가 나는 건 아니었으며, 그냥 검게 물들인 달걀 같았다.

물론, 염료로 물들인 건 아니고 삶는 과정에서 색이 달라졌다는 점이 흥미로운 거지만.

"이것 좀 봐, 로우 군! 껍데기 안은 평범한 삶은 달걀이야!"

"진짜네. 난 흰자도 까맣게 변했을 줄 알았는데. 아니, 아주 살짝 까맣게 보이는 것 같기도 하고."

"맛은…… 뭐, 평범한 삶은 달걀이랑 다르진 않네요. 미사고, 나 소금 좀."

"그래? 난 뭔가 더 짭짤한 것 같아. 잠깐, 소금 너무 많이 뿌리는 거 아니야?"

"그래도 맛있잖아. 특별한 느낌!"

"맞아. 여행의 맛이 나."

"그런 맛은 없는데?"

"그런 맛은 없어요."

"도대체 무슨 맛인가요……?"

"너희 도대체 뭔데? 달걀값 받는다?

그냥 그럴싸하게 표현해 보려 했을 뿐이었다. 사실 나도 속으로 '여행의 맛이 도대체 뭐야'라고 생각하고 있었으니까. 그래도 왜, 있잖아? 여행지랑 집에서 똑같은 걸 먹어도 뭔가 살짝 맛이 다른 것 같은 그 느낌! 그걸 말로 표현하고 싶었던 거라고……!

"자네들은 왜 '검은 달걀'이 까맣게 변하는지 아는가?"

"으앗! 주임님?"

"히토미 주임님. 너무 여기저기 돌아다니지 마세요."

"앗, 부장님도 계셨네요."

갑자기 히토미 주임과 부장님이 나타났기 때문에 나와 리츠카는 조금 놀랐다. 이 두 사람, 여행 중엔 꽤 자주 붙어 다니는 모양이다. 두 사람도 우리처럼 '검은 달걀'을 샀는지, 히토미 주임이 달걀 하나를 집어 들고 우리에게 보여주며 수수께끼 같은 질문을 던졌다.

"으음…… 역시 온천이랑 관련이 있을 것 같은데……."

"잘 모르겠어요. 아마 황 때문이지 않을까요?"

"음. 정설에 따르면 이 지역 온천에 포함된 황과 화산 가스에 섞여 있는 철 화합물, 즉 황화철이 달걀 껍데기에 달라붙어서 달걀을 검게 만든다고 알려져 있었다고 하는군. 바로 얼마 전까지만 해도 말이지."

"응?"

"그게 아닌가요?"

그럴듯한 답이라고 생각했으나, 히토미 주임은 고개를 저었다.

"어느 중학생이 품은 의문에서 출발해, 달걀이 검게 변하는 과정을 새롭게 조사한 결과, 사실 '마이야르 반응' 때문이라는 게 밝혀졌다네. 데리야키나 된장, 간장의 색을 내는 바로 그 반응이지. 정설이라 여겨지던 것이 한 아이의 단순한 의문에 뒤집히다니, 재밌는 이야기라고 생각하지 않나? 역시 호기심은 모든 것의 기초이자 근원이라네! 나도 이 사실을 잊지 말아야겠어……."

"대단해요! 그런 이야기가 있었군요!"

"주임님의 말씀치고는 유익했어요."

나와 리츠카에게 칭찬을 들은 히토미 주임은 자랑스럽다는 듯 평평한 가슴을 내밀었다.

그리고 신이 나서 '검은 달걀'을 책상 모서리에 내리쳤으나, 힘 조절을 잘못해서 달걀이 산산조각 나버렸다.

"……교환."

"껍데기 정도는 알아서 까세요."

부사장님이 깐 달걀과 산산조각 난 주임님의 달걀을 강제로 맞교환했다.

두 사람의 모습을 지켜보던 오오타카와 미사고 씨는 절레절레 고개를 지으며 한숨을 내쉬었다.

"……치우네. **아빠**가 깐 달걀이 먹고 싶었구나?"

"그, 그게 아니야! 이상한 소리 하지 말게, 미사고! 그냥 달걀 껍데기를 못 깠을 뿐이니까!"

"그건 그것대로 문제 아닌가?"

“**장인어른**도 너무 오냐오냐 키우면 안 돼. 스스로 하게 해야지.”

“닥쳐. 밖에서 그렇게 부르지 마. 존댓말 써.”

“““……뭐라고?””

우리 부부의 목소리가 겹쳤다. 전혀 예상치 못했던 관계가 갑작스레 드러나 버린 순간이었다.

부장님은 우리 부부의 반응을 보고 어깨를 으쓱했다. 무슨 상황인지 눈치챈 모양이었다.

“그동안 말 안 했지만——미사고는 내 **친딸**이다. 즉, 오오타카는 내 **사위**지.”

“알 만한 사람들은 아는데, 선배에겐 말 안 했었네요.”

“숨기려던 건 아니에요……. 그저 말할 타이밍을 놓쳤을 뿐.”

“잠깐, 뭐라고?! 완전 처음 듣는 얘기야!!”

“그래서 사이가 좋았구나~.”

다른 사람에게는 그리 놀라운 사실이 아닐지도 모르나, 나에겐 엄청난 소식이었다.

설마 부장님한테 딸이 있었고, 그 딸이 바로 오오타카의 아내였을 줄이야. 부장님은 평소에 오오타카에게 엄격하다면 엄격한 편이지, 다정하지는 않았는데……. 와, 전혀 몰랐어. 이코마 씨는 이 사실을 알고 있으려나? 아마 모르겠지……?

"응? 그럼 히토미 주임님은――설마?!"

"지인일 뿐이다. 딸과 오오타카와도 예전부터 알고 지냈고."

(남몰래 사귀는 사이가 아니었던 건가…….)

부장님에 대해 내가 아는 정보는 오직 하나―― 과거에 아내를 잃었다는 것뿐이다.

그렇기에 히토미 주임을 새 아내로 맞은 줄 알았는데 그건 아닌 모양이다.

"교환!"

"네, 네. 하여간 손이 많이 간다니까……."

"뭐, 보다시피 이렇습니다. 아, 그리고 전 이 아저씨에게 잔뜩 원망을 듣고 있는 상태라서요. 절 특히 편애한다거나 그런 건 없으니 걱정하실 필요는 없습니다. 오히려 같은 부서라는 사실 자체가 귀찮을 정도니까요, 정말로."

"아빠랑 하이타도 좀 더 친하게 지내면 좋을 텐데……."

"사이가와. 떠벌리고 다니지 말라는 말은 하지 않겠다. 하지만 말할 상대는 가려서 해. 내가 하고 싶은 말은 여기까지다."

"앗, 네……. 조심하겠습니다."

"……로우 군, '아들' 포지션을 빼앗겼네……?"

"……무슨 포지션이야, 그건……."

리츠카가 그렇게 귓속말했으나, 사실 부장님에게 딸과

사위가 있는 건 나랑은 별로 상관없는 일이었다. 딱히 슬프거나 그런 건 아닌데 리츠카는 어째서 내 머리를 쓰다듬는 걸까.

그만하라고 할까……. 아니, 그냥 놔두자.

그 후, 우리 여섯 명은 잠깐 잡담을 나눈 뒤, 오와쿠다니 기념품 코너를 둘러보았다.

회사에서만 알고 지내는 이상, 상사와 부하가 서로에 대해 잘 모르는 건 당연하다. 회사 사람과 사적으로 엮이는 건 귀찮기만 할 거라고 생각했는데…… 꼭 그렇지도 않은 것 같다. 사람 사이의 인연이라는 건 참 알 수 없다.

*

눈 깜짝할 사이에 시간이 지나, A조와 B조의 버스는 저녁 전에 숙소인 여관에 도착했다.

여관의 이름은 '청소관(淸宵館)'으로, 오래된 대형 여관이라고 한다. 나도 자세한 건 잘 모른다.

"봐, 로우 군! 여기 진짜 대단해……. 벽이 전부 나무로 되어 있어!! 여기서 묵으면 숙박비 장난 아니겠지?!"

"나무로 지으면 숙박비가 올라가나……?"

"당연히 올라가지! 나무니까!"

"뭔가 알 것 같기도 하고, 아닌 것 같기도 하고…… 하지만 확실히 좋은 여관이야."

입구 앞에는 '반다 제조 주식회사 여러분 환영합니다', '단체 예약으로 빈방 없음'이라고 적힌 안내판이 세워져 있었다.

아무래도 오늘은 우리 반다 제조 직원 이외의 다른 투숙객은 없는 모양이다.

"이렇게 엄청난 여관을 통째로 빌리다니, 로우 군네 회사는 진짜 부자구나~."

"아니, 그냥 우연히 아무도 예약을 안 한 게 아닐까? 아무리 그래도 전세 내진 않았을 것 같아."

"그런가? 그래도 우리밖에 없다니, 기분 최고야!"

"응. 우연이든 뭐든, 운이 좋았어."

버스에서 짐을 꺼낸 우리는 체크인 준비를 시작했다.

손님이 도착한 걸 알았는지, 어느새 '청소관'의 여주인과 직원으로 보이는 사람들이 입구에 줄지어 서서 우리에게 인사를 건넸다.

"어서 오십시오…… 반다 제조 주식회사 여러분. 직원 일동 정성을 다해 여러분을 모시겠습니다……."

"……응? 어라?"

"무슨 일이야, 로우 군?"

연한 녹색의 아름다운 기모노를 입은 저 사람이 아마 여관의 여주인일 것이다.

모두 같은 옷을 입고 있는 직원들 속에서 혼자 눈에 띄었기 때문이다.

여주인의 얼굴을 본 나는 기억의 한 부분이 되살아나는 것을 느꼈다.

부드러운 얼굴, 창백한 피부, 10년 전 모습과 변함없는 그 연령 미상의 여성은──.

“저는 ‘청소관’의 여주인인 히소라고 합니다……. 여러분께서 저희 여관에 머무시는 동안 불편하신 점이 있으시면 뭐든 말씀해 주십시오…….”

“히, 히소 씨……?”

──과거, 《시지마 기관》 의료국의 책임자를 맡았던 《히소 슈코》 씨였다. 히소 씨는 우리 모두를 바라보며 살짝 미소 지었다.

정말로 사람 사이의 인연이라는 것은…… 전혀 알 수 없는 법이다.

"장의사는…… 그거죠? 장례를 치르는 사람이요."

"요시노 씨, 너무 직설적이에요……."

《쿠로바 탐정 사무소》의 소장, 쿠로바 코레모치는—— 아마 보통 사람은 아닐 것이다.

그것이 쿠로바를 제외한 세 사람의 공통된 견해이며, 그렇기에 그런 쿠로바가 모두에게 전하는 정보는 대부분이 골치 아픈 것들이다. 요시노는 아침부터 우울해졌다.

"장의사가 뭐 어쨌다는 거죠? 사실 시체 처리 전문 회사라든가?"

그 골치 아픈 일에 대응해야 하는 카야마는 수첩을 꺼내며 다음 말을 기다렸다.

"이미 알고 계셨군요? 그렇다면 이야기가 빠르네요……."

"……농담이었는데요."

"그럼 특히나 집중해서 들어주세요. 《유한회사 야호사(夜保社)》라는 작은 장례 회사가 있습니다만, 이곳이 수상하니 조사해 달라는 의뢰를 개인적으로 받았거든요……. 하지만 저는 너무 바쁜 몸인지라 이 일은 반드시 카야마 씨가 대신 맡아서 해주셨으면 합니다……."

"그것참 기쁘네요. 저는 지금 《오르간》 조사와 더불어 다른 업무까지 병행 중이라 아무리 생각해도 용량 초과…… 까딱했다간 근로 기준 감독관에 신고당할 판인데 말이죠."

카야마는 웃으며 거절 의사를 내비쳤다. 그는 일하는 데서 즐거움을 느끼는 사람이 아니다. 그저, 일하지 않으면 쿠로바가 무슨 짓을 할지 모르기 때문에 어쩔 수 없이 일하고 있을 뿐이다.

"——자, 그럼 이야기를 계속하죠. 여러분, 《야호사》라는 이름을 들어본 적 있나요?"

"없어요……."

"리리도요……."

"하하, 멋진 직장이네요. 저도 없어요."

별다른 방법이 없다. 즉, 반드시 해야 한다는 뜻이다. 카야마는 그렇게 해석하며 여러 말들을 삼켰다. 방금 요시노의 케이크를 먹지 않았더라면 아마 화를 냈을 것이다.

"그럼 장의사의 구체적인 업무 내용에 더해서는요?"

"대략적인 것밖에는 모릅니다. 초세랑 쿠리 씨도 저랑 비슷할 거예요. 저희는 아직 장의사의 단골이 되기에는 어리니까요."

"그렇네요……. 간단히 설명하자면 장의사는 유족이나 병원, 요양 시설 등으로부터 의뢰를 받아 밤샘 조문 의식, 장례식, 고별식 등의 준비를 진행합니다. 물론 그 밖에도 다른 서비스가 많지만 지금은 생략하죠. 자, 초세 씨."

"앗, 네!"

"방금 언급한 것 이외에 장의사가 반드시 해야 하는 일은 무엇일까요?"

갑자기 질문을 받은 리리는 당황했다. 쿠로바는 다른 사람과 대화할 때, 말을 빙빙 돌리는 것은 물론, 상대방의 이해력과 사고를 시험하는 나쁜 습관이 있다.

그 나쁜 습관에는 이미 익숙해진 카야마와 요시노였으나, 리리는 아직 적응이 덜 된 모양이었다.

"음, 영업이요……? 혹시 돌아가실 날이 얼마 안 남은 가족분이 계신가요? 뭐, 이런 식으로……."

"만약 그런 녀석이 오면 주먹으로 쫓아내겠어."

"죄송해요, 전혀 모르겠어요……."

"뭐, 영업하는 경우도 있긴 하겠죠……. 정답은, 카야마 씨?"

"……**시체의 이송과 안치. 화장장 예약**."

카야마의 답에 조용히 고개를 끄덕이는 쿠로바. 그렇다. 장의사는 **반드시 시체를 다룬다**.

물론, 법적인 절차는 따를 것이다. 하지만 법을 뛰어넘었다면?

거리에 보이는 장의사의 영구차 안에 들어 있는 시체는 정말로 **올바른 시체**일까?

번거로운 일의 뒤처리로 처리되는 중일 가능성은 없을까?

제삼자가 그것을 구분할 방법은 없다. 장의사는 올바름을 대전제로 존재하기 때문이다.

뒤집어 말하면── 그 전제를 무시한다면 어마어마한 일도 가능해진다.

"보스, 《야호사》는 뭘 하는 회사인가요? 냄새만으로는 알 수 없어요."

"그들은 화장장을 수배해서 시체를 처리하고 있습니다. 확증은 없지만—— '시체를 만드는 과정'까지 맡고 있을 가능성도 배제할 수 없어요……."

"윽. 살인청부업자라는 건가요? 말도 안 돼……."

"만약 그게 사실이라면 저희가 아니라 경찰에 알려야 하는 거 아닌가요……?"

"경찰을 쓸 수 없으니 저희 쪽을 찾아온 거겠죠……. 그리고 뭐, 카야마 씨라면 이미 눈치챘겠지만 저희와도 무관하지 않습니다."

살인청부업자가 **존재하지 않다는 증거는 없다**. 그럭저럭 뒷세계와 관련이 있었던 요시노와 탐정으로서 경험을 쌓아온 카야마라면 안다. 그런 사회의 이면이라고 불러야 할 것들은 단지 대놓고 모습을 드러내지 않을 뿐, 분명히 '있다'. 그저, 보통 사람들은 그런 것들과 평생 관련될 일이 없기 때문에 존재하지 않는다고 결론 내릴 뿐이다.

조금씩 이야기의 연결고리가 보이기 시작했다.

"——《오르간》은 나기라의 '뇌 샘플'을 손에 넣으려고 했어. 그 수단으로 양키 군을 사용했지만 실패로 끝났지. 녀석이 아직도 그걸 포기하지 않았다면 **언젠가 반드시 다시 나기라를 노릴 거야**. 자신이 직접 나서는 게 아니라 생명을 다루는 불법 집단을 이용해서."

"별로 생각하고 싶진 않았는데…… 역시 그렇구나. 근데 리츠카는 이제 일반인이잖아. 평범한 주부가 된 애를 왜 노리는 거지? 뭐, 노려지고 있다고 단언할 순 없지만! 진짜 짜증 나, 《오르간》 녀석!! 만나면 주먹으로 갈겨버리겠어!!"

"그때는 저도 도와드릴게요!"

"……처음부터 어느 정도 그쪽과 인연이 있었던 겁니다. 저희가 기웃거리지 않아도 상대가 먼저 다가올 가능성은 있어요……. 하지만 가만히 기다리는 것도 바보 같은 짓이니── 우선 생명을 다루는 불법적인 집단을 하나하나 조사해서 대응해야죠……."

《야호사》가 정말로 불법적인 일을 행하는 장의사 조직이라면, 마찬가지로 불법적인 일을 하려는 《오르간》이 접촉하려 들지도 모른다. 어차피 《오르간》의 조사는 교착 상태에 빠져 있었으므로, 카야마는 방침을 바꾸는 데 굳이 반대하지 않았다. 그러나…….

"하핫. 마치 정의의 편에 선 것 같네요. 순수한 유부녀의 삶을 지키기 위해 어둠 속에서 이런저런 일을 하다니. 도저히 탐정이 할 만한 일이 아니에요. 최악의 경우 제가 살해당할 수도 있지 않을까요?"

만약 그들이 정말 살인을 저지르고 있다면 카야마가 단독으로 조사하고 있다는 사실이 상대방에게 발각되는 순간, 제거당할지도 모른다. 그건 이미 탐정의 영역을 훨씬 넘어섰다.

"뭐, 어때. 리츠카와 사이가와 씨를 위해 죽어."

"요시노 씨, 그러면 레이치 씨가 너무 불쌍해요……."

"미안하지만 아직 죽고 싶진 않아. 제 신변을 보장할 방법은 있나요, 보스?"

"없습니다. 굳이 말하자면, 여러분은 다른 사람과는 다른—— 우반자입니다. 자신만의 고유한 이능력이 있어요. 평범한 탐정 사무소라면 골머리를 앓는 사건도 여러분이라면 해낼 수 있습니다. 저는 그런 사람들을 선택하고, 오늘날까지 키워왔다고 생각하는데요……."

카야마와 요시노, 그리고 리리도 《블레스》를 지니고 있다. 이능력자가 세 명이나 있는 탐정 사무소는 일본 열도를 다 뒤져도 그리 많지는 않을 것이다. 쿠로바가 의도적으로 그런 직원을 모은 이유는 이런 종류의 뒷세계 관련 사건을 처리하기 위해서였던 모양이다. 카야마가 조용히 고개를 끄덕였다.

"한시라도 빨리 여기서 벗어나고 싶네요. 직원의 생명을 가볍게 여기지 마세요. 뭐, 그건 차차 급여에 반응해 주시기로 하고, 《야호사》에 대한 다른 정보는요? 회사 소재지 같은 것들을 알려주시면 움직이기 수월할 것 같은데요."

"갑자기 의욕이 넘치네. 무슨 일이야?"

"당연히 사이가와랑 나기라를 위해서지. 그리고 양키 군이랑 하구사도 있고."

"……그래?"

요시노는 카야마의 말이 거짓말이 아니라 진실임을 냄새로 알아차렸다.

"아, 유감스럽게도 《야호사》에 대한 정보는 전혀 없습니다. 존재한다는 것만 알려져 있을 뿐……. 고객을 철저히 가려서 받는 것 같더군요. 회사가 어디에 있는지, 대표가 누군지, 애초에 어떻게 접촉해야 의뢰할 수 있는지 전부 다 미궁에 빠져 있습니다……. 그러니 카야마 씨는 제로베이스부터 시작하셔야 합니다."

"……초세, 이 근처에서 제일 유명한 정신건강의학과가 어디지?"

"가, 같이 힘내 봐요! 저도 도와드릴 테니까요!"

"나도 도와줄게. 기합 넣고 열심히 해, 정의의 탐정님."

"하하하. 그럼 다들 서포트 잘 부탁해, 정의의 사무원님들."

행복한 부부의 생활을 뒤에서 지키는 건 쉽지 않다. 카야마는 자조적으로 웃었지만—— 그 얼굴에 비친 어딘지 충만한 기색을, 다른 세 명은 놓치지 않았다.

《(주)반다 제조 단합 여행기 ~광란의 술자리편~》

“대단해~!! 엄청 넓어!!”

“오오, 그러게. 진짜 최고로 좋은 객실이잖아?”

저녁 식사 전까지는 자유 시간이라서, 우선 각자 배정받은 방으로 향해 짐을 풀기로 했다. 리츠카가 버스 안에서 진행된 레크리에이션에서 우승한 덕분에 우리 부부는 세이쇼칸에서 가장 좋은 방에 묵을 수 있게 되었는데—— 이게 진짜 장난 아니었다.

우선, 방에 깔린 다다미가 도대체 몇 장인지 감도 안 잡힐 정도로 넓었다. 방도 여러 구역으로 나뉘어 있어서, 둘이 묵기엔 확실히 충분하다 못해 넘쳐날 정도였다.

“여기 놓여 있는 만주, 전부 무제한으로 먹을 수 있대!”

“대피 경로도 잘 표시해 놨네. 꼼꼼하게 확인해 두자.”

“TV 완전 크다! 우리 집 TV보다 몇 배 크려나?!”

“비상등도 방마다 다 있어.”

“냉장고 안 음료수도 무료인가 봐! 주스도 있고 술도 있어!”

“소화기랑 화재경보기도 방 안에 있구나. 뭐, 그만큼 넓으니까.”

“어메니티도 빵빵! 화장실도 반짝반짝!”

"비상용 사다리도——있네. 훌륭해."

"로우 군은 아까부터 대체 뭘 보고 있는 거야?"

"응?"

리츠카가 싸늘하게 식은 눈빛으로 나를 흘겨보고 있었다. 기분이 살짝 상했는지, 볼이 부풀어 있는데 그게 또 귀엽다. 나는 하하하, 하고 일부러 웃어 보였다.

"아니, 방재 설비가 대단한 것 같아서. 보통 객실은 이렇게까지 안 해놓잖아?"

"로우 군은…… 참 특이해. 새삼스럽긴 하지만."

"여행지에서 그런 얘기는 굳이 안 해도 되지 않을까?"

"보통 이런 때는 방의 퀄리티나 서비스에 감동하는 게 정상이라고!"

"아니, 나도 감동은 하고 있는데……."

오랜만인 것 같다…… 보통은 안 그렇다는 말을 들은 건.

요즘은 제법 평범한 일반인처럼 잘 지내고 있다고 생각했는데, 꼭 그렇지도 않은 모양이다.

그래도 궁금하지 않아? 처음 들어온 방이라면 대피 경로나 방재 설비가 갖춰져 있는지부터 확인해 봐야 하잖아. 인생이란 언제 어디서 무슨 일이 생길지 모르니까. 응? 나만 그래?

"방재 같은 건 나중에 보거나, 애초에 신경도 안 쓰거든!"

"그건 좀 위험한 생각 같은데……."

"지금 당장 제대로 리액션 안 하면 저녁 먹을 때까지 말 안 섞을 거야!"

"그건 곤란해……. 외롭잖아."

아직 몇 시간이나 남은 저녁 식사 시간까지 리츠카와 아무런 말도 못 하면 즐거움이 반감될 터였다. 나는 필사적으로 방 안을 둘러보다가 고풍스러운 디자인의 탁자 위에 세이쇼칸 시설 안내가 적힌 매뉴얼을 발견하고는 곧장 펼쳐 보았다. 원하는 정보는 오직 하나.

"리츠카! 여기 와이파이 있어, 와이파이! 바로 연결하자!! 지금 비밀번호 불러줄게!!"

"……흠. 뭐, 됐어. 합격!"

"좋았어!!"

그렇게 해서 와이파이도 연결해 두었다. 최고급 객실이라서 그런지 와이파이 품질(?)도 좋았다. 이런 종류의 여관은 신호가 약할 거라는 선입견이 있었는데, 의외로 속도가 빨랐다.

그때, 리츠카가 방 한쪽에 있는 문을 열고는 크게 소리쳤다.

"로우 군, 빨리 와 봐!"

"왜 그래? 벌레라도 나왔어?"

"그게 아니야! 이것 좀 봐! 노천탕이 있어!"

"뭐? 우와, 진짜네! 대박!"

방과 이어진 발코니 공간에 전용 노천탕이 딸려 있었다.

당연히 이용할 수 있는 건 이 객실의 투숙객뿐. 뭐지, 여기? 꿈의 숙소인가?

"둘이 마음껏 즐기자, 리츠카!!"

나는 리츠카를 꼬셨다. 요즘 같은 시대에 부부가 함께 들어갈 수 있는 혼욕탕 같은 건 거의 남아 있지 않은데, 설마 여행지에서 아내와 목욕할 수 있을 줄이야. 내 심장은 폭발 직전이었다. 방재 기기 같은 건 솔직히 지금 안중에도 없었다. 여행의 묘미는 아내랑 함께하는 혼욕이지. 휘이이이♪ (마음속 휘파람)

"으음…… 그래도 처음에는 공중목욕탕에 가보고 싶어. 여긴 내일 아침에 들어가자."

"아, 그래……? 알겠어."

시큰둥해……!! 뭐, 그래도 같이 들어가 주긴 할 것 같으니 됐다.

리츠카는 이어서 스마트폰을 들고 방 이곳저곳을 찍기 시작했다.

"냥키치 소식도 물어볼 겸, 아키 씨에게 보내줄 거야!"

"잘 지내려나, 그 녀석. 이바랑 싸우고 있지 않으면 좋겠는데."

"착한 아이니까 괜찮을 거야~. 아, 사진이랑 같이 답장이 왔어! 자, 봐봐!"

"리츠카가 내게 스마트폰을 브여줬다. 화면 속에는 이바의 얼굴에 꼭 달라붙은 냥키치가 찍혀 있었다. 괴롭힘당하고 있구나── 나는 그렇게 생각했으나…….

"아무래도 냥키치가 이바의 요타로 씨한테 달라붙어서 떨어지질 않는다나 봐!"

"뭐……? 하구사 씨가 아니라 이바한테 붙었다고?"

"응. 냥키치도 여자아이니까~. 남자 쪽이 더 좋은 거 아닐까?"

"뭐…… 잘 지내고 있다면 다행이긴 한데."

뜻밖의 전개였다. 설마 이바를 따를 줄이야. 도대체 어떻게 한 거지……?

뭐, 그래도 외롭다거나 스트레스를 받아서 이상해졌다는 얘기를 들었다면 우리도 마음 편히 즐기지 못했을 테니, 그 점은 정말 다행이라 할 수 있었다. 이바의 선물을 조금 더 챙겨둬야겠다.

"자, 로우 군. 여기서 문제! 여관에 도착한 다음에 해야 할 일은?"

"응? 방재 관련 확인은 벌써 끝났고……. 아, 금고 확인인가?!"

"왜 확인밖에 없는 거야……. 정답은 탐험! 여관 안을 둘러보자!"

"그렇구나. 확실히 자기가 어떤 환경에 있는지 파악하는 건 중요해."

안내도만으로는 알 수 없는 것도 많고——라고 덧붙이려 했으나, 리츠카의 분노 게이지가 움직이려는 기미가 느껴졌기에 얼른 입을 다물었다. 아슬아슬했다.

"자, 가자. 빨리 안 나오면 두고 간다?"

"자, 잠깐만! 동전 지갑은 챙겨 가야지!!"

그렇게 해서 우리는 일단 방을 나와 청소관 안을 탐험해 보기로 했다.

이런 사소한 걸로도 두근거리는 게 여행의 즐거움이다.

즐길 줄 아는 재능은 확실히 나보다 리츠카가 훨씬 뛰어나다는 걸 새삼 절감했다.

"그러고 보니 로우 군, 여기 여주인하고 아는 사이야?"

"아, 말 안 했나? 그 사람은 원래 시지마 소속이었어. 의료국의 수장이었고 우리 부상 치료도 맡았지. 설마 여관의 여주인이 되어 있을 줄이야."

"그렇구나~. 어떤 사람이야?"

"……괴짜."

곰곰이 생각해 보니, 《시지마 기관》 쪽 사람들 역시 우리 회사 못지않게 괴짜들이 모여 있었다. 특히 히소 씨는 확실히 정상 범주에는 속하지 않는 사람이었다. 그 정도로 친하진 않았지만.

"시지마에는 그런 사람밖에 없어?"

"응……. 아, 그럼 히토미 주임이 이번 여행에 온 것도 그것 때문이겠네. 옛 동료를 만나러 왔다고 생각하면, 애초에 이번 여행 자체에 뭔가 계략이 있었던 것 같아."

"흔히 말하는 '연줄'을 썼구나!"

"그렇지."

상식적으로는 이 정도 급의 여관을 저렴하게 이용할 수 있을 리가 없다. 그렇다면 레크리에이션 담당인 부장님이 지인인 히소 씨와 교섭해서, 싸게 묵을 수 있도록 주선했을 가능성이 크다. 그 과정에서, 평소에는 이런 행사에 얼굴을 비추지 않던 히토미 주임도 따라온 거고. 주임이 '너도 곧 알게 될 거다'라고 한 말의 의미를 이제야 이해할 수 있었다.

(마치 기관의 동문회 같네.)

"앗, 저기 봐, 로우 군! 게임 코너가 있어!"

"어느 여관에 가든 게임 코너는 빠지질 않네. 어디 한 번 둘러볼까?"

리츠카가 손가락으로 가리킨 곳을 보니, 이런 여관 특유의 한적한 게임 코너가 있었다.

비치된 게임기는 거의 교체된 적이 없는 탓에 세월이 느껴졌으며, 모든 게임기의 도색이 나 벗겨지거나 액정이 망가져 있었다. 만약 이게 게임센터였다면 '관리할 생각은 있는 거야?'라고 투덜거렸을 테지만, 여관에서는 '뭘 좀 아네' 소리가 나오는 게 미스터리다.

물론, 우리 부부가 이 유혹을 뿌리칠 리가 없기에, 곧바로 게임 코너로 직행했다.

"슈팅 게임 방아쇠가 헐렁헐렁해……."

"이것 좀 봐! 이 두더지 잡기, 하도 두들겨 맞아서 절반쯤 색이 변했어!"

"진짜 있다카이!! 전설의 파친코 슬롯머신, 하네스로 리락●마가!! 잘 모르는 놈들은 그게 진짜 있냐꼬 의심하겠지만도, 하네스로 리락●마는 진짜로 있다꼬!! 근데 와 이런 여관에 있는 기가, 리락●마!! 자나?! 인나바라, 리락●마!!"

필요 이상으로 이름을 외치고 있는데?

왜 여기 있는 거지——라는 생각이 들었으나, 같은 숙박객이고 무엇보다 형님이 가장 좋아할 만한 공간이라는 점에서 게임 코너에 있는 건 당연하다 싶었다.

"오빠…… 이런 데 와서도 슬롯을 돌리는 거야?"

"일은 어떡하시려고요. 방에 돌아가서 일하세요."

"하고 있다! 사키가 30분 쉬어도 된다 카길래 온 거다. 그라고 여관에 와가 제일 먼저 해야 하는 거는…… 역시 탐험 아이가!!"

"하여간, 애도 아니고……."

(이 남매는 완전히 똑같은 말을 하는구나…….)

때때로 이 둘이 남매라는 게 실감이 날 때가 있다. 외모는 전혀 닮지 않았으나, 역시 피는 속일 수 없는 법이다. 뭐, 좀 미소가 지어지는 일이긴 하다.

"모처럼인데 한 판 해보까? 미리 세팅해 놓은 것 같은 느낌이…… 어?"

"왜 그러세요?"

"돈 안 가져왔어? 안 빌려줄 거야."

"진짜 있다카이!! 전설의 파친코 슬롯머신, 파친코 슬롯 매미가!! 잘 모르는 놈들은 그게 진짜 있냐꼬 의심하겠지만도, 파친코 슬롯 매미는 진짜로 있다꼬!! 매미가 맴맴 울모 터지는, 단순무식한 게임 방식!! 배당 억수로 빡센 그 매미 슬롯이!!"

개그 소재로 쓰지 마. 슬롯머신 지식 뽐내는 건 이제 그만해.

형님은 어느 슬롯을 고를지 고민에 빠진 듯했다. 우리는 잘 모르는 꽤 희귀한 기계가 있는 모양이다. 이 여관만의 특별함이라고 생각하자.

더 이상 엮이고 싶지 않았던 나와 리츠카는 형님에게서

떨어졌다.

"진짜 있다카이!! 노 게임 노 라이프 THE SLOT이!! 머…… 이건 아직 찾아보모 전국에 남아 있는 기계가 꽤 있긴 해(※2025년 5월 기준)……. 아이, 진짜 이 시대 슬롯은 우째 할 수가 없다카이……. 우째 할 수가 없어…… 시대가 말이다. 하여간에……. 판권 하나는 끝내주네……. 카미야 선생님, 노겜노라 신작 슬롯 계획은 없는 기가?"

(저 사람, 혼자서 또 뭔가 중얼거리고 있어…….)

"응……? 사이가와 군이랑 아내분이잖아? 두 사람도 게임 코너 구경하러 왔어……?"

"아, 시데 씨도 이런 데 관심이 있으시다니, 의외네요."

"게임을 좋아하시나요?"

아침보다 훨씬 피곤한 얼굴을 한 시데 씨가 게임 코너에 나타났다.

당연히 방에서 쉬고 있을 줄 알았는데, 의외로 활동적이다.

"응, 뭐……. 게임은 좋아해…… 특히 저거."

시데 씨가 아케이드 게임 기계를 가리켰다.

"여기에는 전격문고 FIGHTING CLIMAX가 있거든…….

인기 라이트노벨 레이블인 전격문고의 명작 중 엄선된 주인공과 히로인이 싸우는 2D 대전 격투 게임이지. 설마 업그레이드판인 전격문고 FIGHTING CLIMAX IGNITION이 아니라, FIGHTING CLIMAX가 있을 줄이야…….”

“뭐 오늘 다들 말 맞추기로 짜고 왔어요?”

“로우 군, 전격문고*가 뭐야?”

“나도 몰라. 모르겠는데 뭔가 마음이 요동치는 느낌의 이름이라서 다른 사람 앞에서는 말 안 하는 게 좋을 것 같아.”

“그렇구나~.”

확증은 없으나, 아마 그럴 거라고 생각했다. 격투 게임은 스트리트 파이터 정도밖에 모르는데, 그런 ‘전격 뭐시기’라는 타이틀도 실제로 존재하는구나.

“그럼 난 여기서 즐기고 있을게…… 멜티 블러드나 하면서.”

“정작 전격 뭐시기는 안 하시는 거예요?!”

의외로 게이머다운 면모를 지닌 시데 씨였다.

*

“안녕하세요. 사이가와 선배랑 리츠카 씨는 여관 안을 둘러보시는 중인가요?”

---

*본작의 원작사 레이블.

나와 로우 군의 여관 탐험은 계속되었다. 방금 말을 건 사람은 오오타카 군이었는데, 그 뒤로 탁탁탁 소리가 들렸다. 이 소리는…….

“오오타카 군, 혹시 탁구하는 거야?”

“기운이 넘치는구나, 너는.”

“네, 뭐. 치고는 있는데 전 안 쳐요. 이길 수가 없거든요.”

““이길 수가 없다고?””

“정말! 아빠, 너무 세잖아! 조금만 봐줘!!”

이번에는 라켓을 꽉 쥔 미사고 씨가 나타났다.

“이미 봐주고 있다만?”

“열 받아!! 앗, 리츠카 씨, 사이가와 씨. 산책 중이신가요?”

“저기, 라이트 노벨에 나올 법한 아저씨가 무쌍을 찍고 있어서 너무 힘들어요. 왜 저 정도 연배의 아저씨들은 대체로 탁구를 잘 치는 거죠? 아, 선배 중에 전 탁구부 출신 없나요? 저 아저씨 좀 무찔러줬으면 좋겠는데.”

“무슨 마물이냐…….”

아무래도 부장님은 탁구를 매우 잘 치는 모양이다. 나와 로우 군이 탁구장 안을 들여다보니, 거기에는 부장님뿐만 아니라 치우네 주임님과 ‘그 아이’도 있었다.

“선배! 탁구 치러 오신 거예요?”

“아니, 리츠카랑 여관을 둘러보는 중이야.”

“호오, 불쌍한 도전자가 나타난 줄 알았는데, 내 생각이 빗나갔군.”

“그런 표정 짓지 마. 제일 약하면서.”

오오타카 군이 치우네 주임님을 비웃었다. 탁구는 그렇게 잘하지 못하는 모양이다.

“시끄러워! 내 페어인 부장이 강하니까 나도 강한 거나 마찬가지야!”

“기생충인가…….”

“잠깐, 로우 군. 말 좀 가려서 해…….”

그래도 우쭐대는 치우네 주임님은 아이 같으면서 꽤 귀엽다.

부장님은 아무 말 없이 로우 군에게 라켓을 던졌다.

로우 군은 재빠르게 받으면서도 곤란한 표정을 지었다.

“앗. 뭔가요, 부장님? 라켓은 던지는 무기가 아니라고요?”

“가볍게 상대해 줄게. 덤벼.”

“진짜요? 저, 탁구는 거의 해본 적 없는데…….”

로우 군은 운동 신경이 뛰어난 편이지만 운동 경험 자체는 많지 않다.

뭐, 우리는 청춘 시절에 동아리 같은 걸 해본 적이 없으니 어쩔 수 없다.

그렇다고는 해도 사랑하는 사람이 운동하는 모습은 언제나 보고 싶은 법이다.

“괜찮아요, 선배! 후배에게 멋진 모습을 보여주세요~!”

"……."

나는 그 아이를 뚫어져라 바라봤다. 그 아이는 시선을 살짝 피했다.

"하하하. 그럼 한 번만 해보지, 뭐."

"제가 심판을 맡을게요. 파이팅하세요, 선배!"

"말해두는데, 저 진짜 초보니까 배려 좀 해주세요!"

그렇게 말하며 로우 군은 탁구공을 토스한 뒤, 라켓으로 가볍게 쳤다. 탁탁 소리와 함께 탁구공이 튀어 오르더니 부장님 쪽 코트로 향했다. 부장님이 라켓을 크게 휘두르자――.

부우우웅!!

――하는 소리와 함께 탁구공이 사라져 버렸다.

"진짜 아무것도 안 보인다니까……. 아저씨 선취점!"

"……부장님, 제 말 안 들으셨어요?"

"탁구할 때 내가 주로 쓰는 손은――."

부장님은 살랑살랑 왼손을 흔들었다. 라켓은 오른손으로 잡고 있었다.

"――**왼손이다**."

"무슨 스포츠 만화에 나오는 강적이냐고……."

중얼거리면서 태클을 거는 로우 군. 주로 쓰는 손이 아닌데도 저 정도로 강하다니, 부장님은 전 탁구 선수 출신인 걸까. 저런 말도 안 되는 스매시는 일반 사람의 눈에는 보이지 않을 것이다.

"후하하하! 어떠냐, 부장의 실력이?! 무릎 꿇고 항복한다면 용서해 주겠다!!"

"치우네는 그냥 보고만 있었잖아."

"사이가와. 무릎 꿇고 사죄하라곤 안 하겠지만, '졌습니다'라고 한마디 하면 항복을 인정해 주겠다."

"아니, 이제 한 번 했잖아요. 확실히 받아칠 수 없는 공이에요. 하지만――."

로우 군이 라켓을 잡지 않은 손을 펼쳤다. 마치 일부러 부장님에게 보여주듯이.

"――공 자체는 제 눈에도 보인다고요."

손바닥 안에는 사라진 것처럼 보였던 탁구공이 쥐어져 있었다. 뭐, 나도 눈으로 공을 좇을 수 있었으나, 로우 군은 치지 않고 잡아버린 모양이다.

"무슨 블리치 같네."

"아빠의 '사라지는 스매시'를 포착할 줄이야……! 사이가와 씨, 정체가 뭐야……?!"

"끄으윽, 꽤 하는군……! 얕보일 순 없지! 사이가와 군에게 격의 차이를 보여줘라!"

"배우자분, 저만 이 분위기를 못 따라가고 있나요……?"

"응."

"소외감 드네요……."

시지마 기관 출신인 부장님은 엄청난 실력자인 것 같았다.

그 딸인 미사고 씨와 사위인 오오타카 군이 그 사실을 알고 있는지는 모르겠지만, 적어도 이곳에서는 이 아이가 제일 평범한 사람이니 어쩔 수 없다.

로우 군이 또 서브했다. 부장님이 다시 준비 자세를 취한 그때——.

"?!"

——탁구장에서 로우 군의 모습이 사라졌다.

"방금 건 '사라지는 스매시'가 아니다——."

목을 살짝 꺾으며 부장님이 말했다. 마찰 때문인지, 라켓에서는 연기가 올라오고 있었다.

"——상대를 **지우는** 스매시…… '지우개 스매시'다."

"촌스러워."

솔직한 감상을 말하며, 오오타카 군이 점수표를 휙 넘겼다.

너무나도 강력한 탁구공이 로우 군의 몸에 직격한 탓에, 로우 군은 그대로 탁구장 밖으로 날아갔으나…… 나 말고는 아무도 보지 못한 것 같았다.

로우 군은 곧바로 아무 말 없이 자리로 돌아왔다. 다치

진 않은 것 같다. 역시는 역시다.

"……리츠카."

"뭐, 뭔데?"

"안경 좀 부탁할게."

말 한마디 없이, 로우 군은 패션 안경을 내게 건넸다. 저 눈빛은 진심이다.

전투 전, 상대를 어떻게 제압할지 고민하는 《날개 사냥꾼》의 눈빛…….

"부장님! 저는 탁구 규칙을 잘 몰라서요. 제 방식대로 해도 되나요?"

"잔챙이 주제에 쫑알거리지 말고 덤비기나 해."

"알겠습니다."

로우 군은 탁구공을 높게 토스한 뒤, 테니스 서브처럼 힘껏 내리쳤다. 탁구대에 공을 맞히는 것이 아니라, 부장님의 몸 자체를 노리고 있다.

그 뒤로는 서로를 어떻게 날려버릴지 고민하는, 탁구로 위장한 전투가 펼쳐졌고, 오오타카 군은 심판을 포기했다…….

"——저기, 배우자분. 저랑 한 판 하실래요?"

"뭐? 갑자기 왜?"

"그냥 보기만 하는 것도 따분하지 않아요? 게다가 저 두 사람이 하는 건 더 이상 탁구라고 부를 수도 없기도 하고요."

"그건 그렇긴 한데……."

그 아이로부터 탁구 시합 제안을 받은 나는 조금 움츠러들었다. 탁구 같은 건 해본 적이 없기 때문이다. 로우 군과 부장님처럼 탁구공과 라켓을 써서 상대를 날려버리는 거라면 할 수 있으나, 일반적인 탁구는 자신이 없다…….

내 소극적인 태도를 알아챘는지, 그 아이는 씩 웃었다.

"그럼 내기하실래요? 이기는 사람이 지는 사람에게 돈이 아닌, 다른 걸 받기로."

"잠깐…… 혼자 결정하지 마! 아직 한다고도 안 했잖아!"

"도망치시는 건가요? 뭐, 마음대로 하세요~. 선배는 저렇게 멋지게 싸우고 있는데, 배우자분은 한심하네요. 나중에 선배가 알면 실망하지 않을까요~?"

뭐, 뭔데, 얘……! 도발에 익숙하잖아……?

로우 군은 그런 걸로 실망할 사람이 아니지만, 그래도 로우 군이 안 볼 때 내가 싸움에서 도망친다면 아내로서, 부인으로서, 배우자로서 실격이야……!!

"덤벼! 후회해도 난 모른다?!"

"그럼 결정이네요. 제가 만약 이기면, 선배의 그 가짜 안경을 주세요."

"뭐?! 아니, 이건 로우 군이 아끼는 건데……. 그리고 난 너한테 받고 싶은 것도 없거든?!"

"배우자분이 이기면 제 브래지어를 드릴게요. 별 의미는

없겠지만요, 하하하."

"……."

…………………………………………………………….

"아, 그럼 제가 심판을 맡을게요. 근데 분위기가 왜 이렇게 됐죠……?"

"이코마도 평소에도 멀쩡한데 말이지. 아무래도 사이가와 부부는 폭풍을 부르는 타입인가 봐."

"그래, 가랏! 사이가와 군을 다진 고기로 만들어 버렷!!"

*

땀에 흠뻑 젖은 우리는 저녁 식사 전에 먼저 목욕하기로 했다.

방에 딸린 노천탕은 나중으로 미뤄두고, 로우 군과 함께 공중목욕탕 앞으로 향했다.

"그럼, 나중에 만나!"

"응. 아마 내가 먼저 나올 것 같으니까, 저기 있는 휴식 공간에서 기다리고 있을게."

각자 남탕과 여탕의 문을 지나 안으로 들어갔다. 목욕 시간은 기본적으로 내가 좀 더 오래 걸리는 편이므로, 보통 로우 군이 날 기다린다. 뭐, 그렇다고 서로 급하게 끝내거나 재촉하는 일은 없지만.

탈의실에서 옷을 벗고, 목욕 세트와 수건을 챙겨 문을 열었다.

"우와…… 넓다. 아무도 없네."

몇 가지 종류의 탕과 사우나, 그리고 유리 너머로는 노천탕도 보였다. 무엇보다 시간대가 좋았던 건지, 지금은 나 혼자만 있는 것 같았다.

혼자서 이렇게 큰 목욕탕을 쓰다니, 괜히 마음이 송구스러웠지만 그래도 완전 득 본 기분이 들었다. 발장구쳐도 뭐라고 할 사람도 없고.

"우와, 넓다. 앗, 배우자분. 여기서 뜨 뵙네요."

"……전세 냈다고 좋아하고 있었는데."

탕 안을 둘러보고 있자니 뒤쪽 문이 열리며 그 아이가 들어왔다.

"그렇게 싫은 얼굴 하지 마세요. 서로 땀 흘렸으니 목욕 시간이 겹치는 건 당연하잖아요? 멍하니 서 있다가는 감기 걸릴걸요?"

"나, 나도 알아! 그냥 어떤 탕이 있는지 보고 있었을 뿐이야!"

"아, 그러세요~?"

그렇게 해서, 우리는 어째서인지 나란히 앉아 몸을 씻게 되었다.

"아까 탁구 대결 말인데요——."

"……."

"——무승부로 끝날 줄은 몰랐어요."

"우리 둘 다 너무 못해서 애초에 게임이 성립도 안 됐잖아!"

탁구는 힘 조절이 까다롭다. 그냥 라켓으로 탁구공을 세게 치기만 하면 되는 게 아니라, 적당히 튕겨서 상대 코트로 잘 넘겨야 한다.

……근데 그걸 나도 이 아이도 전혀 못 해내서 심판인 미사고랑 구경하던 오오타카 군은 마지막에 '이건 무승부다'라는 판정을 내렸다.

덕분에 로우 군의 패션 안경은 무사했고, 내가 브래지어를 받는 일도 일어나지 않았다.

"그래도 조금은 할 수 있을 줄 알았는데. 전 남친한테 배운 적도 있고요."

"흐음…… 전 남친이라……."

낯선 울림이었다. 아니, 단어 자체는 알고 있지만 나는 로우 군 말고는 누구와도 사귄 적이 없으므로 앞으로도 평생 쓸 일이 없는 단어일 것이다. 그래야만 하고.

"금방 헤어지긴 했어요. 재미없는 사람이었거든요~. 얼굴도 잘생겼고, 머리도 좋고, 좋은 회사에 합격까지 했고, 무엇보다 저를 엄청 좋아했어요. 흠잡을 데라곤 하나도 없었죠."

"……좋은 사람 아니야……? 앗, 아니! 그런 거 안 궁금해!"

"그냥 혼잣말한 거예요. 아, 샴푸랑 트리트먼트 좀 빌려도 될까요? 원래 이런 여관에 비치된 거 쓰면 머리카락 다 상하잖아요."

내가 허락도 하기 전에, 그 아이는 벌써 내 목욕 세트에 있던 샴푸랑 그 외 것들을 챙겨갔다. 그러고는 가만히 그 브랜드를 들여다봤다.

"이거, 배우자분이 평소에 집에서 쓰는 건가요?"

"……맞아. 이번에 가져온 건 여행용 버전이지만."

"아하, 그럼 선배가 좋아하는 향이라는 거네요? 저도 내일부터 이걸 써야겠어요."

"있잖아, 좀 더 숨기려고 노력하는 게 어때?"

이미 대담하다는 차원을 넘어섰다.

너무나도 직설적이었기에 오히려 내가 조금 밀리는 기분이 들 정도였다.

"당사자에게는 비밀로 하고 있어요. 하지만 여기에는 저희밖에 없잖아요? 그럼 숨기는 의미가 없지 않나요? 애초에 배우자분은 제가 선배를 좋아한다는 걸 이미 눈치채고 계시고요."

"……당당해도 너무 당당해. 내가 정말로 화내려면 어쩔 셈이야?"

"화내시진 않을걸요. 저는 적조차 되지 않으니까요. 왜냐하면 선배는 절 전혀 안 보거든요. 선배는 배우자분만 보고 있고, 배우자분 생각만 하고 있어요. 혹시나 한 번 정도는 기회가 있지 않을까 했지만, 뭐…… 없겠죠. 그도 그럴 게, 선배는 보통 사람이 아니잖아요?"

"……로우 군은……."

뭔가 알고 있어서 하는 말이 아닌, **본능적으로 느낀** 끝에 결론 내린 로우 군에 대한 평가라는 느낌이 들었다. 도저히 숨길 수 없는 로우 군의 조금은 특별한 면모. 평범한 사람은 갖지 못하는 능력이 어쩌다 슬쩍 드러나면, 거기에 이끌리는 사람도 생겨난다. 이 아이도…… 아마 그런 거겠지.

"보통 사람이 아니니까, 배우자분처럼 더더욱 보통이 아닌 사람만이 선배와 어울리는 거예요. 만약 제가 선배와 사귄다면 저는 평생 선배를 좋아할 수 있지만…… 분명 선배 쪽이 먼저 저한테 질리겠죠. 그리고 결국엔 버려질 거예요."

"……나, 보통 사람이거든!!"

"또 그러신다~. 그렇게 예쁜 은발의 소유자가 보통 사람일 리가 있나요~."

"머리카락은 상관없어! 그리고 멋대로 로우 군이랑 사귀는 상상하지 말아 줄래?!"

"싫어요~. 자기 전에 매일 선배 상상을 한단 말이에요~.

제 뇌는 자유랍니다~."

"으으윽……."

로우 군 생각을 하지 말라고는 할 수 없는 노릇이었다. 나도 꽤 여러모로 로우 군에 대해 상상하니까 그건 피차일반이라고 치자.

"작년에 선배랑 둘이 점심을 먹으러 간 적이 있거든요. 그때 날치기범이 절 밀었는데, 순간적으로 선배가 절 안아서 받아줬어요."

"……그래서?"

뭐, 그 장면은 내가 멀리서 똑똑히 봤으므로 이미 아는 얘기다.

게다가 그 일 때문에 부부싸움까지 했고. 괜히 분하니까 이 이상은 말하지 말자.

"지금이라서 솔직히 말하는 건데요——."

"응."

"——**젖었어요**. 진짜로."

"이, 이상한 소리 하지 마!! 갑자기 뭔데?!"

"히히히."

작위적인 웃음소리를 내며, 그 아이는 먼저 탕 쪽으로 걸어가 버렸다.

저, 젖었다니, 그날은 맑았잖아. 그럼 젖었다는 건…… 뭐야, 진짜!

속으로 복잡한 기분을 느끼며, 나도 몸과 머리카락을 다 씻고 탕으로 향했다.

"배우자분——."

"……이번엔 또 뭔데?"

물이 너무 뜨겁진 않을까 걱정돼서 발끝으로 슬쩍슬쩍 물 위를 건드리고 있던 나에게 그 애가 다시 말을 걸어왔다.

"——몸이 지나치게 예쁜 거 아니에요? 피부도 하얀 데다가 매끈매끈해요. 귀여운 멍도 있고요. 군살 하나 없이 전체적으로 탄탄한 걸 보면…… 사실 운동선수 출신이었다든가?"

"아니거든. 그리고 뚫어지게 보지 마!"

"선배가 홀딱 빠지는 것도 당연하네요~."

"홀딱 빠지긴…… 했을지도."

로우 군은 내 모든 걸 사랑해 준다. 몸도 마음도 전부 다. 그러니 '홀딱 빠진 건 아니다'라며 부정할 수는 없었다.

"좋겠다~. 저도 언젠가는 그런 말을 해보고 싶어요~."

한탄하듯 말하며, 그 애는 몸을 살짝 뒤로 젖혔다.

나는 탕 속에서, 사실 계속 신경 쓰였던 걸 슬쩍 훔쳐봤다.

떠 있다. 두 개가 둥둥. 마치 유자탕 속의 유자처럼…….

"어딜 보고 계신 거예요?"

"아, 아, 안 봤어!"

"어차피 둘 다 여자인데 뭐 어때요. 그리고 손해 보는 쪽이 훨씬 많아요. 남자들 시선은 쏟아지지, 무거워서 어깨는 결리지, 여자들은 질투하지. 뭐, 쓸 때도 있긴 하지만요."

굳이 더 모아서 나한테 보여주고 있다. 으으으윽…….

"쓸 때라니……."

"그건 그렇고, 선배는 솔직히 어디 페티시예요? 제 가슴은 전혀 안 보는 것 같으니 아마 가슴은 아닌 것 같은데. 그러면 이 애매한 지방은 진심 필요도 없고 쓸모도 없어요."

"알려줄 리가 없잖아!"

"뭐, 어때요. 줄어드는 것도 아니고. 아무한테도 말 안 할게요. 네?"

"안! 알! 려! 줘!"

"쩨쩨하게 구시네요. 저는 시선에 꽤 민감한 타입이니까 선배 시선이 잘 안 닿는 부위가 아닐까요? 등 쪽…… 목덜미나 엉덩이, 아니면 허벅지 뒤라든가?"

"으으, 정말! 나도 몰라! 정 궁금하면 로우 군한테 직접 물어봐!"

"이런 걸 어떻게 물어봐요. 저, 나름대로 청순파 후배 콘셉트를 밀고 있단 말이에요."

"순 거짓말쟁이!"

"좋아하는 사람이랑 사귈 수만 있다면 어떤 거짓말이든 못 하겠어요?"

내가 아는 사람 중에서도, 아마 이 아이가 가장 '여자'다운 아이일 것이다.

그래서 어떤 의미에서는 아주 곧고, 꺾이지 않는다. 자신이 '**원하는 것**'에서 도망치지 않는다.

만약 나보다 이 아이가 로우 군과 먼저 만났더라면…… 상상도 하기 싫다.

"배우자분~. 노천탕 쪽에 가보지 않을래요?"

"싫어. 혼자 가."

"에이, 그렇게 말하지 마시고. 자, 가요!"

"잠깐…… 팔 잡아당기지 마!"

나는 억지로 노천탕으로 끌려갔다. 내가 나이가 더 많은데!

"으앗, 추워라! 얼른 들어가요! 그리고 빨리 나가요!"

"그럼 도대체 왜 온 거야……."

뭐, 엄청 춥긴 했으므로 나도 바로 물속으로 들어갔다.

그리고 동시에 둘 다 크게 숨을 내쉬었다. 얼굴은 시린데 목 아래는 따뜻하다.

노천탕은 다른 탕에는 없는 매력이 있단 말이지…….

"저의 가장 큰 오산은——."

"아직도 할 말이 남았어?"

"——배우자분이 **좋은 사람**이었다는 거예요."

멀리 허공을 바라보며, 그 말만큼은 결코 나를 보지 않고 흘려보냈다.

좋은 사람이라고? 내가? 어디가? 그렇게 묻고 싶었으나 입을 다물었다.

"집에 가서 맛있는 저녁을 얻어먹고, 여행 와서 이런저런 얘기를 나눠보고…… 선배랑 비슷한 정도로, '아, 이 사람은 참 멋진 사람이구나 하고, 알아버렸거든요."

"……."

"왜 더 불쾌한 사람이 아니었던 거죠? 남자 앞에서 가면을 쓰고 몸으로 환심을 사려 드는 비겁한 여자, 사랑받기 위해 발버둥 치는 어리석은 여자였다면――."

"……."

"――그러니까 나 같은 여자였다면 절대로 지지 않았을 텐데."

곤란하다는 듯이, 그 아이는 웃고 있었다. 아니, 웃을 수밖에 없었던 거겠지.

이 아이가 지금 무슨 기분인지, 그런 건 모른다. 나랑은 상관없는 일이다.

내가 아는 건…… 이 아이가 진심으로 로우 군을 좋아한다는 사실. 그 점에서만큼은 나랑 똑같다는 것. 그러나 그게 단 하나의 공통점이기에 양보할 수 있는 건 아무것도 없다.

그래서 나는── 두 손으로 온천물을 떠서 그 아이 얼굴에 찰박, 하고 끼얹었다.

"푸앗! 뭐, 뭐 하는 거예요!"

"그냥~. 그렇게 하고 싶었을 뿐이야~. 나는 꽤 못된 여자거든."

"……읏. 정말! **바로 그런 점**이라고요! 에잇!"

이번에는 그 아이가 내 얼굴에 뜨거운 물을 끼얹었다. 되갚아 줬다는 건 전쟁을 시작한다는 신호지?

그 후로는 둘이 아이처럼 서로에게 온천물을 끼얹었다.

"말해두는데 난 포기한 게 아니야!! 조금이라도 틈을 보이면 순식간에 빼앗아 갈 거니까!! 어차피 내가 더 젊고 가슴도 크거든?!"

"시끄러워!! 어쨌든 넌 뭘 해도 날 절대 못 이겨!! 이제 좀 포기하고 더 행복한 길을 찾아!! 난 너보다 언니란 말이야!!"

"그게 뭐 어쨌다고!! 이거나 먹어라!!"

"건방지긴!!"

정신이 혼미해질 정도로, 마치 어린애처럼 날뛰었다. 노천탕에 다른 사람이 들어올 때까지, 계속── 마치 친구처럼.

*

“선배, 거시기가 너무 큰 거 아니에요?!?!?!?!?!?!?!?!?!”

“닥쳐.”

오오타카가 웬일로 탈의실에서 깜짝 놀라 소리를 질렀다. 오오타카가 이렇게 격한 반응을 보이는 건 처음 볼지도 모른다.

“그치? 내 매제는 진짜 억수로 크다카이.”

“후욱!”

어디선가 튀어나온 바보금의 배에, 나는 온 힘을 다해 주먹을 꽂았다.

형님은 직격을 맞고 그 자리에서 무너졌다. 그냥 계속 저렇게 쓰러져 있었으면 좋겠다.

“이, 이 자석이……! 머 하는 기고……!!”

“죄송해요, 죽이고 싶어서요.”

“너무 솔직한 거 아이가……? 용서해 주마…….”

용서한다고? 그럼 한 방 더 때리고, 마지막 한 방도 날릴 수 있게 해줘.

나는 형님을 돌아보지 않고 그대로 독욕탕으로 향했다.

“——그건 그렇고.”

“응?”

“정말 정체가 뭔가요? 사이가와 선배는.”

둘이 탕에 몸을 담그고 있자니, 오오타카가 갑자기 그런 말을 꺼냈다.

근무 중이 아니라서 내가 괜히 더 눈에 띄는 걸까?

"보다시피 그냥 평범한 회사원인데?"

"평범한 회사원은 그렇게 안 커요. 진짜 뭔가요?"

"너야말로 뭔데!!"

"농담이에요. 아니, 반쯤은 진심일지도 모르겠네요. 장인어른이 그렇거든요. 그 아저씨, 몸이 어마어마하게 단련되어 있어서 진짜 회사원이 맞는지 의심될 때가 있으니까요. 선배도 좀 닮은 것 같단 말이죠."

"아, 난 취미로 근력 운동을 하고 있어."

아마 부장님도 취미로 근력 운동 같은 걸 계속해 온 게 틀림없다.

그 아저씨는 제대로 하려고 마음만 먹으면 탁구로 일반인을 날려버릴 수 있는 괴물이니까…….

"그게 전부는 아닌 것 같긴 한데……. 그리고 그 탁구 대결은 도대체 뭐였나요? 선배, 어떻게 아무 일 없이 돌아온 거죠? 탁구로 사람이 날아가는 것도 이상하지만, 그걸 맞받아쳐서 별 피해를 안 입은 것도 이상해요."

"뭐, 그건 그냥 분위기에 맞춰준 거야. 전부 연기였어."

"흠……. 뭐, 장인어른이랑 미사고한테도 뭔가 말 못 할 사정이 있다는 건 얼추 짐작은 가지만요. 알아봤자 저하곤 관계없는 일이에요. 딱히 신경 쓸 필요도 없고요. 저기, 선배."

"응?"

"역시 크면 할 때 유리한가요?"

나는 아무 말 없이 오오타카 얼굴에 물을 확 끼얹었다. 돌려 말하는 법 좀 배워.

내가 오오타카에게 물세례를 퍼붓고 있을 때, 탕 중앙에서 부글부글 큰 거품이 솟아오르기 시작했다. 시간이 되면 자쿠지 욕조로 바뀌는 시스템인가?

——철써어어어어억!!

"아뵤오오오오오오오오오오——!! 다이빙 타임 5분 돌파, 이얏호오오오——!! 대사 제한 리미트 브레이크——!!"

그게 아니었다. 자쿠지 욕조가 아니었다. 오우겐 부사장이 그냥 잠수해 있을 뿐이었다.

이제는 이 인간이 괴짜인 동시에 부사장인 건지, 부사장인 동시에 괴짜인 건지 도무지 알 수가 없다. 혼자서 뭐 하는 거야, 이 사람은…….

"Oh! 로우시 보이랑 하이타 보이! 이런 곳에서 도대체 왓?!"

"목욕탕에 목욕하러 오는 거 말고 다른 이유가 있나요?"

"애초에 탕에서 잠수라니, 뭐 하시는 거예요. 애도 아니고……."

"……**그래서 하는 거다만?**"

""네?""

나뿐만 아니라 오오타카도 어리둥절해졌다. '뭐라는 거야, 이 녀석?'이라는 표정을 지은 건 우리 쪽이 아니라, 오히려 부사장이었다. 이게 무슨 의미지?

"키즈는 빅 배스에서 스윔 앤드 다이빙하는 게 당연하잖아? 그건 와이? 트루 앤서는 하나뿐—— 빅 배스에서는 텐션이 하이해지니까!!"

"아, 어지러워. 저 먼저 나가도 되나요?"

"아니, 안 돼."

나는 오오타카의 팔을 붙잡았다. 여기서 부사장과 둘만 남는 건 싫었다.

당연하다는 듯이, 부사장은 뭔가를 단언하고 있다. 이 사람은 어디 개그맨처럼 대화 속에 영어 단어를 억지로 끼워 넣는 탓에 말의 의도를 파악하기 어렵다……. 설마 사내 메일도 이렇게 보내나? 그럴 리가 없다고 믿고 싶다.

"——바보봉은 맨날 애들 생각뿐이거든. 그래가 애들 눈높이에 맞춰가 행동할라꼬 억수로 신경 쓰고 있다. 머, 딴 사람들이 보마 미친 짓거루로 보이긋지만도, 이걸 끝까지 밀어붙잉까 대단하다 안 하겠나. 애들이 몬 묵는 거는 지도 죽어도 입에 안 넣는다."

"토라지 마이 프렌드! 나랑 배스 타임, 투게더!!"

배를 맞은 고통이 사라진 건지, 형님이 우리 근처에 다가와 몸을 담갔다.

이 두 사람이 어떻게 친해진 건지는 모르겠으나, 부사장의 기행에 대해 형님은 어느 정도 이해와 존경을 보이는 것 같았다.

"모두 함께 배스 타임을 투게더한다—— 이거야말로 진정한 재패니즈 트레디셔널! 영어로 말하면 거시기 투 거시기!!"

"영어는 두 글자밖에 안 들어갔는데요……."

"**진짜배기**다, 바보봉은. 내도 그래가 마음에 들어 하는 기고."

"아, 진짜로 어지러운 것 같아요. 선배님들, 먼저 좀 실례하겠습니다."

이번에는 정말로 오오타카가 먼저 탕에서 나가 자리를 떴다. 나도 따라가려 했으나, 부사장이 활짝 웃으며 우리를 바라보고 있었기에 그럴 수 없었다. 오히려 이 웃음을 무시하고 나간 오오타카가 대단하다. 얘도 진짜배기가 아닐까 싶다.

"그럼 여기서 질문!! 이름하여 힙합 라이팅!! 내가 지금부터 힙으로 글을 쓸 테니까, 두 사람은 정답을 노려주지 않겠어?!"

"그라모 '합'은 필요 없네."

(형님이 계속 태클을 걸어주는 모습도 좀 신기한 광경이란 말이지…….)

우리의 대답도 기다리지 않고, 부사장은 탕 안에 서서 주저 없이 자기 엉덩이를 우리 쪽으로 향했다.

……응? 이 사람 오른쪽 엉덩이에 날개 모양의 멍이 있는데……?

“눈치챘나? 바보봉은 떠돌이 《액터》다.”

“딱히 그런 느낌은 못 받았는데요. 리츠카도 전혀 눈치 못 챘고요.”

“지 능력에는 관심이 없는 기라. 보물을 가꼬 있으면서도 써묵지를 몬 하는 타입인 거지. 아이제, **딴 보물을 갖고 있는 타입**이라꼬 해야 되나.”

‘떠돌이’는 과거에 어떤 조직에도 속하지 않았던 이능력자를 의미한다. 카야마나 하구사 씨가 그렇듯, 부사장도 싸움의 나날을 보내지 않았던 걸까?

“그럼…… 스타트!!”

우리를 신경 쓰지 않고, 부사장은 엉덩이로 공중에 글자를 쓰기 시작했다.

——파바바바밧!!

“빨라!!”

잔상까지 보였다. 엉덩이를 도대체 얼마나 빠르게 움직인 거야? 그건 그렇고 대체 뭘 쓴 거지?

"마, 필기체로 쓰지 마라!! 읽을 수가 없나 안 카나!!"

"필기체?!"

엉덩이로 필기체를 쓰다니. 처음 들어본다. 그런데 형님은 그걸 어떻게 알아보는 거지?

"정답은── unchi(똥)."

"영어가 아니잖아!!"

"저, 이만 나가도 되나요……?"

못 따라가겠다. 부사장은 아마 전 직원 중에서도 가장 순수한 아이의 마음을 지닌 사람일 것이다. 장난감 회사의 부사장으로서는, 어떤 의미에서는 든든하기도 하다만── 역시 괴짜인 사실이 먼저 다가온다…….

*

"미안, 기다렸지!"

목욕탕에서 나와 휴식 공간 의자에 앉아 쉬고 있자니, 허둥지둥 리츠카가 달려왔다. 사실 시간이 그렇게 차이가 난 건 아니므로, 기다렸다고 할 순 없다.

"아니야, 나도 방금 막 나왔……."

"응……? 무슨 일이야?"

나는 할 말을 잃었다. 모습을 드러낸 리츠카는 뭐랄까, 굉장히 섹시했다.

목욕 후 살짝 분홍빛으로 물든 얼굴, 윤기 나는 흰 피부, 막 말린 부드러운 은발. 비치된 파란 유카타 위에, 성별에 따라 색이 다른 주홍색 하오리를 걸치고 있었는데, 그게 유카타와 정말 잘 어울렸다. 내게 조금 다가왔을 뿐인데도 익숙한 리츠카의 컨디셔너 향이 코끝을 간질였다. 마치 첫사랑 때처럼, 가슴이 두근거렸다.

항상 봐오던, 목욕을 마친 리츠카의 모습인데. 장소와 환경이 달라져서 그런 걸까……? 어떻게 이렇게 매력적일 수 있지? 청소관의 힘인가? 아니면 온천의 힘?

어쨌든── 나는 분명히 의사를 표현했다.

"──귀여워!! 정말…… 귀여워, 리츠카!! 리츠카가 너무 귀여워서 잠깐 리츠카라고 착각할 뻔했어!!"

"그건 다른 사람을 칭찬하는 말이잖아……. 그리고 그만해! 다른 사람도 있는데!"

"아, 미안. 뭐랄까…… 분명 집에 이 유카타를 가져가도 이 매력을 완벽히 재현할 수는 없겠지. 대단해, 청소관."

"로우 군, 혹시 목욕탕에서 쓰러졌어? 뭔가 이상해진 것 같은데……."

진심으로 걱정하는 듯, 리츠카가 내 이마에 손을 올렸다.

손이 꽤 따뜻한 걸 보니, 분명 온천물에 충분히 몸을 담그고 나왔을 것이다.

"맞다, 로우 군. 자판기 봤어? 그게 있어……!"

"응. 그래서 리츠카가 올 때까지 꾹 참았어."

"착하네~. 그럼 사러 갈까—— 목욕하고 나온 뒤 마시는!"

"커피 우유!"

"과일 우유!"

""뭐……?""

보기 좋게 다른 답이 나왔다. 목욕탕에 들어가기 전, 우리는 이렇게 얘기했다. '목욕하고 나온 뒤, 한잔하고 싶다'고. 그게 무엇인지는 굳이 말하지 않았으나, 말하지 않아도 서로 알 거라고 생각했다. 그게 커피 우유라는 것을……!!

"아니, 아니, 아니, 과일 우유라니. 그 '과일'이 도대체 어떤 과일을 가리키는 건지 전혀 알 수 없는 수수께끼 같은 음료잖아? 이럴 때는 당연히 커피 우유지!"

"로우 군이야말로, 커피 우유는 '밀크커피도 아니고 그렇다고 일반 우유도 아닌' 세상에서 가장 어중간한 음료잖아? 당연히 과일 우유지!"

""……….""

우리 집에는 기본적으로 항상 우유가 있다. 그냥 마셔도 좋고, 커피에 조금 넣어도 좋고, 요리에 써도 된다. 나와 리츠카가 서로 인정하는 존재라고 해도 과언이 아니다.

그 우유 앞에 '커피'와 '과일'이라는 수식어가 붙는 순간, 신념과 주장이 이렇게까지 갈라질 줄이야. 아아…… 시작되는 걸까? 목욕을 마치고 나온, 달걀처럼 매끈한 피부의 아내와의 전쟁이…….

"……아니, 이렇게까지 싸울 바에는 그냥 일반 우유로 하면 되잖아요……."

"아, 이코마 씨."

이코마 씨가 시큰둥한 표정으로, 마찬가지로 목욕탕에서 나온 듯한 얼굴로 우리 부부를 뚫어지게 바라보고 있었다.

"**후배**……. 넌 어느 쪽이야?!"

"그야, 커피 우유라고 말하고 싶긴 한데 이번에는 그냥 일반 우유라고 할게요. 솔직히 어느 쪽이든 상관없어요. 저도 사고 싶으니까 빨리 좀 골라주실래요?"

"미안, 미안. 그럼 이렇게 하자. 한 병씩 사서 반씩 나눠 마시는 거야!"

"이의 없음!"

그리하여 나는 커피 우유와 과일 우유를 한 병씩 샀다. 나는 먼저 리츠카에게 목욕이 끝난 후의 뜨끈한 몸을 식혀 줄 커피 우유를 건넨 뒤, 과일 우유를 손에 들었다. 얼음처럼 차가운 우유병이 목욕을 마친 몸을 어떻게든 진정시키려는 듯했다.

"과일 우유는 마셔본 적 없지만…… 뭐, 커피 우유를 마시기 전의 '전채'로는 딱이겠네."

"빨리 과일 우유로 입가심하고 싶어~."

서로 들리도록 그렇게 말하며, 우리는 한 모금씩 우유를 마셨다.

"……?!"

이건── 입 한가득 퍼지는, 분명 무슨 과일인지는 모르겠으나, 그래도 과일임을 단언할 수 있는 단맛. 동시에 미세하게 존재하는, 커피 우유에는 없는 산미. 그 모든 맛의 훌륭한 조화가 내 목을 자극해, 또 한 모금 마시라고 재촉한다.

솔직히 말해서…… 아니, 이거 진짜 맛있잖아? 꿀꺽꿀꺽 계속 들어간다…….

"앗! 로우 군, 전부 다 마시면 어떡해!!"

"리츠카도 다 마셨으면서!"

결국 우리는 반만 남기라는 약속을 완전히 무시하고, 서로의 병을 비워 버렸다.

그리고 손에 든 빈 우유병을 나란히 바라보다가 동시에 웃음을 터뜨렸다.

"마시지도 않고 싫어하고 있었네. 과일 우유, 맛있었어."

"그렇지? 커피 우유도 달콤하고 맛있어! 앞으로 뭘 마실지 고민되겠는걸~."

"리츠카가 좋아하는 걸 나도 좋아하게 돼서 기뻐."

"나도 로우 군이 좋아하는 걸 좋아하고 싶어."

"리츠카……."

"로우 군……."

"음, 이 우유는 뭔가 달달하네~. 영 글러 먹었어~. 여긴 공공장소인데 말이지~."

이코마 씨가 날카로운 말로 우리 부부를 찔렀다. 아차, 이러면 안 되지. 방심하다가 둘만의 세계에 빠질 뻔했다. 이게 다 목욕을 마치고 나온 리츠카가 너무 귀여운 탓이다. 암, 그렇고말고.

"오오, 미사고. 여기에 병 콜라가 있어. 여기 진짜 최고 아니야?"

"콜라는 어디에나 있잖아. 곧 저녁 먹을 거니까 너무 많이 마시지 마."

"리츠카! 병 콜라야, 병 콜라! 마셔보고 싶지 않아?!"

"응? 난 별로……."

……아무래도 병 콜라를 보고 흥분하느냐 마느냐는 성별에 따라 달라지는 것 같다.

*

저녁, 아니, 술자리라고 불리는 시간이 되었다. 여관의 대연회장에 A조와 B조 전원이 모여 술을 마시고 떠들며 즐기는 자리다. 당연한 얘기지만 술이 무제한으로 제공되기에 직원 대부분이 가장 기다리는 시간이라고 말할 수 있을 것이다. 단, 술자리 도중에는 여흥 코너가 예정되어 있으므로 (버스에서 한 '그거'랑은 다르게 책자에도 적혀 있다) 아직 긴장을 늦춰선 안 된다.

"네…… 여러분, 다들 잔을 채우셨을까요……? 그럼 다시 한번, 오늘 하루 고생 많으셨습니다……. 이번 술자리의 사회를 맡게 된 영업부의 시데입니다……. 잘 부탁드립니다……."

버스에서와 마찬가지로, 시데 씨가 연회장에 비치된 마이크를 들고 단상에 올라가 술자리 진행을 시작했다. 조금 전까지만 해도 왁자지껄하던 연회장이 조용해졌다.

"그럼, 부장님…… 연설을 부탁드립니다……."

"어, 임직원 여러분. 그리고 가족 여러분. 오늘 하루 정말 수고 많으셨습니다. 솔직히 다들 얼른 먹고 마시고 싶지, 이런 따분한 연설을 듣고 싶어 하는 사람은 아무도 없을 겁니다. 이번 단합 여행은 부사장님의 큰 배려 덕분에 가능했습니다. 따라서 건배 제의는 판다 오우겐 부사장님께서 맡아주시길 부탁드립니다. 부사장님, 올라오시죠."

부장님은 일찌감치 연설을 마치고 마이크를 부사장님에게 넘겼다.

오렌지 주스가 담긴 잔을 든 부사장님은 환하게 미소 지었으나——.

"끼이이이이이이이익!!!" ※전부 마이크 울림

"""건배!!!"""

——역시나 무슨 말을 했는지 전혀 알아들을 수 없었다. 이런 건 어차피 분위기와 텐션이 중요하기에 직원 전원이 일제히 건배를 외쳤다.

"로우 군, 건배!"

"응. 수고했어, 리츠카."

"선배! 고생하셨어요!"

"고생 많으셨습니다."

"다들 고생하셨어요!"

우리는 맥주를 가득 따른 잔을 부딪치며 건배했다. 참고로 내 양옆에는 리츠카와 이코마 씨가 앉았고, 맞은편에는 오오타카랑 미사고 씨가 자리 잡았다.

단숨에 맥주잔을 비웠다. 사실 난 맥주를 그다지 좋아하진 않지만, 술자리에서 이렇게 시원한 맥주를 벌컥벌컥 들이켜면 꽤 맛있다.

"내가 따라줄게, 로우 군♡"

"선배, 제가 따라드릴게요♪"

두 사람이 동시에 내 잔에 맥주병을 들이대는 바람에 맥주가 잔에서 흘러넘쳤다. 내 유카타는 순식간에 흠뻑 젖어버렸다.

"하하하. 일부러 그런 거지?"

"정말! 방해하지 마!"

"원래 이런 건 후배가 해야 하거든요? 배우자분은 신경 쓰지 마시고 음식이나 많이 드세요."

"병 라벨을 위로 보이게 하고 안 따르면 가만 안 둘 줄 알아!!"

"그런 아저씨 같은 매너는 안 지켜도 돼……."

나는 물수건으로 유카타를 훔치며 중얼거렸다. 그러다 문득, 리츠카와 이코마 씨 사이에 전에는 없던 묘한 기류가 생긴 것 같다는 생각이 들었다. 더 가까워졌다고 해야 하나……? 물론 그게 좋은 건지는 잘 모르겠지만.

리츠카는 이코마 씨가 따라준 맥주를 단숨에 들이켰다.

"리, 리츠카. 술 잘 못 마시잖아. 그렇게 빠른 페이스로 마시면 안 돼."

"오늘은 괜찮아~. 다른 사람들이 술 못 마시는 아내라고 생각하면 싫을 거 아니야~."

"그렇게 생각해도 상관없는데……."

"회 맛있어."

"하이타는 좀 더 다른 사람에게 관심을 가져……. 아, 사이가와 씨. 여기, 새 물수건이요."

"고마워."

미사고 씨에게 새 물수건을 받아 든 나는 주위를 두리번거렸다.

당연하지만, 어디를 봐도 다들 즐겁게 떠들고 있었다.

"대표님. 이 캐릭터는 너무 대충 그린 티가 납니다. 클라이언트 쪽에서 수정 요청이 들어올 가능성이 크니, 다시 그려주셔야겠습니다."

"아이, 제대로 그렸다카이?! 수정 요청 들어오모 그때 고치모 된다!! 그보다 사키, 와 내는 물밖에 없는 기고?!"

"술을 드리면 취해서 곯아떨어지실 테니까요. 걱정하지 마세요. 저도 소주를 마시고 있습니다."

"머를 걱정하지 마라 카는 기고! 물하고 색깔만 똑같다 아이이가!! 니는 제대로 즐기고 있으면서!!"

"이런 자리니까요."

"솔직하네……. 봐줄게……."

(생각보다 즐거워 보여…….)

유카타까지 챙겨 입고 술을 마시는 이이즈나 씨. 그리고 이런 연회 자리에서도 태블릿을 붙들고 그림을 그리고 있는 형님. 이상하게도 잘 어울리는 한 쌍처럼 보였다.

나는 리츠카의 어깨를 툭툭 치고, 두 사람 쪽을 가리켰다. 잠깐 가서 잔을 채워드리는 것도 좋을 것이다. 그렇게 해서 우리는 자리에서 일어났다.

"오빠! 일하느라 고생 많았어!"

"고생 많으십니다, 형님. 괜찮으시다면 제가 따라드릴게요."

"리츠! 그리고 사마귀 자식."

"하하. 술은 머리에 부어드리면 될까요?"

매제를 느닷없이 사마귀라고 부르지 마. 괜히 성의껏 챙겨주려던 내 마음이 바보 취급당한 기분이잖아.

"사키 씨도 고생 많으셨어요! 오빠 같은 건 신경 쓰지 말고 마음껏 즐기세요!"

"말씀 감사합니다, 여동생분. 제가 할 수 있는 범위 내에서 즐기고 있으니 걱정하지 마시길."

"그래, 리츠야. 사키는 아까까지 내랑 나란히 앉아가 슬롯머신을 즐겼다."

"●●●●가 신경 쓰였을 뿐입니다."

그걸 다 모자이크하면 어쩌잔 거지? 도대체 무슨 말을 하고 싶은 건지 알 수가 없잖아…….

이이즈나 씨는 슬롯머신과는 가장 거리가 먼 이미지였는데, 꼭 그렇지도 않은 모양이다.

나는 형님의 빈 잔에 내가 가져온 병맥주를 따라주었다.

"매제분. 대표님께 알코올을 드리는 건 삼가셨으면 합니다만."

"에이, 한 잔 정도는 괜찮잖아요."

"센스 있네~? 사마귀에서 매제로 레벨 업이다."

플러스마이너스 제로잖아. 이제 슬슬 이름으로 부르라고.

리츠카도 이이즈나 씨의 잔에 맥주를 따라주면서 궁금했던 걸 슬쩍 물었다.

"사키 씨는 왜 오빠 밑에서 일하시나요? 세상에는 더 좋은 직장이 많이 있을 텐데……."

"그거야 뻔타 아이가! 내를 좋아해서 그런 거다!"

"절대 그렇지 않습니다. 아침에 말씀드렸듯이, 저는 대표님의 작품에 가능성을 느껴서 그 일을 돕고 싶다고 생각했을 뿐입니다. 이전까지 매체에서 드러난 대표님의 모습을 조사한 결과, 돈 관리가 허술하고 계획성도 전혀 없는 분이라고 판단했으니까요."

엄청나게 진지한 대답이었다. 형님을 내버려 두는 것보다는 자기가 제대로 사무적인 지원을 해서, 그 재능을 온전히 발휘하게 하고 싶다는 뜻이겠지. 어떤 의미에서는 이이즈나 씨가 최대의 팬이라고 할 수 있으며, 그건 그것대로 대단한 추진력일 것이다. 나는 도저히 흉내 낼 수 없는…….

"하긴, 오빠는 여자한테도 약하니까요."

"그것도 잘 알고 있습니다. 대표님의 여성 관계 역시 하나하나 파악하고 있습니다. 말솜씨만큼은 그럴듯해서, 속아 넘어가는 여자가 끊이질 않아 진절머리가 날 지경입니다."

"일에 지장만 없으모 몇 명을 만나든 상관없는 모양이더라고. 우찌나 고맙던지~."

(그건 결국 '일'을 이유로 모든 여성 관계를 한 번에 정리당하는 결말로 이어지는 거 아닌가……?)

나는 그렇게 짐작했으나, 굳이 입 밖에 내지는 않았다. 형님이 이이즈나 씨에게 완전히 장악되는 날도 머지않은 듯했다…….

"있잖아, 로우 군♡ 리츠카, 아앙~ 하고 먹여줘~♡"

"그래, 그래. 자, 아앙~."

"으음~♡ 마시떠♡"

그렇게 술자리는 계속 이어졌고—— 리츠카는 순식간에 취해버렸다.

완전히 곤드레만드레 상태가 되어서 조금만 있으면 곯아떨어질 기세였는데, 그 전에 꼭 나타나는 게 리츠카 특유의 '애교쟁이' 모드였다. 지금도 나에게서 샤부샤부에 들어 있던 배추를 병아리처럼 받아먹으며 내 어깨에 기댔다. 뭐, 이건 이것대로 귀여워서 좋긴 하지만 좀 부끄럽단 말이지.

"그래서 말이죠~, 방문했던 업체 아저씨가 내내 제 가슴만 빤히 쳐다보는 거예요~. 진짜 열 받는다고 해야 하나, 너무 실례 아닌가요? 네? 사람하고 얘기할 땐 눈을 보고 얘기하라고 부모님이 안 가르쳐줬나? 싶은 거 있죠~? 게다가 계속 기회만 생기면 자꾸 스킨십하려고 들고……. 아아, 생각만 해도 소름이 돋아요! 저기 선배, 듣고 계세요~?"

"듣고 있어, 듣고 있어."

그리고 이코마 씨도 이미 만취 상태였는데…… 이쪽은 보아하니 술에 취하면 시비 거는 타입으로 변하는 모양이다. 평소엔 우리에게 잘 안 하던 불평불만을, 지금은 폭발하듯 쏟아내고 있었다.

양옆에 이렇게 극단적인 주사를 지닌 두 사람이 앉아 있으니, 부담감이 장난 아니었다. 그래서 적어도 이코마 씨는 데려가 달라는 뜻으로, 맞은편 오오타카 부부를 힐끗 보며 헬프 사인을 보냈다.

"싫어요. 귀찮아요."

"리츠카 씨랑 토코 씨도 사이가와 씨를 잘 따르는 것 같고요……."

"너희, 너무한 거 아니야?"

이게 요즘 젊은이들인가? 곤란해하는 사람을 못 본 척해 버리다니.

"로우 군, 뽀뽀하자♡ 뽀뽀♡"

"그래, 이따가 방에서."

"방에서는 하신다는 거네요?"

"그야 당연하지. 우리도 그러잖아."

"그러고 보니 그렇네."

리츠카가 내 쪽으로 입술을 쭉 내밀었다. 당장이라도 입을 맞추고 싶었으나, 아무래도 지금 장소와 분위기에서는 좀 아니라는 생각이 들어서 참았다……. 하지만 꼭 이런 것만 귀신같이 놓치지 않는 근처 아저씨들이 우리를 부추기기 시작했다. 당신들, 지금까지 우리 쪽은 신경도 안 쓰고 있었잖아.

“거봐, 다들 하라고 하잖아~♡”

“알았어, 알았어.”

주변 분위기에 떠밀리듯, 나는 리츠카의 뺨에 가볍게 키스했다. 차마 이 자리에서 입술에 할 배짱은 없었다.

“꺄악♡ 로우 군, 겁쟁이~♡”

“죄송합니다, 여러분. 저는 겁쟁이가 맞습니다!!”

일부러 큰 소리로 선언했다. 나도 좀 취한 것 같다.

그러나 그걸로 충분했는지, 아저씨들은 ‘역시 젊구먼!’이라든가 ‘자랑하는 거냐, 사이가와!’라든가, ‘휘유~ 휘유~!’라든가 ‘니 진짜 겁나 쥑여뿐다’라든가 하며 계속 부추겼다.

“잠깐만요! 전 진지한 얘기 중이었거든요? 선배, 후배가 고민 상담을 하는데 그런 장면을 보여주다니, 너무하지 않아요? 아~, 이제 됐어요. 선배, 저랑도 뽀뽀해 주세요. 그럼 다시 기운 낼 테니까요~. 입술로 부탁드려요~.”

“할 리가 없잖아……. 이코마 씨, 물 좀 마셔.”

꽤 취한 것 같다. 그리고 그건 성희롱이야, 이코마 씨.

내가 이코마 씨에게 물을 건네자, 꿀꺽꿀꺽 마시기 시작

했다. 생각난 김에 리츠카에게도 물을 건넸다.

"이코마, 장난 아닌데?"

"장난 아니네요."

"그렇게 생각하면 상대 좀 해주지 않을래?"

""그건 싫어요.""

제일 편한 자리에 앉아 있네, 저 부부…….

"아…… 여러분, 한창 즐기고 계신 와중에 죄송합니다만, 지금부터 일정표에 적혀 있던 대로 여흥 시간을 시작하려고 합니다……. 잠시만 주목해 주시길 바랍니다……."

왁자지껄한 분위기 속에서, 시데 씨가 마이크를 들고 조심스레 단상 위에 올랐다.

이미 꽤 취한 사람도 많아졌는데, 과연 제대로 여흥이 진행될까? 나는 내게 안겨 있는 리츠카의 머리를 쓰다듬으며 지켜보기로 했다.

"그럼, 부장님……. 나머지는 부탁드립니다……."

이번에는 부장님과 히토미 주임이 무대에 올랐다. 이제는 완전히 낯익은 얼굴들이다.

"시데, 좀 더 힘내보지 그래. 뭐, 상관없나—— 아, 여러분. 이번 여흥은 제조과 히토미 주임이 개발한 시제품을 사용한, 총액 50만 엔 규모의 빙고 대회입니다. 지금부터 빙고 카드를 한 장씩 나눠 드릴 테니, 가져가시기 바랍니다."

'또 그 사람의 발명품인가……' 하는 불만보다도 총액 50

만 엔이라는 말에 회장 안이 들썩였다. 진짜야? 생각했던 것보다 훨씬 대단한데?

"리츠카. 총상금 50만 엔 규모래. 도대체 뭘 준비한 걸까?"

"50만 엔 생기면~…… 저축해야지♡"

"50만 엔을 그대로 받는 건 아니야……."

우리 손에도 빙고 카드 두 장이 돌아왔다. 겉보기에는 평범한, 중앙에 프리 칸이 있는 5X5 빙고 카드였다. 다만, 자세히 보니 곳곳에 숫자 대신 'EX'라고 적힌 칸이 있었다. 도대체 이 칸은 뭐지?

모두에게 빙고 카드가 돌아가자, 부장님이 다시 마이크를 들었다.

"빙고를 완성하신 분은 이쪽 A에서 J까지의 선물 상자 중 하나를 골라 받을 수 있습니다. 안에 뭐가 들어 있는지는 열어봐야 알 수 있습니다. 또한, 이 선물을 구매하는 데 필요한 비용은 모두 부사장님의 주머니에서 나왔습니다. 모두 부사장님께 큰 박수 부탁드립니다!"

"아뵤오오오오오오오!! 사랑하는 직원과 그 패밀리가 해피해지면 나도 똑같이 해피!! 엔조이해주게, 에브리원!!"

부사장이 자리에서 일어나자, 우레와 같은 박수 소리가 회장 안을 휘감았다.

선물 상자는 총 10개가 있으니, 10등 안에 들면 뭐라도 받을 수 있는 셈이다. 설마 50만 엔 상당의 경품을 부사장이 준비했을 줄이야. 괴짜에다가 기행과 돌발 발언이 많은 부사장이긴 하나, 이걸로 단숨에 직원들의 호감도가 치솟았다. 사회인은 돈이면 다 되니까…….

"그럼, 빙고 진행은 히토미 주임에게 맡기겠습니다. 주임, 이쪽으로."

"음. 내가 만든 이 빙고 머신, 이름하여 '빙빙빙빙고킹 군'은 보다시피 공중 입체 영상 투영 장치가 달려 있어서, 어디서든 대형 화면으로 빙고 게임을 즐길 수 있다. 또한, 벌써 궁금해하는 사람도 생긴 것 같다만, 'EX' 칸에 대해서는── 그게 나왔을 때 다시 설명하도록 하지. 자, 모두 준비됐나?!"

빙빙빙고킹 군은 초라한 로봇처럼 보였다.

그러나 두 눈이 프로젝터처럼 빛나자, 공중에 회전하는 숫자의 영상이 나타났다. 아무래도 그 숫자가 빙고 카드의 숫자와 대응하는 것 같다. 연회장 어디에 있던 숫자가 보이니, 확실히 장소에 구애받지 않고 빙고 게임을 즐길 수 있을 것이다.

……하지만 솔직히 빙고 게임에 이렇게 하이 레벨 테크놀로지가 필요한지, 난 잘 모르겠다.

"첫 번째 숫자는…… 17! 자, 카드에 17이 있는 사람은 칸을 채우도록!"

"앗싸~! 봐, 로우 군. 17이 있어~♡"

"오오, 시작이 좋네. 나는 없었어."

이런 운 게임에서는 나보다 리츠카가 훨씬 운이 좋은 편이다. 아니, 그냥 내가 운이 없는 타입일 지도 모른다. 대흉이 나오기도 했고. (그건 리츠카도 마찬가지지만.)

그 이후에도 숫자가 몇 번 더 공개되었고, 마침내——.

"흠! 드디어 'EX'가 나왔군! 자, 모두 카드 상단에 적혀 있는 카드 번호를 확인하고, 다음 숫자가 나온 카드 번호를 가진 사람은 자리에서 일어서도록!"

자세히 보니, 확실히 빙고 카드마다 번호가 부여되어 있었다.

어쩌고 군이 해당 카드 번호의 숫자를 하나 투사했다. 일어난 사람은——.

"윽, 나잖아!"

——오오타카였다. 싫은 목소리가 그대로 새어 나오고 있다.

"그럼 이제 '빙빙빙고킹 군'이 미니 게임 종목을 룰렛 형식으로 표시할 거라네! 대상자는 그 미니 게임에 도전하게 되고, 성공하면 카드 안의 'EX' 칸을 모두 지워도 된다네! 그냥 숫자를 지우기만 하는 건 재미없지—— 이게 바로 여흥 아니겠나!"

"뭐, 각종 미니 게임 준비가 상당히 귀찮긴 했지만요."

"시끄러워!! 그럼 룰렛 스타트!"

확실히 신선하다고 해야 하나, 연회장 빙고 규칙치고는 재미있을지도 모른다. 경품 금액이 큰 만큼, 'EX' 칸을 전부 지울 수 있다는 건 엄청난 어드밴티지고, 도전하는 사람도 그만큼 힘이 들어갈 것이다.

"귀찮아……. 포기해도 되나요?"

"안 돼! '빙빙빙고킹 군'의 지시는 절대적이다!"

"자● 빨딱 군인지 빙빙 군인지 하는 녀석의 지시 따위, 알 바 아니에요."

"이 자식, 죽여버린다!!"

"사람들 앞에서 그런 상스러운 말 하지 마……."

뭐, 이런 오오타카가 첫 순서인 건 좀 그렇지만, 어쨌든 미니 게임 종목은…….

"첫 번째 미니 게임은── '부채 던지기'다!!"

"뭐, 뭘 던진다고? 로우 군, 뭔지 알아?"

"들어본 적 있어. 확실히, 앉은 채로 부채를 던져서 표적을 쓰러뜨리는 놀이였던 것 같아."

"선배, 박식하시네요~. 놀이를 잘 아시나 봐요~."

"그치~? 로우 군은 이렇게 보여도 놀기 좋아하는 사람이야! 여자 울리는 게 취미니까♡"

"리츠카, 내 스테이터스를 깎아내리고 있어……."

알고만 있을 뿐, 부채 던지기 같은 건 해본 적도 없고, 하물며 여자랑 놀아본 적은 더더욱 없다.

한편, 오오타카는 마치 형을 집행당하러 가는 사람처럼 단상 위로 불려 갔다.

"근데 이게 도대체 뭐 하는 게임이죠?"

"음. 부채 던지기를 모르는 사람도 있겠지. 우선, 여관의 여주인인 슈코 씨에게 시범을 보여 달라고 할까? 자, 슈코 씨. 부탁하네!"

단상에서 부채 던지기를 세팅하고 있던 히소 씨에게, 주임이 마이크를 건넸다.

"네……. 후후후후후……. 여주인인 히소입니다……. 부채 던지기란, '마쿠라(枕)'라고 불리는 곳에 세워진 표적——'초(蝶)'를 부채로 쓰러뜨려서 획득한 점수로 경쟁하는 게임입니다……. 다만, 여러분은 경험이 없으실 테니, 이번에는 초를 쓰러뜨리기만 해도 합격으로 하겠습니다……. 후후후……. 이렇게 말이죠."

히소 씨가 오동나무 상자(마쿠라라고 부르는 모양이다) 위에 놓인, 방울이 달린 빨간 은행잎 모양의 표적(초라고 부르는 모양이다)을 향해 한 손으로 부채를 던졌다. 부채는 마치 활공하는 동물처럼 쏜살같이 초를 겨누었고, 떨어진 부채 위에 딸랑 소리를 내며 초가 착지했다.

"'우키부네(浮舟)'——……. 보시는 것처럼, 만들어진 모양에 따라 정해진 점수가 부여됩니다만· …· 신경 쓰지 마시길……. 자…… 실력을 보여주세요……."

"이게 뭐야? 너무 어렵지 않아요?"

부채를 건네받은 오오타카는 대놓고 싫은 표정을 지었다. 역시 대단한 녀석이다.

"……어때? 로우 군은 할 수 있을 것 같아~?"

"으음……. 솔직히 말하면, 표적을 쓰러뜨리는 것 자체는 어렵지 않을 것 같아."

히소 씨는 너무나도 쉽게 해냈으나, 부채가 어떤 힘으로 어떻게 날아가는지 파악하는 건 경험이 없는 초보자에게는 꽤 어려울 것이다.

나는 나름대로 던지기에 자신이 있었기에, 이 미니 게임이 나왔으면 좋겠다는 생각을 아주 잠깐 했다.

오오타카는 의욕 없는 몸짓으로 휙 하고 부채를 던졌고, 부장님의 이마를 직격했다.

"아, 죄송해요. 크큭."

"""실패!!"""

부장님과 히토미 주임이 동시에 선언했다. 이에 그치지 않고 부장님은 오오타카의 엉덩이를 발로 찼다.

"아얏! 일부러 그런 건 아니에요!"

"됐으니까 자리로 돌아가."

도전에 실패한 오오타카는 'EX' 칸을 채울 수 없었다.

그 후에도 다양한 미니 게임——'팽이 돌리기', '켄다마', '제기차기' 등이 나왔지만, 한 번에 성공하기 어려웠던 나머지, 성공한 사람은 아무도 나타나지 않았다.

동시에, 빙고를 완성한 사람도 좀처럼 나오지 않았다.

"오. 거의 다 됐다! 게다가 'EX' 칸만 채우면 빙고네!"

"잘한다, 로우 군~. 이건 기회야~."

"자, 다음은—— 'EX'군! 해당 번호는……."

공중에 투사된 숫자와 내 카드 번호를 비교했다. 숫자가 일치했다.

"앗싸! 내 차례야!"

"로우 군, 운 좋은데~♡"

"선배, 느낌이 좋네요~!"

여태까지 나온 미니 게임 중, 내가 못 하는 건 없었다. 팽이든 뭐든 돌릴 수 있고, 제기도 찰 수 있고, 켄다마도 가능하다. 이건 기회다.

"대망의 미니 게임은——…… '즉석 개그'다!!"

"갑자기 방향성이 달라졌잖아……!!"

잠깐, 지금까지 거의 일본 전통 놀이만 나왔잖아! 그래서 혹시라도 내 차례가 오지 않을까, 조금 기대했는데 갑자기 일반 술자리용 게임인 즉석 개그가 나온다고?!

"사이가와. 빨리 단상으로 올라가."

"배우자분~. 선배는 즉석 개그 잘하시나요?"

"으음…… 글쎄. 사격 같은 건 잘하는데……."

"여기에 총은 없잖아요."

"하나도 안 비슷한 성대모사를 해서 분위기가 얼어붙을 것 같은 예감이 들어요……."

""그럴 것 같아…….""

뒤에서 온갖 얘기가 들려왔으나, 나는 신경 쓰지 않고 단상으로 향했다. 적당히 성대모사를 하려고 했는데, 미사고 씨가 말해버리는 바람에 망쳤다. 뭐, 어쩌면 오히려 잘된 일일지도.

즉석 개그, 즉석 개그……. 그런 게 있었나? 확실히 사격에는 자신이 있다. 총이 없다는 게 문제지만.

"즉석 개그를 선보였을 때, 관중의 박수가 크면 성공이다!"

"반대로 분위기가 싸해지면 사이가와의 빙고 카드는 폐기하겠다."

"저만 페널티가 무겁지 않나요?"

거의 다 완성된 상태에서 카드를 폐기한다니, 너무하잖아.

나도 꽤 이익에 민감한 남자다── 총액 50만 엔의 경품 중 하나라도 갖고 싶다.

"죄송해요, 히소 씨. 혹시 사과 있나요? 있으면 부탁드립니다."

"어머…… 뭐에 쓰실 생각이죠……? ~~후후후후~~…… 바로 준비하겠습니다……."

나는 즉석 개그를 보여주기 전에, 히소 씨에게 그렇게

물었다. 생각해 보니 하나 있었다. 즉석 개그로 쓸 만한 것이. 다만 몇 가지 도구가 필요했다.

"그리고── 저기, 부장님들 중에 명함 갖고 계신 분 없나요?"

"갖고 있을 리가 없잖아! 지금은 술자리 중이라고!"

"나도 없어."

"음…… 나도."

"나 있는데……? 내 거라도 괜찮으면……."

"시데 씨, 정말요?! 몇 장만 받아도 될까요?! 정말 감사합니다!"

다행이다. 정 없으면 그냥 종이를 쓰면 되지만, 역시 명함처럼 알아보기 쉬운 게 좋다. 시데 씨는 지갑에서 몇 장의 명함을 꺼내 나에게 건네주었다.

"시간이 좀 걸리는군. 사이가와 군은 도대체 어떤 즉석 개그를 선보일 셈이지?!"

사과도 준비된 시점에서, 히토미 주인이 마이크를 내게 향했다. 내 즉석 개그, 그것은──.

"이 부채 던지기의 받침대에 사과를 올리고, 이 명함을 꽂겠습니다!"

──뭐, 그런 거다. 편의상 '명함 수리검'이라고 부르기로 하자.

사과와 명함을 준비한 시점에서 이미 어느 정도 예측이

됐던 모양인지, 연회장은 그다지 달아오르지 않았다. '명함 수리검'을 할 수 있는 샐러리맨은 꽤 있으니까.

"음…… 뭐, 괜찮겠지. 그럼 보여주게."

"네. 이얍!"

파바밧. 명함 세 장을 던지자, 모두 정상적으로 사과에 꽂혔다.

……드문드문 박수가 터져 나왔다. 예의상 쳐주는 느낌이었다.

"재미없다!! 이제 됐다!! 마, 벌거벗고 춤이나 추라, 시시한 자석아!!"

"노멀! 너무나도 노멀해! 로우시 보이는 노멀 보이군!"

괴짜들에게서 야유가 터져 나왔다……. 그러나 뭐, 이미 예상했던 일이다.

나는 히토미 주임에게서 마이크를 빌려, 최대한 분위기를 띄우기 위해 노력했다.

"——방금 건 시범이었습니다!! 지금부터 이 명함 한 장으로, 이 사과를 반으로 가르겠습니다!"

이 정도로 끝낼 생각은 애초부터 없었다. 이건 '명함 수리검'이다. 문자 그대로, 검으로 대상을 절단해야 진짜다. 내가 말을 끝마치자, 연회장은 조금 웅성거리기 시작했다.

"그럼, 시작하겠습니다!"

좀 전보다 크게 백스윙하고, 팔의 움직임을 날카롭게

한다. 지금부터 던지는 건 명함이라는 이름의 면도칼이다. 견제용이 아니라 상대를 끝장내기 위해 칼날을 휘두른다.

——파밧! 사과를 정중앙으로 가른 명함이 단상에 꽂혔다.

나는 잘렸다는 걸 보여주기 위해 절단된 사과를 반씩 들어 보였다.

"자, 박수 부탁드립니다!"

""""……."""

"어, 어라……?"

연회장은 뭐랄까, 꽤 조용했다. '선배, 장난 아니네요', '역시 선배예요', '진심으로 대단하지 않아?', '뭔가 위험해 보여', '자세히 보니, 근육이 엄청난데', '재미 하나도 없네, 이 바보 자식' 등, 어느 쪽이냐 하면 진심으로 놀라서 모두가 당황한 듯한 반응이 쏟아졌다.

뭐야, 웃기지 마. 내가 얼마나 열심히 한 줄 알아?

"으음. 대단하긴 한데 명함으로 그런 걸 해낼 수 있다는 사실이 더 무섭군."

"거래처 사람들 앞에서 그런 짓을 한 적은 없겠지?"

"참 무섭구먼…… 사이가와 군은……."

"후후후후…… 훌륭했습니다……."

"이거, 판정은 결국……."

"당연히 실——."

"——잠깐 스토오옵~~~!!"

히토미 과장이 판정을 내리려는 찰나, 힘이 빠진 듯한 목소리가 연회장 안에 울려 퍼졌다.

우리가 고개를 돌리자—— 오른손에는 검, 왼손에는 접시를 든 리츠카가 서 있었다.

"리, 리츠카! 언제 그런 걸 가져온 거야? 그리고 그 검은……!"

《육화운작》이잖아! 설마 여행지까지 일부러 챙겨온 거야?

그리고 내가 즉석 개그를 하는 동안 방까지 다녀온 건가? 도대체 왜?

리츠카는 불안한 발걸음으로 단상 위로 올라왔다.

"저희는 부부니까…… 부부 즉석 개그를 하겠습니다! 어차피 로우 군이 망할 거라는 건 예상했거든요"

"뭐? 내가 망할 걸 계산했다고……?!"

"이건 또 의외의 전개군! 무려 아내가 직접 원군으로 등장할 줄이야! 별로 재미없는 인간인 사이가와 군을 역시 가장 잘 아는 건 아내뿐인가! 그의 안쓰러움이 더욱 도드라지고 있다!"

엄청나게 디스당하고 있었지만, 그 대가로 연회장은 뜨겁게 달아올랐다. 리츠카가 만취 상태라는 점, 왜 검을 들고 있는지 모르겠다는 점, 그리고 나를 구하러 왔다는 헌신적인 부분이 합쳐져서 아저씨들한테 엄청난 환호를 받았다.

“자, 그럼 자네는 도대체 어떤 ‘즉석 개그’를 선보일 셈인가?”

“네! 로우 군이 멋지게 반으로 쪼갠 사과를, 로우 군이 멋지게 공중에 던져주면, 제가 이 검으로 멋지게 썰어 보이겠습니다~~~~!”

뭐, 검으로 할 수 있는 거라면 그 정도겠지……. 어떻게 멋지게 할지는 모르겠지만. 나는 꽂혀 있던 명함과 떨어진 명함을 회수한 뒤, 양손에 반으로 쪼개진 사과를 들었다.

“여러분~~~~! 박수 부탁드립니다~~!!”

“이 멍청이들아!! 손바닥이 다 까지드록 힘껏 박수를 치란 말이다!!”

“닥쳐, 쓰레기!!” “머리 다 벗겨져라!!” “엉덩이나 두들겨, 이 자식아!!” “●어!!”

리츠카가 객석의 반응을 유도하자, 형님이 앞장서서 분위기를 띄웠다. 동시에 욕도 같이 먹고 있었다.

과연. 이렇게 흥을 돋운 다음에 보여줘야 하는구나. 그냥 기술만 선보이는 건 확실히 엔터테인먼트성이 부족하다. 내가 실패한 원인이 뭔지 이제야 알 것 같다…….

“자, 로우 군! 원할 때 던져도 돼~.”

"으, 응. 간다~?"

술에 취해 몸이 휘청거리는 리츠카였으나, 유카타 허리띠에 《육화운작》의 칼집을 꽂고는, 중심을 잡기 위한 발을 남긴 채 반대쪽 발을 크게 빼며 자세를 잡았다. 순식간에 목표물을 베어내기 위한 자세였다. 그 진짜 검술 같은 자세에, 손뼉을 치던 연회장 사람들이 더 크게 술렁였다. 뭐…… 리츠카는 검술이 특기니까.

나는 리츠카 쪽으로 사과 두 개를 동시에 던져, 활처럼 휘는 궤도를 만들었다. 하나씩 따로 던지는 시시한 짓은 하지 않는다. 리츠카라면 동시에 두 개쯤은 아무런 문제도 없다는 걸── 나는 그 누구보다 잘 알기 때문이다.

──챙! 눈을 깜박일 새도 없이 리츠카가 검을 칼집에 집어넣는 소리가 들렸다.

잠시 뒤, 툭툭툭…… 하고, 잘려 나간 사과 조각들이 리츠카가 들고 있던 접시 위로 떨어졌다.

리츠카는 접시째 들어 올려, 사람들에게 자랑스럽게 보여주었다.

"네~! 보다시피, 귀여운 토끼 모양으로 잘랐습니다~!!"

사과를 썰기만 한 게 아니었다. 리츠카는 공중에서 사과를 자른 데다가, 껍질까지 벗겨내 귀여운 토끼 모양으로 깎아냈다. 그야말로 초인적인 기술── 나는 식은땀이 흐르는 걸 느끼며, 부장님 쪽을 힐끗 바라봤다.

(지 · 나 · 쳤 · 어.)

부장님이 입 모양으로 그렇게 말하고 있었다. 역시 그렇겠지…….

아무리 그래도 이건 말이 안 되는 기술이었다. 차라리 미리 짜고 친 각본이나 속임수였다고 하는 편이 더 납득될 정도였다. 실제로 이런 엄청난 묘기를 본 사람들은 술렁거리고 있었다.

"……키스, 키스!"

그러자 부장님이 재빨리 손뼉을 치며, 바보 같은 대학생 텐션으로 키스 콜을 외치기 시작했다.

그에 휩쓸려, 연회장 전체가 일제히 키스 콜을——.

"키스하지 마라! 하지 마라 카이!! 절대로 하지 마라!"

——아니, 한 사람만 죽어라 저항하고 있었으나, 어쨌든 콜을 외치고 있었다.

리츠카는 멍한 얼굴로 나를 보더니——곧 양팔을 활짝 벌려 날 받아낼 자세를 잡았다. 술에 잔뜩 취하기도 해서 이제는 뭐든 상관없다는 느낌이었다.

"로우 군? 으음—♡"

"나중에 창피하다면서 후회해도 난 모른다……?"

눈을 꼭 감고, 입술을 쭉 내미는 리츠카.

나는 그런 리츠카를 정면에서 힘껏 끌어안고, 그대로 입술을 포개었다.

그 순간, 연회장이 폭발적인 환호로 들끓었다. 이럴 거면 즉석 개그는 왜 한 거야.

"젊다는 건…… 정말 멋진 일이군요……. ~~후후후후~~……."

게다가 히소 씨는 어디서 구한 건지, 연회장 안의 차임벨을 '딩동댕' 두드리고 있었다. 노래자랑 프로그램에서 자주 들리는 그 소리였다.

"과시하지 말란 말이다, 이 바보들아!! 성공————!!"

——그렇게 해서, 나는 무사히 'EX'를 열고 가장 먼저 빙고를 만들었다.

(부장님의 센스 덕분…… 아니, 화제를 슬쩍 돌려준 덕분이야.)

"로우 군~. 선물 상자는 뭘 고를 거야? 큰 거, 작은 거?"

"좋아하는 걸 초이스하도록, 사이가와 커플! 베이베!"

빙고를 만든 사람은 선물 상자 중 하나를 고르고, 그 자리에서 열어서 무엇을 받았는지 모두에게 알려야 한다. A에서 J까지 알파벳이 붙은 상자는 전부 크기가 제각각이었다. 가장 큰 A 상자는 사람이 한 명 정도 들어갈 만한 크기였고, 가장 작은 J 상자는 손바닥 위에 올려놓을 정도밖에 안 됐다. 자, 그렇다면…… 어느 게 좋을까.

"그럼, 두 번째로 작은 I 상자로 하겠습니다."

"우와, 로우 군다워……."

"오케에에에이!! 프레젠트 포 유! 앤드 오픈!!"

나는 손바닥에서 살짝 튀어나올 정도의 크기인 I 상자를 열었다. 안에는 두 장의 티켓이 들어 있었다.

“뭐가 들어 있었지? 마이크에 대고 보고하도록.”

“음, ‘청소관’ 1박2일 무료 숙박권입니다! 한 장당 두 명까지이고, 총 두 장이에요!”

오오, 하고 놀라움의 탄성이 터져 나왔다. 확실히, 몇만엔 상당의 상품이었다.

아마 히소 씨의 후의가 크게 작용했을 것이다.

그래서 나는 자리로 돌아가면서 히소 씨에게 고개를 숙였다.

“후후후후…… 다음에는 사적으로도 많이 찾아와줘…….”

“네. 감사합니다, 히소 씨.”

“그나저나 당신——…… 꽤 재미있는 아이와 결혼했구나……? **타고난 불운**이 그 아이 덕분에 누그러진 건 아닐까? 내가 아는 당신이라면 빙고 따위는 절대 맞추지 못했을 텐데……. 아내를 소중히 여기도록 해…….”

“당연하죠. 평생 소중히 대하겠습니다.”

타고난 불운이라. 어디서 들어본 말이었다.

예전에 이 사람에게 직접 들었을지도 모르지만, 딱히 기억나진 않는다.

만약 리츠카가 내 운에 영향을 주고 있는 거라면, 그건 참 좋은 일이라고 생각한다.

그 후로도 빙고 대회는 계속 이어졌고—— 술자리는 무사히, 성황리에 막을 내렸다.

*

"영차……. 휴, 결국은 술에 완전히 취해버렸네. 너무 많이 마셨어, 리츠카."

"으음~……."

나는 품에 안고 있던 리츠카를 내려, 미리 깔려 있던 이불 위에 눕혔다. 자리로 돌아가자마자 잠들어 버린 리츠카는 결국 술자리가 끝날 때까지 깨어나지 않았다.

만약 깨어 있었다면 회사 아저씨들에게 놀림을 받았을 것이다. 좋든 나쁘든.

"그건 그렇고…… 이불은 한 장뿐인가?"

미리 방 정리를 해줬던 모양인지, 큰 이불 하나가 깔려 있었다. 그 위에 베개 두 개가 나란히 놓여 있는 걸 보면 히소 씨가 센스 있게 챙겨준 것 같았다.

"……산책이라도 할까."

조용히 잠든 리츠카를 보고 있자니 순간적으로 욕망이 들끓었지만, 아무리 나라도 단합 여행을 와서 그런 짓을 할 마음은 없었다. 올해는 '율(律)'의 해이기도 하고.

아직 자기에는 좀 일렀으므로, 나는 조용히 방에서 나와 여관 안을 산책하기로 했다.

(1층 로비에 라운지가 있었지. 잠깐 가볼까.)

일부 조명이 이미 꺼진 복도는 어슴프레 어두워져 있었다.

청소관은 꽤 오랜 역사를 지닌 여관이라고 들었는데, 몇 차례 전면 보수를 거친 지금은 시설이 모두 새것처럼 잘 정비돼 있었다. 히소 씨가 기관 해체 이후 어떤 과정을 거쳐서 이곳의 여주인이 되었는지는 모르나, 아마 여러모로 고생했을 것이다.

"——좋은 밤이군. 산책 중인가?"

"네? 아, 네."

순간, 유카타 차림으로 스쳐 지나간 그 인물에게 아무런 위화감도 느끼지 못했다.

그것 자체가 이상한 일이라는 걸 뒤늦게 깨닫고, 나는 곧바로 복도를 돌아봤다.

(방금 그 사람은 누구지? 우리 회사 사람이 아니었어……!)

말을 나눠본 적은 없더라도, 우리 회사 직원의 얼굴이나 이름 정도는 파악하고 있다.

그러니 방금 지나친 인물이 우리 회사 사람이 아니라는 것도 분명히 알 수 있었다.

오늘은 우리 회사가 여관 전체를 대관한 날. 다른 숙박객이 있을 리가 없다.

"……사라졌어……?"

뒤돌아본 복도에는 아무도 없었다. 문이 열리는 소리도 나지 않았고, 몸을 숨길 만한 통로나 공간도 보이지 않았다. 일직선으로 뻗은 복도이니, 이렇게 바로 놓칠 리가 없는데…….

(**역사**가 오래된 여관. 그렇다면 혹시——.)

내 머릿속에 몇 가지 단어가 스쳐 지나갔다. 역사, 배경, 괴기 현상, 괴담, 유령——.

"……후후후후……《날개 사냥꾼》 군. 이런 시간에 어디를 가려는 거지……?"

"으아아아악————!!!"

등 뒤에서 들려온 무겁고 낮은 목소리에, 나는 반사적으로 비명을 질렀다.

그리고 동시에 뒤돌아보며 주먹을 휘둘렀지만, 상대는 이를 쉽게 피했다.

"위험하군……. 그리고 다른 손님에게 민폐니, 조용히 좀 해주겠어……?"

"히, 히히, 히소 씨! 휴, 깜짝이야……."

"안색이 나빠……. 심박수 상승과 식은땀도 관찰되고 있어……."

"아마 절반은 히소 씨 때문일 걸요……. 휴……. 맞다, 히소 씨. 잠깐 여쭤보고 싶은 게 있는데요. 이 여관, 혹시…… 나오나요?"

"그야, 뭐……. 그래서 그만둔 여종업원들도 많은걸……. 후후후."

왜 조금 기뻐하는 거야. 역시 여관 주인은 익숙한 걸까.

"뭐, 겨울철에는 그다지 심하지 않지만…… 안 나온다고 단언할 순 없어……. 시골이니까……."

"역시 그렇죠? 사실 방금 제 눈으로 봤거든요. 심장이 멎는 줄 알았어요."

"어머, 그래……? 괜찮으면 나중에 방으로 가져다줄 수도 있어……. 적절한 도구를……."

"도구라니……. 음, 어떡하지? 아, 아뇨. 괜찮아요. 단순한 착각일 수도 있고, 게다가 저는 그런 걸 잘 안 믿는 타입이라서요."

"자기 눈으로 본 것만이 전부는 아니야……. 그들은 언제나 거기에 '있다'고 생각하는 편이 정신 건강에 좋지 않을까……?"

엄청 부채질하네. 내 허세를 단숨에 날려버리지 말란 말이야.

"그나저나, 히소 씨는 어디 가세요? 아직 일하시는 중인가요?"

나는 억지로 화제를 바꿨다. 여관 주인이니, 아마 내일 준비를 해야 할 것이다.

"잠시 쉬면서…… 치우네랑 추억 이야기를 나누러 방

에 가는 길이었어……. 후후후후……. 쌓인 얘기가 많거든……. 당신은……?"

"그렇군요. 저는…… 이만 방으로 돌아가려고요."

라운지에 가보고 싶었지만, 이미 그런 기분은 사라진 지 오래다.

지금은 그저 리츠카의 잠든 얼굴을 조용히 바라보고 싶다. 그리고 조금 전의 불쾌한 일을 잊고 싶다.

"그렇구나……. 정말로 괜찮으려나……? 도구……."

"괜찮습니다. 그럼, 안녕히 주무세요."

나는 발걸음을 돌려 우리 방으로 돌아갔다. '어머, 그래……' 하고 히소 씨의 목소리가 들렸으나, 이윽고 거의 들리지 않게 되었다.

"정말…… 괜찮은 걸까……? 겨울에도 나오는…… '벌레'……."

*

"으음~~…… 헉!"

눈을 뜨니 어둑한 천장이 시야에 들어왔다.

여기는…… 방? 그리고 이불 위?

"일어났구나, 리츠카. 아침까지 푹 잘 줄 알았는데. 속은 좀 어때?"

"로우 군…… 술은 이제 다 깼어. 어라? 술자리는?"

"끝난 지 오래야. 아, 리츠카의 빙고는 대신 내가 했는데 결국 실패했어."

"그렇구나~……. 아쉽네."

달빛이 방 안으로 스며든다. 로우 군은 여관의 일본식 방에 있는 그 미스터리한 공간(어째서인지 항상 의자 두 개가 놓인 곳)에서 의자에 기대어 앉아 있었다.

확실히 즉석 개그를 하고 로우 군과 뽀뽀를 한 것까지는 기억하고 있는데…… 아, 맞다! 모두 앞에서 뽀뽀했지! 으아악! 부끄러워!

"로, 로우 군. 저기, 뽀뽀한 거 보고 다른 사람들은 뭐래……?"

"사랑이 넘치는 부부라며 놀리긴 했어. 근데 부럽다고 하는 사람도 있더라. 다들 리츠카가 정말 귀여운 아내라고 칭찬해 줘서 조금 뿌듯했어."

"뿌듯……. 그렇구나. 으으, 얼굴이 뜨거워……."

술의 힘을 빌린 덕분이었으므로 만약 지금 같은 상황에서 다시 하라고 하면 절대 못 할 거다.

나는 비틀거리면서 이불에서 일어나, 로우 군 맞은편 의자에 앉았다.

"여기, 좋다. 이 미스터리 공간…… 마음이 편해."

"히로엔(廣緣)이라고 부른대."

"히로엔……. 내일이면 잊어버릴 것 같아……."

"뭐, 익숙하지 않은 단어니까."

나는 꽤 오랫동안 잠들었던 모양이다. 시계를 보니 이미 자정이 지나 있었다.

로우 군은 그동안 뭐 하고 있었을까? 물어봐야지.

"로우 군은 지금까지 뭐 했어?"

"응? 아…… 나는 리츠카가 자는 모습을 바라보고 있었어. 그랬더니 시간이 벌써……."

"그랬구나. 좋은 시간을 낭비했네~."

"응. 그런데 리츠카……."

"왜?"

"귀신을 믿어?"

"갑자기 뭐야……?"

이렇게 불도 켜지 않은 어두운 방에서 무서운 소리 하지 말아 줄래?

하지만 로우 군이 아무런 이유 없이 이런 말을 꺼낼 리도 없으니, 일단 이유를 물어봐야겠다.

"저기, 그게…… 좀 전에 그럴싸한 걸 봤거든. 히소 씨에게 물어봤는데, 정말로 나올 때가 있나 봐. 그래서 리츠카에게도 보고해 두려고…….”

“그런 보고는 필요 없어! 무섭단 말이야!!”

“괜찮아, 리츠카. 난 귀신을 믿지 않으니까…….”

“그럴싸한 걸 봤는데도……?”

요시노는 귀신이나 무서운 이야기를 좋아하지만, 나는 좋아하지 않는다.

로우 군과 둘이 영화를 볼 때도 공포 영화만은 일부러 피할 정도다.

지금 로우 군이 조금 이상한 이유도 아마 귀신을 봤기 때문일까.

그렇다면 지금은 기분이 좋아지는 일을 해야 한다.

“방에 있는 노천탕에 들어가자! 자기 전에 제대로 땀 좀 씻어내고 싶어!”

“지금? 아침에 들어간다고 하지 않았어?”

“내 감이긴 한데…… 아마 오늘은 둘 다 푹 자서, 아침 식사 전까지 못 일어날 것 같아. 아침에는 들어갈 시간이 없지 않을까~?”

“확실히, 리츠카야 그렇다 쳐도 나는 일어날 자신이 없어. 좋아…… 들어가자!!”

(갑자기 기운을 회복했네.)

귀신을 본 건 로우 군의 착각일 거라고 생각하지만, 이 이상 자세히 물으면 나도 무서워질 게 뻔하니 깊이 캐묻지 않기로 했다.

"""추워!!"""

2월 한밤중에 옷을 다 벗고 밖으로 나왔더니 너무 춥다. 그래서 우리는 일제히 첨벙첨벙 소리를 내며 노천탕으로 뛰어들었다.

"으아아아아……. 좋다아……."

"오히려 죽지 않고 용케 버틴 것 같아……."

몸이 서서히 따뜻해진다. 눈물이 날 정도로 기분이 좋았다.

"목욕 끝나고 방으로 돌아갈 때가 진짜 승부겠네……."

"목욕 후 한기를 막는 싸움인가……."

우리의 목소리와 샘물처럼 흘러나오는 온천물 소리만이 밤하늘에 울려 퍼진다.

그 외의 것들은 너무나도 고요해서, 마치 세상이 전부 잠들어 버린 것 같았다.

"한밤중에 노천탕에 들어오니 뭔가 나쁜 짓 하는 기분이지 않아?"

"그러게. 이런 시간에는 원래 목욕을 안 하니까."

"그게 노천탕이라면 더더욱. 설마 둘이 같이 들어올 줄이야. 그것도 단합 여행에서."

"내 아름다운 목소리 덕분이란 걸 잊지 마!!"

"안 잊어. 이왕이면 자기 전에 자장가도 부탁할게."
"마이크랑 스피커만 있으면 돼♡"
"야밤에 완전 진상이잖아……."
우리는 나란히 앉아, 이런저런 시시한 이야기를 나누며 몸을 데웠다.
얼마 전까지만 해도 이렇게 같이 목욕하는 건 상상도 할 수 없었다.
내가 거부했으니까……. 하지만 지금은 이렇게 할 수 있다는 게 행복하다.
내 전부를 받아들여 주기에, 더 이상 아무것도 무섭지 않다.
그래서 더 다가가고 싶어졌다. 나는 로우 군의 어깨에 머리를 기대었다.
"——즐거웠어, 단합 여행. 와서 정말 좋았어."
"그렇게 말해주니 나도 기뻐. 긴장되기만 하고 피곤할 수도 있었는데."
"좋은 사람들이야, 로우 군네 회사 사람들은. 다들 재밌고."
"……뭐, 긍정적으로 평가하면 그렇게 되겠지."
"부정적으로 평가하면?"
"괴짜가 많아……."
그건 그 나름의 '맛'이라고 생각한다. 역시 조금은 날카롭지 않으면 좋은 장난감은 만들 수 없을 테고, 사실 로우 군도 그렇다. 뭐, 이건 말하지 말아야지…….

"우리 회사에도 이런 게 있으면 좋겠어. 그럼 로우 군을 사람들에게 자랑할 수 있을 텐데. '태클을 잘 거는 남편이에요'라고."

"그거 자랑 맞아……?"

"복리후생 관련은 아키 씨가 잘 아니까 다음에 상의해 봐야지~."

"해볼 만한 가치는 있겠네. 의외로 회사는 직원의 요구를 들어주기도 하거든. 리츠카네 회사는 화이트 기업이니까 가능할 것 같아."

"그럼 이바의 요타로 씨도 올 수 있겠다!"

"그럴지도……. 그럼 냥키치는 누구한테 맡기지?"

"아, 그러게. 음…… 오빠는 어때? 동물 좋아하잖아."

"이이즈나 씨에게 맡기는 게 나을 것 같아……."

막연하게 앞으로의 즐거운 일들을 둘이 마음대로 계획해 보는 건 꽤 즐겁다.

설사 실제로 이루어지지 않더라도, 하고 싶은 걸 서로 생각할 수 있었던 것만으로도 조금 행복하다.

정말로 실현된다면 더욱 행복할 거고.

그리고 지금 이렇게, 사랑하는 사람과 같은 시간을 보내고 있다는 게 가장 큰 행복이다.

"로우 군♡"

"응?"

"에잇!!"

――풍더엉!

나는 로우 군에게 달려들어, 물속으로 밀어 넣었다.

둘이 함께 욕조 바닥으로 잠겼다. 부글부글 거품 소리가 들린다.

로우 군은 나를 안은 채, 곧바로 수면 위로 떠올랐다.

"푸핫! 콜록, 콜록! 코, 코에 들어갔어!! 리, 리츠카! 머리 젖기 싫다고, 들어가기 전에 말하지 않았어?! 뭐 하는 거야?!"

"후후훗. 가만히 있으면 재미없잖아? 둘이 같이 노천탕 속에 잠기는 일은 아마 다시는 없을 거야!"

"재미를 찾는 장소가 아닌데…… 뭐, 앞으로 다신 없을 것 같긴 해……."

"게다가 이렇게 붙어 있으면 더 따뜻해!"

나는 정면에서 로우 군 무릎 위에 올라타, 꼭 안겼다.

집 욕조는 조금 좁아서 이렇게 마음껏 붙어 있지 못한다. 여기가 노천탕이라서 가능한 일이다.

로우 군의 몸은 거칠지만, 근육이 붙어 있어서 포근하게 감싸주는 느낌이 있다. 비유가 아니라, 나를 제대로 감쌀 수 있는 '크기'가 있다. 가슴에 머리를 기대자, 심장 박동

소리가 들려왔다. 나도 모르게 큰 한숨이 나왔다.

로우 군이 여기에 존재한다는 게 확실히 느껴져서, 난 이렇게 붙어 있는 게 정말 좋다.

"……리츠카는 귀엽네."

"후훗. 더 말해도 돼~."

로우 군은 내 등과 머리 뒤로 팔을 감아, 날 더 꽉 안아주었다.

그리고 손바닥으로 머리를 살살 토닥이며 달래주듯 두드려 줬다.

우리는 한동안 아무 말 없이, 서로의 몸을 맞댄 채로 붙어 있었다.

"……."

"……."

"………."

"……응?"

아침까지 계속 이렇게 있고 싶다고 생각하고 있었는데, 갑자기 딱딱한 물체가 엉덩이를 찔렀다. 손가락 같은 게 아니라 막대기 같은 느낌.

그게 뭔지 바로 알아챈 나는 로우 군을 노려보았다.

"왜 그런 거야?"

"아니, 리츠카가 귀여워서……."

"그걸 이유로 삼지 마!"

"진지하게 대답하자면, 이렇게 가까운 거리에서 부드럽고 좋은 향이 나는 리츠카와 붙어 있는 이상, 내가 아무리 회사 규정을 외우면서 평정심을 유지하려고 해도 본능이 하체부터 반응해 버려. 하지만 지금 나는 일부러 쿨한 표정을 지으며 이성을 지키려 하고 있어. 그러니 나는 잘못이 없어. 오히려 날 혼란스럽게 하는 리츠카가 나빠. 리츠카를 공격하지 않는 나는 잘못이 없어. 사과해…… 사과해, 리츠카!! 참고 있는 나에게 사과해!!"

"미, 미안해……."

기세에 눌리고 말았다. 중간부터는 말이 너무 빨라서 전혀 알아들을 수 없었다. 하지만 뭐, 남자가 그렇게 되는 것도 나도 이젠 잘 알고 있으니까…….

"지, 집에 돌아가면, 그, 오랜만에……."

"……."

로우 군은 아무 말 없이 한 손을 공중으로 힘차게 쳐들었다. 오빠가 자주 보던, 입에서 페인트를 뱉는 사람들이 주먹으로 싸우는 만화에서 보스가 죽었을 때 그런 포즈를 취했던 게 기억났다.

"정말! 간만에 분위기 좋았는데!"

"미안, 미안. 너무 오래 있으면 안 되니까 슬슬 나가자."

그렇게 우리는 노천탕에서 나와 몸을 꼼꼼히 닦고, 잠자리에 들 준비를 마쳤다. 그리고 그대로 두 사람이 함께 이

불에 들어가, 서로에게 잘 자라그 인사했다.

그러고 보니, 누가 먼저 잠들었는지 알 수 없을 정도로 빨리 잠들었다. 역시 피곤했던 모양이다.

문제는 서로 알람 맞추는 걸 깜빡했다는 건데……. 후배의 전화를 받았을 때는 이미 아침 식사 시간이 되어 있었다는 게 이번 여행의 '결말'이다!

*

"여러분, 고생 많으셨습니다……. 직원분들, 그리고 가족분들 모두 저희 회사의 단합 여행을 즐기셨길 바랍니다……. 마지막으로 단체 사진을 찍고 해산하도록 하겠습니다……."

버스 안에서도 꾸벅꾸벅 졸다 보니 어느새 회사에 도착해 있었다.

시데 씨 역시 안색이 좋지 않았으나, 그래도 우리를 단체 사진 촬영 장소로 안내했다.

"다들 피곤해 보여~……."

"여행이란 결국에 피곤함이 더 크게 남는단 말이지……."

나와 리츠카는 그런 얘기를 하면서도 어쨌든 사진기 앞에서는 웃는 얼굴을 지어 보였다.

단체 사진 촬영이 무사히 끝나고 나중에 현상해서 참가

자 전원에게 나눠준다는 안내를 끝으로, 길다면 길고 짧다면 짧았던 단합 여행도 막을 내렸다. 귀찮다는 이유로 부장님과 히토미 주임은 따로 마무리 연설을 하지 않았고, 부사장님은 당장 지금부터 해외 출장을 간다고 한다. 터프한 사람이네…….

"그럼 패밀리 여러분!! 다시 만나는 그날까지, 씨 유 어게인!!"

"괴물이네, 저 사람."

"아직도 팔팔한 것 같아……. 아, 사이가와 씨. 그리고 리츠카 씨, 저희는 먼저 실례할게요. 이틀 동안 정말 즐거웠습니다! 감사했어요!"

"우리야말로 고마워, 미사고. 또 보자!"

"저도 오길 잘했다고 생각했어요. 뭐, 내년엔 안 올 거지만요."

"빈말이라도 '내년에도 오고 싶다'라고 말해……."

오오타카와 미사고 씨는 우리에게 인사한 뒤 그대로 떠났다. 오오타카의 아내는 어떤 사람일지 궁금했는데, 녀석을 잘 제어하면서 배려심이 깊은, 좋은 사람인 것 같다.

"사이가와, 집에 돌아가는 것까지가 단합 여행이니 조심해서 들어가도록."

"중간에 새지 말고 곧장 집으로 가게!"

"초등학생이냐고……."

"부장님, 주임님. 이번에 정말 신세 많이 졌습니다! 앞으로도 로우 군…… 아니, 제 남편을 잘 부탁드립니다!"

뒷정리를 위해 회사에 남기로 한 두 사람은 다른 직원들을 배웅했다.

우리도 예외 없이 고개를 숙이며 인사했다. 좋든 싫든 자극적인 레크리에이션이 많았던 건 히토미 주임의 정체모를 기계 덕분일 것이다. 부장님도 모두를 잘 이끌어 주셨고.

"선배, 그리고 배우자분. 이다가 괜찮으시면 몇몇 멤버랑 같이 점심 드시지 않을래요?"

"미안해, 이코마 씨. 지금 가야 할 데가 있거든."

"냥키치를 데리러 가야 해. 다음에 또 보자!"

"배우자분한테 한 말이 아닌데요……. 어차피 직원도 아니시잖아요."

"내가 너보다 언니라고 했지!"

"시대착오적인 사고방식이네요~."

리츠카와 이코마 씨가 또 티격태격 다투기 시작했다. 이번 여행을 통해 두 사람의 관계가 꽤 가까워진 것 같다. 확실히 회사 밖에서의 교류도 중요하다.

"뭐, 그럼 다음에 기회가 생기면 봐요. 냥키치가 분명 외로워하고 있을 테니, 얼른 가보세요. 이틀 동안 고생 많으셨습니다!"

"응, 고생했어. 회사에서 봐."

"……조심해서 들어가."

우리는 손을 흔들며 이코마 씨와 인사했다. 이 시간에 점심을 먹으러 갈 생각을 한다니, 역시 아직 젊구나. 솔직히 나는 이런저런 용건만 끝내면 집에서 뒹굴고 싶다.

"드디어 일이 끝났다……. 내는 도대체 뭐 할라꼬 이 여행에 따라온 기고……. 만약에 내고 소년 만화 주인공이었으모 우짤라꼬? 여행편에서 이 정도로 비중이 없으모 독자 인기투표 순위에서 밀릴 게 뻔타 아이가! 내 말이 틀리나? 리츠! 글고 매제!"

"고생 많으셨어요."

"오빠, 잘 있어~!"

"이것들아~~~!! 무시하지 마라~~!!"

전력으로 태클을 걸며 형님이 우리에게 들러붙었다.

왜 자꾸 소년 만화에 빗대는 거야. 당신은 청년 만화에서나 살아남을 수 있는 남자잖아.

"대표님. 그럼 저는 먼저 실례하겠습니다."

"오, 조심해서 드가라, 사키. 이래저래 도움이 마이 됐다. 진짜로"

"별말씀을요. 여동생분과 매제분도 수고 많으셨습니다."

"네. 이이즈나 씨도 조심히 가세요."

"오빠 일로 상의할 게 있으면 언제든 말씀해 주세요!"

언제나처럼 딱딱한 비즈니스 태도를 흐트러뜨리지 않은 채, 이이즈나 씨는 가볍게 고개를 숙이고는 발걸음을 재촉하며 떠나갔다.

다음엔 나, 리츠카, 그리고 이이즈나 씨, 이 세 사람만 대화를 나눠보는 것도 괜찮을 것 같다.

“내도 이제 집에 가가 푹 자보까. 담에 여행 갈 때는 미리 일을 다 끝내놔야긋다.”

“하하하, 편히 쉬세요. 그래도 형님 덕분에 결과적으로는 즐겁게 보냈어요. 사실 저는 원래 이런 단합 여행은 안 가는 쪽이었거든요. 권유해 주셔서 감사했어요.”

“가끔은 오빠의 억지가 도움이 될 때도 있네~.”

“아앙? 머라카는 기고? 애초에 내는 니들보고 오라 칸 적이 없거든?”

“‘‘뭐?’’”

무슨 뚱딴지같은 소리를, 라며 형님이 대꾸했다. 우리 둘은 그 자리에서 멍하니 굳어버렸다.

이번 단합 여행에 끌려온 건 형님 때문인 줄 알았는데.

“내도 바보봉이 ‘컴온 컴온’ 카이까 온 기지, 원래 참가할 생각은 없었대이. 내는 외부인 아이이가. 니들 둘이, 딴 사람하고 착각한 거 아이나?”

생각해 보니, 출발할 때도 형님은 우리에게 ‘잘 왔다’는 말을 한 적이 없었다. 오히려 본인도 (부사장이 불러서) 억지로 따라왔다고만 했었지.

그러나 시데 씨는 분명히 '이 사람이 난리를 치는 바람'에 같은 뉘앙스로 말했었는데.

으음…… 뭐, 형님이 리츠카에게 집착하는 건 늘 있는 일이고, 이 사람 말은 뭐든 곧이곧대로 믿을 수 있는 것도 아니니까. 아마 어딘가에서 이야기가 꼬여서 시데 씨에게 잘못 전해졌고, 그게 나한테까지 흘러 들어왔을 것이다.

"죄송해요. 저희가 착각한 것 같아요. 자, 가자, 리츠카."

"응. 오빠, 사키 씨 너무 곤란하게 하면 안 돼! 잘 지내~!"

"그래, 담에 보자."

사실 어떻게 참가하게 됐는지는 이제 아무래도 상관없다.

결과적으로 리츠카와 같이 가길 잘했다고, 진심으로 그렇게 생각할 수 있다면── 나에겐 그게 가장 중요하다.

"자, 이제 이바네 집으로 가볼까? 리츠카, 연락 좀 해줘."

"알겠어! 냥키치, 우리를 엄청 기다리고 있겠지?"

"그러면 다행인데……."

한가득 선물을 들고, 우리는 가족을 맞으러 발걸음을 옮겼다.

집에 돌아가는 것까지가 여행이라고 했던가. 확실히 그럴지도 모른다. 이렇게 리츠카와 나란히 걸으며, 이번 여행을 되짚어보는 이 길마저도 내겐 즐거운 시간이니까.

영업차를 몰고 가던 중, 조수석에 대충 던져놨던 개인 휴대전화가 울렸다.

전화라면 안 받을 수 없는 법. 후우, 하고 한숨을 내뱉었다.

남자——시데 시요쿠는 비상등을 켜고 차를 갓길에 세웠다.

"——여보세요."

『지금 통화 괜찮을까? 시데 군.』

"짧게 해주세요……. 근무 중이라서요."

『미안, 미안. 원래라면 '업무 중에 실례합니다'라고 말해야 했는데.』

수화기 너머의 목소리는 남자인지 여자인지 쉽게 구별이 되지 않았다. 사실 시데도 그게 딱히 궁금하진 않았다. 사적으로 얽힌 사이는 아니기 때문이다.

『우선, 그 일은 고마웠어. 정말로 도움이 많이 됐어. **표적**은 직접 눈으로 확인해 둬야 여러모로 일이 잘 풀리거든. 시데 군, 사실 매칭에 재능 있는 거 아니야?』

"없습니다……. 놀리는 건 그만해 주시죠, **사장님**."

『뭐, 사실 그 여관에서 네가 직접 그 둘을 처리했더라도 난 상관없었는데.』

"그럴 일은 절대 없습니다. 그때의 저는…… 회사원이었으니까요."

『성실하구나~.』

표적—— 사이가와 리츠카와 사이가와 로우시를 '사장님'과

만나게 하는 것.

그를 위해, 둘을 단합 여행에 억지로 끌어들이는 무리수를 썼지만, 아마 눈치챘을 가능성은 없을 것이다. 쿠레이 토라지가 있어서 다행이라고, 시데는 속으로 생각했다.

"용건은 그게 다입니까……?"

『《오르간》 건은 계속 진행한다 치고…… 다른 건이 있어. 지금 메일 보낼 테니까 거기에 적힌 놈들 좀 데려와 주지 않을래? 시의회 의원의 자식이라든가, 그런 애들이야.』

"알겠습니다. 그럼 업무 마치는 대로 착수하겠습니다……."

『잘 부탁해~.』

"네. 아…… 죄송합니다, 사장님. 하나 정정해 드리고 싶은 게 있습니다……."

『?』

"지금은 **부업 중**입니다. 제 본업은 《야호사》니까요—— 착각하지 않으셨으면 합니다."

그 한마디만 남기고, 시데는 전화를 끊었다. 비상등을 끄고 차를 다시 출발시킨다.

그는 오후 6시까지는 어디까지나 반다의 영업사원이다. 근무 시간에 게으름을 피울 생각 따윈 하지 않는다.

본업과 부업을 병행하는 건, 현대 사회에서 꽤 벅찬 일이다.

두 쪽 다 성실히 해내야 한다.

"킬러도…… 쉽지 않네……."

엔진 소리에 묻힐 만큼 작은 목소리로, 시데는 지친 듯 푸념을 흘렸다.

《에필로그》

"어서 와, 리츠카! 그리고 로우시 씨!"

"다녀왔습니다~! 냥키치, 데리러 왔어!"

"신세 많이 졌습니다, 하구사 씨. 그리고 이바도. 자, 냥키치. 이제 집에 가자."

문을 열어준 하구사 씨 뒤로, 이바와 냥키치가 나란히 서 있었다. 리츠카와 나는 현관 앞에 쪼그려 앉아, 냥키치가 달려올 수 있게끔 팔을 벌렸다.

냥키치는 말 없이 우리와 이바를 번갈아 보더니――.

『누구……?』

"네 주인이잖아!"

――최악의 한 마디를 내뱉었다. 누구냐니, 장난해?

이바가 냥키치의 허리를 찰싹 치자, 녀석은 느릿느릿 우리 쪽으로 걸어왔다.

그리고 우리 앞에 다다른 녀석은 마치 인사라도 하듯 고개를 꾸벅 숙였다.

『안녕. 난 검정 꼬맹이다냥. 우리 집에 들어올래냥?』

"완전히 익숙해졌잖아……!!"

"화를 내는 건가? '용케 날 두고 갔겠다~!' 하고."

"아니, 뭐……."

이제 완전히 남의 집 고양이가 되어버린 것 같은 냥키치를, 리츠카에게 어떻게 설명해야 좋을까. 이름까지 바뀌었잖아. 검정 꼬맹이라니. 이바가 그렇게 부른 게 틀림없다.

"냥키치는 계속 이바랑 붙어 있었어. 잘 때도 떨어지질 않더라고. 요타로가 엄청 마음에 들었던 걸까? 마치 서로 사랑하는 사이 같았다니까~."

"그랬구나……. 좀 질투 나……."

"너, 대체 무슨 짓을 한 거야. 냥키……."

『검정 꼬맹이다냥.』

"냥키치라고!! 아무튼 녀석이 이 정도로 잘 따른다니, 설마 이상한 걸 먹인 건 아니겠지?"

"안 먹였어. 너희가 두고 간 간식…… 아니, '식'을 줬을 뿐이야."

잠깐, 이바도 냥키치한테 물들고 있잖아!

냥키치는 원래부터 속물적인 고양이였으니, 아무런 거리낌 없이 간식을 챙겨주는 이바에게 곧장 마음을 연 건지도 모른다. 나와 리츠카는 꽤 엄격하게 굴었으니까…….

『요타로~. 이 녀석들, 어떻게 할까냥? 죽일까냥?』

"바보냐? 당장 집에 돌아가."

『아아앙, 너무하다냥. 내가 없어도 외롭지 않은 거냥……?

그 뜨거운 밤, 내가 필사적으로 흔들었던 허리놀림을 벌써 잊은 거냥……?』

"자는 내 얼굴에 대고 허리를 흔들었을 뿐이잖아! 빨리 가!"

"진짜네……. 완전히 친해졌어……."

(이 녀석, 상대가 밀어내면 밀어낼수록 더 불타오르는 타입인 건가…….)

원래부터 퉁명스러운 이바의 성격이 오히려 냥키치의 집착을 자극하는 건지도 모른다.

냥키치는 이바에게 쫓겨나고 나서야 겨우 리츠카의 품에 안겼다. 거기까지 오는 데도 은근히 시간이 걸렸다……. 솔직히 우리도 좀 충격받았다.

"미안. 이미 냥키치를 안은 시점에서 말하는 건 좀 그렇긴 한데, 잠깐 들렀다 가지 않을래? 돌려줄 것도 있고, 차라도 한잔하고 가는 게 어떨까 해서."

"앗, 그래도 돼? 그럼 잠깐만 신세 질까, 로우 군? 우리도 선물을 가져왔으니까."

"그러자. 실례하겠습니다, 잠깐만 들렀다가 갈게요."

『그래. 편하게 쉬다 가라냥. 여기가 바로 내 별장이다냥.』

"진짜, 이 녀석은 대단한 고양이야."

"그러게……."

어쩌면 동물은 인간보다 훨씬 뻔뻔할지도 모른다.

그게 아니면 그냥 냥키치가 유달리 그런 녀석인 건가…….

"이게 과자를 모아둔 봉투고, 이건 요세기 세공 소품 상자야!"

"앗, 이렇게나 많이?! 괘, 괜찮아?"

"자, 여기 목검."

"오, 진짜로 사 온 거야? 사이가와, 너 좋은 녀석이구나?"

선물을 나눠줄 상대는 그리 많지 않다. 단합 여행의 성격상 회사 사람들을 따로 챙길 필요는 없었고, 리츠카도 회사 사람 몇 명이랑 카야마, 쿠리 씨, 그리고 이 둘 정도면 충분했다.

그래서 우리 둘은 냥키치를 닽아줬던 보답으로 선물을 한가득 사 왔다.

『호오……. 그렇다면 나에게 바칠 공물도 있겠지? 다 알고 있다냥.』

"리츠카. 냥키치가 자기 건 없냐고 묻는데?"

"그래? 냥키치한테는…… 이거! 새 빗! 이걸로 많이 빗어서 더 예뻐지자~?"

『네, 다음 쓰레기.』

"기뻐하는 척이라도 좀 해……."

이바가 냥키치의 허리를 찌르자, 냥키치는 '오옹~' 하고 애매하게 요염한 소리를 냈다.

우리가 예상보다 선물을 많이 사 온 탓인지, 하구사 씨는 약간 난처한 표정을 지었다. 그렇게 큰 수고를 한 건 아닌데, 라고 생각하는 것 같았다.

물론, 선물의 메인은 따로 있었다.

"그리고 마지막 선물은—— 짜잔! 우리가 묵었던 여관 무료 숙박권! 이거 한 장으로 두 명까지 쓸 수 있으니까, 기한 지나기 전에 둘이 다녀와!"

"가시기 전에는 꼭 저희에게 말씀해 주세요. 책임지고 카쿠카쿠를 맡아드릴 테니까요."

"뭐어어어어어~?! 이, 이건 기념품이 아니라 거의 돈을 받는 거나 마찬가지잖아! 이런 건 차마 받을 수 없어!"

"진짜로 주는 거야? 감사합니다!"

반응은 극과 극이었다. 거듭 사양하는 하구사 씨 옆에서 잔뜩 신이 난 이바는 리츠카에게서 숙박권을 받아 들고 있었다.

"앗, 요타로! 멋대로 받지 마!"

"아앙? 너야말로 웃기지 마. 기껏 선물해 주는 사람 앞에서 괜히 안 받는다고 하는 게 더 실례라는 걸 모르는 거냐? 원망을 제외하고 받을 수 있는 건 다 받자는 게 예전부터 우리의 신조였다고. 설마 까먹은 건 아니겠지?"

"윽……. 까먹었어……. 미안."

"그렇겠지. 방금 생각해 낸 거니까."

하구사 씨는 아무 말 없이 이바의 팔뚝을 때렸다. 거의 울기 직전이었다.

"하하하……. 사실 이건 제가 빙고 대회에서 뽑은 경품이에요. 숙박권을 두 장 받았는데, 한 장이 남아서 드리는 거고요."

"어차피 우리는 다 못 쓰니까 받아주지 않을래?"

"으흑…… 정말 고마워. 소중히 잘 쓸게……."

"언제 갈래? 다음 주?"

하구사 씨는 또 말없이 이바를 때렸다. 결과적으로 하구사 씨도 기뻐해 줬으므로, 선물을 준 우리로서도 기분 좋은 일이었다. 무엇보다 냥키치를 흔쾌히 맡아 준 덕분에 우리가 여행을 즐길 수 있었던 것이니. 이 정도의 은혜는 꼭 갚고 싶었다.

그 이후, 우리는 한참 잡담을 나누다가 슬슬 일어나기로 했다.

"자, 냥키치. 이동장에 들어가."

『요타로…… 또 보자냥. 난 이 녀석들을 돌보러 본가로 돌아가야 한다냥.』

"돌봄 받는 건 네 쪽이잖냐……. 뭐, 건강히 지내라. 검정 꼬맹이."

"또 봐, 냥키치!"

고작 하루 있었을 뿐인데 냥키치가 이렇게까지 적응할 줄은 몰랐다. 곰곰이 생각해 보면, 처음 키우기 시작했을 때도 금방 우리 집에 적응했으니, 원래부터 환경 적응력이 뛰어난 고양이일지도 모른다. 그게 아니면 이바에게서 캣닢 페로몬 같은 게 나오고 있는 걸지도…….

"여러모로 신세 많이 졌습니다, 하구사 씨. 이바도 다음에 보자."

"그래. 다음엔 경마야."

"안녕!"

"응, 잘 가, 리츠카."

이렇게 해서, 드디어 여행에 관련된 모든 일정이 끝났다.

끝나고 나니 역시 모든 게 좋았던 여행이라는 생각이 들었다.

*

"도착~! 휴우~~~~. 집 냄새를 맡았더니 마음이 편안해지네……."

"여행 끝나고 돌아오면 뭔가 진하게 느껴진단 말이지. 집 냄새가."

"맞아! 진해! 환기 좀 해야겠다."

"그런 뜻이 아니었는데……."

신발을 벗고 짐을 현관 앞에 내려놓은 뒤, 냥키치 이동장을 열어줬다. 그러자 냥키치는 곧바로 이동장에서 뛰쳐 나와 소파 위로 점프했다.

그리고 그대로 골골거리며 소파에서 뒹굴기 시작했다.

"냥키치, 집에 오니까 완전 신났네! 기뻐 보여!"

"뭐, 다른 데가 아무리 좋아도 자기 집만 한 곳이 없으니까."

『오오오오오오!! 내 몸에서 요타로의 냄새가 사라지기 전에 마음껏 비벼주겠다냥!! 빼앗아 가지 마!! 나에게서…… 사랑을 빼앗아 가지 마!!』

"응. 정말로 기뻐 보여."

"역시 그렇지?"

그런 걸로 하기로 했다. 도대체 이바를 얼마나 좋아하는 거야. 조금은 억울하다.

어쨌든 나와 리츠카도 소파에 털썩 앉았다. 그 순간, 몸 위에서 짓누르는 듯한 피로가 한꺼번에 몰려왔다.

""……피곤해……""

목소리가 겹쳤다. 즐겁기도 했고 좋은 추억도 많이 만들었으나, 어쨌든 피곤하다.

"피곤하긴 해도…… 여행이란 원래 이런 거 아니겠어?"

"어떤 건데?"

"돌아오기 위해 여행을 가는 거야. 돌아올 곳이 있으니까, 거기가 내 자리라는 걸 아니까 여행을 떠날 수 있는 거지. 집의 소중함을 다시금 깨닫는다그나 할까?"

"하긴……. '당연한 것'은 사실 '당연하지 않을 수 있는 것'이지만, 그래도 결국 '당연한 것'이라고 말하고 싶어. 우리의 '당연함'은 전부 여기 있으니까."

전에 리츠카가 썼던 표현이다. '당연함'은 절대 당연하지 않다. 무엇 하나 무너지면 쉽게 사라질 수 있는 것. 그렇기에 소중히 여겨야 한다.

여행이란, 그것을 깨닫게 해주는 계기에 불과하다. 땅에 발을 디디고 있기에, 우리는 멀리 갈 수 있다.

아무리 고급스러운 여관이나 호텔이라 할지라도, 거기서 평생 살고 싶다고는 생각하지 않는다.

적어도 나에게는 리츠카와 둘이 선택한 이 집이야말로 돌아올 장소다.

그래서 나는 아직 하지 않은 말이 있다는 걸 깨달았다.

"조금만 낮잠 잘까~. 일어나면 이것저것 해야 하잖아……. 사진이랑 동영상도 많이 찍었으니까, 저녁에 같이 보자……."

"그러자. 아, 근데 그 전에──."

"응?"

나는 리츠카의 손 위에 내 손을 포개고, 리츠카의 눈을 똑바로 바라봤다.

나에게도. 리츠카에게도. 우리 둘 모두에게도. 앞으로도 계속, 서로의 옆에 있자는 의미를 담아서.

"——다녀왔어, 리츠카."

"……응. 어서 와, 로우 군."

그저 그 한마디를 주고받았을 뿐인데도, 그것이 하나의 큰 마침표가 되었다.

앞으로도 우리는 수없이 많은 여행을 할 것이다. 혼자서든, 둘이서든, 이곳에서 다양한 곳으로 떠날 것이다.

그 여행이 얼마나 길어질지는 지금으로선 알 수 없다.

그러나 어떤 여행이 되더라도. 우리는 반드시 '다녀왔어'와 '어서 와'라는 말을 할 것이다.

그 말을 서로에게 건네야지만 비로소 여행이 끝나니까.

《후기》

안녕하세요. 우조 토시미치입니다. 이번에 제 책을 손에 들어주셔서 진심으로 감사드립니다. 지금까지 읽어주신 분들께는 감사의 마음을, 이제부터 읽으실 분들께는 즐거움을 드릴 수 있기를 바랍니다.

이번 작품은 제 통산 13번째 작품이 됩니다. 제가 연속으로 4권까지 낸 것은 이번 작품이 처음이라, 어떤 의미에서는 기념비적인 시리즈가 되었습니다. 이 또한 모두 여러분의 응원 덕분입니다.

갑작스럽지만, 3권과 4권 사이에 제 주변에서 여러 일이 있었습니다. 그중 하나로, 제 후배이자 제31회 전격대상을 수상한 덴지 유타이 군이 출간 전에 세상을 떠났습니다. 다른 매체에서 이 일에 대해 많이 이야기하고 있으니, 궁금하신 분은 따로 찾아보시면 되겠지만 제게 큰 영향을 준 일임은 분명합니다. 지금 이렇게 프로 작가로서 책을 출간할 수 있는 상황이 매우 축복받은 일이라는 것을 다시금 느꼈습니다.

앞일은 아무도 모릅니다. 제가 글을 쓸 수 없게 되는 날이 찾아올지도 모릅니다. 아니, 언젠가는 반드시 올 것입니다. 그때가 오더라도 후회하지 않도록, 항상 최선을 다해 창작에 임하는 것이 제 인생에 남아 있는 큰 의미라고 느낍니다.

너무 소극적인 생각일지도 모릅니다만, 앞으로도 최선을 다할 테니 응원 부탁드립니다.

본편에 대해서는 스포일러를 피하고 싶기에, 많은 얘기는 못 할 것 같습니다. 이번에는 처음부터 끝까지 배틀이나 시리어스한 전개는 등장시키지 않고, 평화로운 사이가와 부부의 일상과 단합 여행이라는, 이 작품의 설정에서만 할 수 있는 이야기를 쓰기로 정했습니다. 읽어주신 모든 분이 조금이라도 즐거움을 느끼셨다면 작가로서 이보다 더 큰 행복은 없을 겁니다.

마지막으로 감사 인사를 전하고자 합니다. 책임감이 강한 아난 편집장님(너무 혼자 짊어지지 마세요), 마찬가지로 책임감이 강한 타바타 씨(말이 많아서 죄송합니다), 매번 멋진 일러스트를 완성해 주시는 하야시 케이 선생님(새로 그린 그림이 많은 것 같아서 기쁩니다), 원작보다 더 매력적으로 캐릭터를 그려주신 코미컬라이즈 담당, 시메 선생님(항상 기대하고 있습니다). 이 자리를 빌려 감사의 인사를 전합니다.

또한, 이 작품의 초고를 검토해 준 친구와 후배들, 무엇보다 끝까지 읽어주신 독자 여러분께 다시 한번 최대한의 감사와 인사를 드립니다.

이 작품은 조금 더 이어질 예정이기에 언젠가는 5권이 나올 겁니다. 다만, 조금 시간이 걸릴 것으로 예상되니, 느긋하게 기다려 주시길……. 이런저런 소식이 궁금하신 분은 X(구 Twitter)를 운영하고 있으므로 팔로우해 주세요.

그럼, 여기까지 읽어주셔서 진심으로 감사드립니다. 기회가 된다면 또 뵙기를 바랍니다.

우조 토시미치

조직의 숙적과 결혼했더니 엄청나게 달다 4

2026년 1월 15일 1판 1쇄 발행

저 자 우조 토시미치
일 러 스 트 하야시 케이
옮 긴 이 이해빈
발 행 인 유재옥
이 사 조병권
편 집 부 정영길 박치우 조찬희 이소의 정지원 최유정 김혜주
디자인랩팀 김보라 전세연
디지털사업팀 김지연 윤희진 장혜원
라이츠사업팀 김정미 유아현 이지현
영업마케팅팀 최연욱 김민
물 류 팀 백철기
경영지원팀 최정연
인쇄제작처 ㈜코리아피엔피
발 행 처 ㈜소미미디어
등 록 제2015-000008호
주 소 서울시 마포구 토정로222, 502호 (신수동, 한국출판콘텐츠센터)
판매 및 마케팅 (070) 8822-2301

ISBN 979-11-384-8904-1
ISBN 979-11-384-8683-5 (세트)